ちくま文庫

サラサーテの盤

内田百閒集成 4

筑摩書房

目次

サラサーテの盤

内田百閒集成4

編集　佐藤　聖

資料協力　紅野謙介

東京日記

その一

私の乗った電車が三宅坂を降りて来て、日比谷の交叉点に停まると車掌が故障だからみんな降りてくれと云った。

外には大粒の雨が降っていて、辺りは薄暗かったけれど、風がちっともないので、ぼやぼやと温かった。

まだそれ程の時刻でもないと思うのに、段段空が暗くなって、方方の建物の窓から洩れる燈りが、きらきらし出した。

雨がひどく降っているのだけれど、何となく落ちて来る滴に締まりがない様で、雨傘を敲《たた》く手応えもせず、裾に散りかかる滴はすぐに霧になって、そこいらを煙らせている様に思われた。

辺りが次第にかぶさって来るのに、お濠の水は少しも暗くならず、向う岸の石垣の根もとまで一ぱいに白光りを湛えて、水面に降って来る雨の滴を受けていたが、大きな雨の粒が落ち込んでも、ささくれ立ちもせず、油が油を吸い取る様に静まり返っていると思う内に、何だか足許《あしもと》がふらふらする様な気持になった。

安全地帯に起《た》っている人人が、ざわざわして、みんなお濠の方を向いている。白光りのする水が大きな一つの塊りになって、少しずつ、あっちこっちに揺れ出した。ゆっくりと、空が傾いたり直ったりするのかと思われる位にゆさりゆさり動いているので、揺れている水面を見つめていると、こっちの身体が前にのめりそうであった。

急に辺りが暗くなって、向う岸の石垣の松の枝が見分けられなくなった。水の揺れ方が段段ひどくなって、沖の方から差して来た水嵩は、電車通の道端へ上がりそうになったが、それでも格別浪立ちもせず、引く時は又音もなく向うの方へ辷《すべ》る様に傾いて行った。

水の塊りがあっちへ行ったり、こっちへ寄せたりしている内に、段段揺れ方がひどくなると思っていると、到頭水先が電車道に溢れ出した。往来に乗った水が、まだもとのお濠へ帰らぬ内に、丁度交叉点寄りの水門のある近くの石垣の隅になったところから、牛の胴体よりもっと大きな鰻が上がって来て、ぬるぬると電車線路を数寄屋橋の方へ伝い出した。頭は交叉点を通り過ぎているのに、尻尾はまだお濠の水から出切らない。

辺りは真暗になって、水面の白光りも消え去り、信号燈の青と赤が、大きな鰻の濡れた胴体をぎらぎらと照らした。

ずるずると向うへ這って行って、数寄屋橋の川へ這入《はい》るつもりか、銀座へ出ようとしているのか解らないが、私はあわてて駐車場の自動車に乗り込み、急いで家の方へ走らせようとしたけれど、どの自動車にも運転手がいなかった。

それでまたその辺りをうろうろして、有楽町のガードの下に出たが、大きな鰻はもういなかったけれど、さっき迄静まり返っていた街の人人が、頻《しき》りに右往左往している。方方の建物や劇場の雨に濡れている混凝土《コンクリート》や煉瓦の縁を、二寸か三寸ばかりの小さな鰻があっちからもこっちからも這い上がって、あんまり沢山重なり合ったところは、黒い綱を揉み上げる様に撚れていたが、何階も上の窓縁まで届くと、矢っ張りそれがばらばらになって、何処かの隙間から、部屋の中に這い込んで行くらしい。

その内に空の雨雲が街の燈りで薄赤くなって、方方の燈りに締まりがなくなって来た。

その二

夏の防空演習の晩、よそから裏道を通って帰って来たが、燈りがない上に空が曇っていたので、自分の歩いている足許も見えなかった。

大体の見当で歩いて来たけれど、何処かで曲がり角を間違えやしないかと云う様な心配をした。何だか解らないが、色色のにおいが微かに流れて来る様に思われた。その正体を気にするわけではないけれど、真暗な所を歩いている内に、段段においが異って来るので、いらいらする様な気持がした。

家の近くの道角を曲がり、広い通に出たら、いくらか道の表が薄白く見える様に思われた。しかしそう思って、少し遠くを見極めようとすると、矢っ張り黒い霧が降りている様に曖昧《あいまい》で何も見えなかった。

不意に私の横を馳《か》け抜けた者があったが、姿は見えないけれど、防護団のだれかであろうと思った。真暗がりの中に靴底の鳴る音ばかりが、ばたばたと聞こえて、それがいつまでたっても同じ所を踏んでいるのではないかと思われた。

そう思っていたが、その内に、その足音は一人の靴音でなく、大勢の草履《ぞうり》か草鞋《わらじ》の音が揃っているのではないかと思われ出した。

家のすぐ近くの大きなお屋敷の前まで来ると、暗がりの中に大門が開けひろげてあるらしく、そこから列をつくったものが粛粛と門の中に這入《はい》って行く様に思われた。風態も人別も解らないけれど、余程大勢いる様で、お屋敷の長い塀にそってぞろぞろと出て来て、二列か三列の縦隊になって、門の中へ吸い込まれている様子であった。

何の事だか解らないので、暫らく起《た》ち止まって見たが、向うからむんむんと人いきれがにおって来るのに、物音は何も聞こえなかった。そう思って耳を澄ますと、足音が揃っている様にも思われたけれど、それもそのつもりで聞き定めようとすると、矢っ張り曖昧であった。

不意に向うの森の見当に警報解除のサイレンが鳴ったと思うと同時に、お屋敷の筋向いの格子の中から、ぼんやりした燈りが往来に流れた。弱い光だけれども、それで辺り一帯の闇は消えて、お屋敷の塀にも薄明りが射した。

お屋敷の門は一ぱいに開いているけれども、その辺りに人っ子一人いなかった。塀際を列になって待っている様に思われた人の影もない。前燈を覆った自動車がのろのろと通り過ぎたり、防護団が二三人かたまって道端を歩いて行ったりして、そこいらの様子に少しも変わったところはない様に思われた。

その三

永年三井の運転手をしていた男が、今はやめて食堂のおやじになっている。私がしょっちゅうその店へ行くので、色色昔の自動車の話をしてくれたが、その男の免許番号は十位の数字の十何番とか云うのだそうで、えらいものだと私は感心した。

そのおやじがちゃんと二重釦《ボタン》の洋服を著《き》て、老運転手の威厳を示しながら、私を迎えに来てくれたので、出て見ると表に古風な自動車が待っていた。

中は普通の座席でなく、肱掛《ひじかけ》のついた廻転椅子が一脚置いてあるきりなので、車室の中が広広としていたが、腰を掛けて見ると、目の高さが違うので、窓から眺める外の景色が少し勝手が違う様に思われた。いつの間にか動き出して、街の混雑の中を何の滞りもなく、水の流れる様に走って行った。

四谷見附の信号で停まった時、私の自動車の片側に、幌《ほろ》を取り去った緑色のオープンの自動車が停まっていたが、だれも人が乗っていなかったと思うのに、信号が青になると同時に、私の車と並んで走り出した。

交叉点を越す時分には私の車より少し先に出ていたが、矢っ張りだれも人は乗っていなかった。しかし前を行く自転車を避けたり、向うの先を横切っている荷車の為に速力をゆるめたりする加減は申し分なくうまく行っている様であった。

それで麴町四丁目まで来ると、又赤信号になったので、私の車が水の中を沈んで行く様な気持で静かに停まると、左側には人の乗っていない自動車が並んで停まっていた。一寸《ちょっと》見たところでは、ずっと前から道端に乗り捨ててある様な静かな姿をしていたが、向うの信号に青が出ると同時に又私の車よりも一足先に走り出した。

それから半蔵門を左に曲がり、靖国神社の横から九段坂を下りて、神田の大通に出たが、道を歩いている人人も、信号所の交通巡査も、人の乗っていない自動車が走って行くのを見て、別に不思議に思っている様子もなかった。私の自動車がその空っぽの自動車を追っかけているのか、向うが私の自動車から離れない様にしているのか、そうして道連れになった儘、どこまでも走って行って両国橋を渡ったが、その時分から少しずつ、私の車が遅れ出した様であった。

私の運転手は初めに乗り込んだ時の儘の同じ姿勢で向うを向いている。広い肩幅を一ぱいに張って、顔を横にも振らない。

錦糸堀の近くまで来た時、急に私の車が横町に急旋回したので、私は肱掛椅子から腰が浮いて、危く前にのめる所だった。その時私の車から少し離れた前方を走っている緑色の車の後姿が見えたが、何だか車輪と地面との間に、向うの屋根の低い工場の様な物が見えたらしいので、人の乗っていない自動車は少し浮き上がっているのではないかと思われた。

その四

東海道線の上りの最終列車は横浜止りなので、横浜駅から省線電車に乗り換えたが、それも上りの最終で、相客は広い車室に二三人しかいなかったから、東京駅に著《つ》くまでには私一人になってしまった。夜中の風の吹いている構内を抜けて、外に出たところが、星のまばらな夜空が黒黒と一ぱいに広がって、変なところに半弦の月が浮いているので、不思議な気持がした。

駅前の交番の横に立って眺めて見ると、月の懸かっているのは、丸ビルの空なのだが、その丸ビルはなくなっている。いつも見なれた大きな白い塊りがなくなったので、その後に夜の空が降りて来ているらしい。

自動車に乗ろうと思ったのだけれど止めて、丸ビルのあった辺りへ歩いて行って見たが、一面の原っぱで、所所に小さな水溜りがあって、まわりの黒い地面の間に鈍い光を湛えている。あっちこっちに少しずつ草も生えているらしい。丸ビルには地下室もあったから、地面が平らになる筈はないと考えたけれど、よく解らなかった。

それきり家へ帰って寝て、朝目が覚めたら、丸ビルの中にある法律事務所に用事があるのを思い出したので、出かけて行った。自動車を拾って、丸ビル迄と云ったら、運転手は心得て、いつも通る道を通って、東京駅の前へ出た。

自動車を降りて見ると、矢っ張り丸ビルはなかったが、運転手は澄まして、向うへ行ってしまった。

ぐるりに柵を打って、針金を引っ張ってあるが、針金も錆《さ》びているし、柵の木も古くて昨日今日に打ち込んだ様ではない。中の地面はでこぼこで、所所に草が生えている。水溜りのあるのも昨夜見た通りである。水溜りの水は綺麗で、水面がちらちらしているのは、あめんぼうが飛んでいるらしい。丸ビルはどうしたのだろうと不思議に堪えないのだが、辺りの人人が平気で、知らん顔をして通り過ぎるのもあり、乗合自動車も平生《へいぜい》の通り走って来て、「丸ビル前」と云っている女車掌の声も聞こえるし、又その度《たび》に人も降りている。柵に靠《もた》れて空地を眺めている人の傍へ行って、聞いて見た。

「丸ビルはどうしたのでしょう」

「丸ビルと云いますと」その男は一寸《ちょつと》言葉を切って、人の顔を見てから、「さっきもそんな事を云った人がありましたが、一寸私には解りませんね」と云って向うを向いてしまった。

法律事務所にいた人人が何処へ行ってしまったのか気にかかるし、私の用事にも差支えるが、その外《ほか》にも丸ビルには大勢の人がいた筈であり、その関係で外から出這入りする人も沢山あるのに、この空地のまわりは左程混雑していない。丸ビルの中に引き込んだ電話線や瓦斯《ガス》管の断れ口なんかもそこいらに覗いていそうなものだと思ったが、そんな物は見当たらないだけでなく、一帯の空地の様子がそんな風ではなかった。

帰りに有楽町の新聞社へ寄って、友人の記者に、丸ビルに用事があって出掛けて来たけれど、丸ビルはなくなっていたと話したところが、そんな事があるものかと云って、相手にしなかったが、いいお天気だから出て見ようと云って誘い出した。

傍に行かない前から、町並みの様子が変に明かるくなっているし、空もその辺りが広広している事が解ったので、友人は驚愕の余り足許《あしもと》をがくがくさせている様子であったが、いよいよ中央郵便局の前に起《た》って、丸ビル跡の空地を眺めている間に、友人は平静になったらしい。帰る時は当り前に左様ならと挨拶して別かれたが、友人はそれから社に帰っても、きっとその事は何人にも話さなかったろうと私は推測した。

その翌《あ》くる日に、矢っ張り昨日の用事があるので、又自動車を拾って丸ビルまで行ったが、今日はもとのままに丸ビルが建っていて、ふだんと少しも変わりはなかった。そうなれば別に不思議な事もないので、私はエレヴェーターで登って、法律事務所へ行って用を弁じた。用事がすんだ後で、そこの主任の弁護士に、昨日はこちらへ入らっしゃいましたかと聞いて見たが、昨日は都合で休んだと云う話であった。

それで衝立《ついたて》の向うにいる書生や給仕にも尋ねて見たい様な気がしたけれど、昨日の新聞記者の顔を思い出したので止めた。

帰りに一旦外に出て、もう一度振り返って丸ビルの建物を眺めたが、全く何の変わったところもない。しかし今まで自分が知らなかったので、これだけの大きな建物になれば、時時はそう云う不思議な事もあるのだろうと考えた。その後で、昨日まで生えていた草は圧し潰されたに違いないが、水溜りの上を走っていたあめんぼうは何処へ飛んで行ったろうと云う事が気になった。

その五

亡友の甘木の細君が場末の二業地《にぎょうち》で女中をしているので訪ねて行くと、工科大学教授の那仁さんも来合わせて、三人で話をした。

那仁さんは子供の時の悪戯で左の腕の関節を痛めているから、壺《つぼ》を押さえる事が出来ないと云って、三味線を逆に抱いて、ちゃらちゃら鳴らした。右手で棹を握っている恰好が変なので、止めてくれればいいと思ったけれど、音が途切れると、非常に淋しくなって、その場に居堪《いたたま》れない様な気がするので、矢っ張りああやって、三味線を弾いていた方がいいとも思った。

いつの間にか甘木の細君の話に身が入って、那仁さんも身体を固くしているらしい。あんまり甘木の事を話すので、何処かにそれが感じやしないかと云う事が気になって心配であった。

幽霊などと云う事を恐れるのではないけれど、ついこないだも告別式に行ったところが、時間を遅れたので、お棺を焼き場へ持って行った後であったから、みんなの帰って来るまで待っていようと思ったが、あんまり暗いので蠟燭《ろうそく》をともそうとすると、そう考えただけで不意に変な気持がした。

何だか解らない気持が、坐っている身のまわりに、外から無理に迫って来る様に思われた。それを払いのける為にも、早く蠟燭に火をつけようと思ったけれど、いくら燐寸《マッチ》を擦っても、焰《ほのお》が蠟燭の心《しん》に触ると同時に消えてしまって、どうしてもともらなかった。そうしてしくじる度《たび》に、火の消えた後がその前よりも一層暗くなって来る様で、しまいには息が苦しくなった。何も幽霊などと云う事を怖がっているのではないと考え直した途端に、ふと入り口の方を振り返ると、玄関先の暗闇の右寄りの一隅に、つい一週間ばかり前になくなった別の知人の顔が、額縁に這入《はい》った肖像画の様にはっきり浮き出しているのを見た事がある。

甘木の細君の話を聞いている内に、そんな事を思い出したので、もう死んだ甘木の話は止めてくれればいいと思っていると、細君の方では急に真剣な調子になった様であった。

その話と云うのは、甘木が生前に大事にしていた大きな絵皿が一枚残っている。お金に困るから、それを売りたいと思うけれど、手離しては故人にすまない様な気がするので、その皿の模造をつくらして、それを売ろうと思うと云うのであった。

その話を聞いている間も、段段身のまわりが引き締まる様で、息苦しくなった。

しかしその皿の事は私ももとから知っているが、甘木が大事にはしていたけれど、あなたの云う程窮屈に考える必要はなかろうと私は云おうと思った。

那仁さんも甘木の友達だったのだから、何か云ってくれればいいと思うのに、石の様に硬くなってしまっている。

　それで私は言葉を切り切り話した。しかし売ってしまえばいいではないかと云うところまで中中云われないので、段段に話が途切れ途切れになり、その黙っている間の息苦しさに堪えられなくなった。すると細君が急に後を向いて、

「あれ、あれを見て下さい」と云ったので、振り向くと、隣りの間境の襖《ふすま》が開いていて、その向うの部屋に、甘木が何年か前に死んだ時の儘の姿で寝ていた。胸の辺りから裾の方だけ見えているのだが、もう冷たくなっている事は、こちらから見ただけで解った。

その六

　私がまだ行った事がないと云ったので、友人が私をトンカツ屋へ案内してくれた。銀座裏の狭い横町で、表には人が通っていなかった。

「随分静かな通だね」と私は愛想を云って、友達の後からトンカツ屋の店に這入った。店の中にも相客がいなかったので、私と友達とは一番隅の卓子《テーブル》に向かい合って席を占めたが、私が奥の方に腰を掛けたから、自然の向きで、入り口の暖簾の下から表の往来の地面が見えた。

　トンカツを揚げる鍋がしゃあしゃあ云っている間に雨が降り出したと見えて、表の

道に水が流れ出した。しかし鍋の音が八釜しいので雨の音は聞こえなかったが、その内に濡れた地面を鋭い稲妻が走り出した。

「いつでもお客が一ぱいなのに、今夜は変だな」と友達が云って、辺りを見廻した。麦酒を飲んで、トンカツを食いかけたが、うまいので、暫らくの間夢中になっていると、その間にお客が這入って来たらしい。辺りが何となくざわついて、私共の食卓の上にも人の気が迫って来る様に思われた。方方で皿の音がしたり、コップが鳴ったりしたが、その間に得態の知れない物音が混じって聞こえた。何処かで水を汲んでいる様に思われたけれど、それが一つの音でなく、微かな音がいくつも集まっているらしい。だからどっちの方から聞こえて来ると云うのでなく、辺り一体がそう云う音でざわついた。

表の稲妻は次第に強くなって、暫らくの間は、青い光で往来を照らしっ放しに明かるくする事もあったが、雷の音は聞こえなかった。鳴っているのかも知れないけれど、自分の気持に締まりがなくなった為に、聞き取れないのだと云う風にも思われた。往来の雨水が皺になって流れている。その上を蹈んで、まだ後から後からとお客が店に這入って来るらしい。

一緒に来た友達が人の顔ばかり見ているので、どうしたのかと思ったが、さっきから口も利かない。まわりがざわざわして、隣りの席からも向うの席からも、相客がこちらに押して来る様で息が苦しくなった。

だれかが咳払いをしたか、或《あるい》は食べ物が咽喉に閊《つか》えて噎《む》せたのか、変な声をしたと思ったが、くんくんと云った調子は、犬の様であった。

不意にひどい稲光りがして、家の中まで青い光が射し込み、店の土間にいる人人を照らした。その途端に屋根の裂ける様な雷が鳴ったので、驚いて起《た》ち上がったら、土間に一ぱい詰まっているお客の顔が、一どきにこちらを向いた様であったが、その顔は犬だか狐だか解らないけれど、みんな獣が洋服を著《き》て、中には長い舌で口のまわりを舐め廻しているのもあった。

その七

市ヶ谷の暗闇坂を上った横町から、四谷塩町の通へ出ようと思って歩いて行くと、道端の家に釣るしてあった夏祭の提燈が一つ道に落ちて、往来を転がった。

暑い日盛りで、地面からいきれが昇って来たが、通り路の家はみんな表の戸を締め切っていた。軒毎《のきごと》に釣るした提燈は、濡れた様になって、じっと下がっているのに、今落ちた提燈はそこいらをころころと転がって、いつまでも止まらない。その方に気を取られて五足六足うっかり歩いた時、急に向うで物凄い気配がした様に思われたので、目を上げて見ると、今歩いている横町が四谷の大通に出る真正面を、赤や青や黒や黄色やいろんな色がごたごたに重なって、それが非常に速い筋になって、新宿の方角から四谷見附の方へ矢の様に流れて行った。

何の物音とも解らないけれど、辺りがさあさあ鳴っているから、その色色の筋から出る響きであろうと思われた。筋の高さは人の脊丈よりも高く、厚味があって向う側の家並みを遮《さえぎ》っていた。

あんまり速いので、見ているだけでこちらの息が止まりそうであったが、その時に、しゅっと云う様な音がして、一番仕舞いの端が通り過ぎた。

又提燈の垂れている間を通って、大通に出て見たけれど、電車はのろのろと走って居り、自動車は信号の所に溜まって、昨夜からそうしている様に静まり返っていた。

床屋に這入《はい》って頭を刈らしながら、聞いて見ると、職人はそんな物は見なかったと云った。

「しかし、たった今だよ」

「気がつきませんでした」

「ひどい勢いでこの角を通り過ぎたじゃないか」

「何でしょうね」

そう云って受け答えはしているけれど、大して気に止めている風はなかった。

あんまりいつまでも一つ所ばかり刈っているものだから、睡くなって、うつらうつらしていると、それからどの位たったか知らないが、不意に胸先がざわつく様な気がして目を覚ましたら、私の向かっている鏡の中を、さっきの様な色色の筋が、非常な速さで斜に走って行くのが見えた。

はっとして腰を浮かせたが、職人が落ちついた声で、手を止めずにこんな事を云った。

「今年は本祭なので、大変な騒ぎですよ」

「今通ったのは何だろう」

「暑いのに御苦労な話でさあ」

さあさあと云う風の吹く様な音が表で聞こえる様に思われた。

鏡の中を流れていた筋は、さっき横町で見た時の通りに、一番仕舞の尻尾が飛ぶ様に行ってしまうと、それで後は何もなくなった。

夏祭のお神輿《みこし》を舁《かつ》いだ行列が、そんな風に見えたのだと云う事は解りかけたが、何故あんなに速く走るのか合点が行かない。

その八

仙台坂を下りていると、後から見た事のない若い女がついて来て、道連れになった。

夕方で辺りが薄暗くなりかかっているが、人の顔はまだ解る。女は色が白くて、頸《くび》が綺麗で、急に可愛くなったから、肩に手を掛けてやった。

何処へ行くのだと尋ねたら、あなたはと問い返したから、麻布十番だと云うと、いやだわと云って、拗《す》ねた様な顔をした。

「天現寺へ行きましょうよ、ねえねえ」と云って、私を横から押す様にした。

電車通の明かるい道を歩いていると、身体が段段沈んで行く様に思われた。古川橋の所から石垣を伝って、川縁に降りたが、水とひたひたの所に、丁度二人並んで歩ける位の乾いた道があって、どこまで行っても川の景色は変わらなかった。街の燈りが水に沁みていると見えて、薄暗くなりかかっている水面の底から明かりが射して来る所であった。

その女の家へ行って見ると、広い座敷の前も後も水浸しになっていたが、底は浅いらしく、人が大勢足頸まで水に漬けて、平気で歩き廻っていた。荷車も通るし、自動車も走っているので、普通の往来の景色と少しも違わなかったけれど、ただ物音がなんにも聞こえなかったので、却《かえ》って落ちつかない。

暫らく女と向かい合っていたが、女の顔は鼻の辺りがふくれ上がっている。頸が綺麗なので、抱いてやりたいけれど、何だか手が出しにくくて、もじもじしていると、女中だか何だか、同じような女が二三人出て来て、目の荒い籠を幾つも座敷の隅に積み重ねた。

それは何だと聞くと、この川でいくらも捕れますのよとその中の一人が云った。そう云えば籠がぬれていて、雫が垂れている。

籠を一つ持って来て、中の物を摑《つか》み出そうとすると、生温かい毛の生えたものが縺《もつ》れ合っていて、どれだけが一つなのか解らなかったが、その内に向うで勝手に這い出して、そこいらを走り出した。鼠を二つつないだ位の獣で、足なんか丸でない様に思われたが、それでいてちょろちょろと人の廻りを馳け歩いた。その中の一匹が私の手頸に噛みついたが、歯がないと見えて、痛くはないけれど、口の中が温かいのだか冷たいのだか、はっきりしない様な気持で、無暗に人の手をちゅうちゅう吸っている。

さっき一緒に来た女が私の傍へ寄って来て、

「天現寺橋の方へ行って見ましょうか」と云った。

しかしあの辺りは下水の勢いが強くて、瀧になった所があった様な気がしたので、あぶないだろうと思っていると、

「違いますわ、それはどこか別の所でしょう。帰りにあすこでお蕎麦《そば》を食べましょう」と云った。

兎《と》に角《かく》女が食っ著いているので、私も身体で押していると、さっきの籠の中の物が手頸だけでなく、脇の下から背中へ廻ったり、足の方から這い込んで、方方に噛みついて、ちゅうちゅう吸うので、何とも云われない気持がした。

その九

月が天心に懸かって、雑司ヶ谷の森を照らしている。盲学校の前を通りかかると、もう真夜中を過ぎていると思われるのに、後から足音がしたと思ったら、色色の恰好をした若い男が大勢、真白な道の上を歩いて来た。元気な声で話し合ったり、歩きながら手を拍《う》ったりして、酒に酔払っているのであろう。二三人宛が一かたまりになって、手をつなぎ合ったり、肩を抱いたりしている。その内に先頭が学校の門に近づくと、二三人で余り聞き馴れない軍歌の様な歌を合唱しながら、銘銘閉まっている門の扉を攀《よ》じ登り出した。

後から来た連中もみんな扉の同じ所に手をかけて、次から次へと内側へ跳《おど》り込んだが、地面に足がつくと、又二三人で待ち合わせて、それだけが一かたまりになり、どんどん奥の方へ歩いて行った。足取りも変であるし、お互につかまり合っている様子から、みんな目くらであろうと思われたが、この学校の生徒ではなく、どこか外から集まって来たらしい。格子になった門扉の内側は広広とした校庭で、向うの方は月光に霞んでいる。中に這入《はい》った連中は、そこを奥の方へ進んで行ったが、向うへ行く程段段声が大きくなって、みんなで合唱しているのは、古い軍歌の様でもあり、どこかの寮歌の様にも聞こえたが、何となくこちらでその節について行く様な気持で聞いていると、急に変な風に調子を外《そ》らす様なところがあって、その度に何とも云われない不思議な気持がした。

門扉の格子から覗いて見ていると、向うへ行った連中はそこいらで一かたまりに集まって、何かやっていると思う間に、次第にひろがって来て、幼稚園の子供がする様に手をつないで輪を造った。

それから段段ひろがって行って、一ぱいになったところで踊り出した。時時そろって手を拍《たた》く時は、その響きが片側の校舎の板壁にこだまして、平たい板を敲《たた》く様な音になって帰って来た。

踊りの輪はあっちに流れたり、こっちに移ったりして、そこいらを面白そうに動き廻っていたが、その内に門の扉の近くに押して来て、私の目の前をゆっくりゆっくり廻り出した。矢っ張りみんな目くらで、年は若そうなのに、爺の様な顔をしたのもあり、色が白くて女の様な顔をしたのもいたが、その中に顔が長くて、額《ひたい》に髪を垂らし、顎鬚を生やした者が所所に混じって、両隣りの目くらと手を取り合っている。それは山羊に違いないので、私は驚いて声を立てようとしたけれども、咽喉が塞《ふさ》がって何も云う事は出来なかった。山羊はしょぼしょぼした眼をしているけれど、目くらではないに違いない。月はますます冴えて、さっきから、ぎらぎら光り出した様に思われた。その光りを浴びて踊っている輪のまわりから、ゆらゆらする夜の陽炎《かげろう》が立ち騰《のぼ》り、時時山羊の眼がぴかぴかと光った。

私は二三日前からそんな事になるのではないかと思っていたが、到頭富士山が噴火して、風の向きでは、微かではあるけれども、大地を下から持ち上げる様な、轟轟《ごうごう》と云う地響きが聞こえ出した。

その十

丁度西日が富士山の向うに隠れて、街の燈りはついているけれども、空にはまだ光沢のある明かりが残っている時、九段の富士見町通を市ヶ谷の方へ歩いて行ったら、道の真正面に、士官学校から合羽坂の丘を少し左に振れている大きな富士山の影法師が、山の裏側から射す明かりの中に、不思議な程はっきり浮かび出したので、暫らく起《た》ち止まって見惚れていると、研《みが》いた様に晴れ渡った空に一塊りの雲が涌いて、それが富士山の頂にまつわりつく様に思われた。

その内に山のまわりが曖昧になって、影法師と後の空との境目がなくなりかけた時、急に頂の辺りが赤くなって、さっきの浮雲の腹が燃える様な色になった。

道を歩いている人人には、もう珍らしくもないと見えて、何人も立ち停まったり、振り返ったりしている者はなかった。綺麗に髪を結い上げた芸妓が二人連れで歩道を歩いて来たが、頂上が真赤になっている富士山の方を二人揃って流し目で見て、何か今までの続きのお饒舌《しゃべ》りを止めずに、横町へ曲がってしまった。

西の空が暗くなって、富士山の姿が全く見別けられなくなってからは、暗い空の一ヶ所に火が燃えている所があって、そのまわりの雲を段段に焦がして行く様に見えた。私は一つ所に立ち草臥《くたび》れて、市ヶ谷見附の方へ歩き出していたが、ますます空は赤くなって、合羽坂の向うの方だけでなく、士官学校の森の上に、いつの間にか低く垂れている霧の塊りまでが燃えている綿の様に見え出した。空の色を映してお濠の暗い水も真赤に波立ち、水面に近く浮いている藻は、燄《ほのお》の中に撚れている煙の筋の様にありありと見えた。

私は大変な事になったと思って、濠端の土手に攀《よ》じ登って、もう一度西の方を見ようとすると、微かな風が吹いて来て、松の葉をさらさらと鳴らしたが、風には香木を焚く様なにおいが乗って居り、松の葉が風にゆれると、その針葉と針葉の間に遠くから火の影が射した。富士山のあった辺りの空に食い込んで輝いていた火の色が、次第に強くなり、それがさっきとは逆に、段段下の方へひろがって行く様に思われ出した。いつも見馴れている頂の扇の要《かなめ》を伏せた形に見える所が、その儘の姿で上の端から赤く輝き始め、次第に下の暗い所を薄赤く染めてひろがると同時に、もとの頂上は赤い光が強くなって、少しずつ半透明に輝き出した様であった。

赤い火の色が麓の方へ降りて行って、山の姿の半分位までが、明かるく光り出した時分には、要の頂上は、瑪瑙《めのう》を磨き立てた様な色になっていた。ああやって、富士山が夜の内に根もとまで真赤になってしまうのではないかと思われて、私はいつまでも香りのいい風に吹かれながら、西の空を眺めて夜明けが近づくのを知らなかった。

その十一の上

汽車の出るのに少し間があったので、東京駅の食堂で麦酒を飲んでいると、私の卓子の向う側の空いた席に、だれか人が起《た》って、そこに坐ろうか、どうしようかと私の方をうかがっている様な気配がした。

それで目を上げて見ると、顔色のきたない、脊の高い学生がそこに起っていたが、一寸《ちょっと》目を合わせた拍子に私は何だか見た事のある顔の様な気がしたので、何の気もなく軽く会釈を与えたところが、その学生は帽子をかぶった儘、丁寧にお辞儀をして、それから私の真向うに席を取った。

絣のある襟巻をして、外套の胸のかくしから藍色のハンケチを覗かせたりしているが、顔も様子も無骨で、柔道部か拳闘部かの学生の様な気がしたのは、昔私が私立大学の教師をしていた時、そんな顔を見た様な気がしたのだけれど、その頃からもう二十年近くも過ぎているので、当時の学生が今でも学生でいる筈がない。何を勘違いしたのだろうと考えかけると、今向うに坐った学生が急に卓上の花の陰から、麦酒罎を差し出して、私のコップに注ごうとした。

「どうぞ」と硬い声で云って、卓子の向うから中腰になった。

丁度麦酒がいやになったので、お燗で飲み直そうと思っていたところだから、余計な事をすると思ったけれど、兎《と》に角《かく》受けて、コップをそこに置くと、向うの学生は給仕女を手招きして、今度は煙草を註文したらしい。

何だかもじもじしている様でもあり、頻《しき》りに私の方を見ている様にも思われて、こちらの気持が落ちつかなかった。

給仕女がチェリーを持って来ると、その学生は恐ろしく立派なシガレットケースを出して、その中に一本ずつ綺麗に列《なら》べた上で、又花瓶の横から、そのケースの腹を私の方へ差し出して、

「どうぞ、どうぞ」と云ったが、私は両切は吸いたくないし、それに酒を飲んでいる途中で、まだ煙草を吸う様な口になっていなかったから、ことわったけれど、相手はどうしても聞かない。

「まあ、まあ」と押しつけて、段段こちらにのし掛かる様に腰を上げて、手を仲ばして来たから、止むなく一本抜き取って、火をつけずに、そこへ置いたまま苦り切っていると、今度はまた麦酒を持って、私に酌をしようとする。

麦酒はさっきの儘まだコップに一杯残っているので、それを見せて、沢山だと云っ

たが聞かない。私が仕方がないので、縁の所を一寸《ちよつと》舐める様にして、上をすかしたところへ、いきなり、がぶがぶと注ぎ足し、そこいら一面に麦酒をこぼして、「失礼しました」と云っている。

「あなた今どこですか」と云って、私の顔を見ているので、何を云うのだろうと思っていると、

「僕は満洲国の者です。友達が奉天《ほうてん》へ帰るので、僕は今日見送りに来ました。それでまだ時間があるから、ここで待ちます。あなたは今どちらですか」と云って、じっと私の顔を見入った。

何だか片づかない相手だと思っていたが、それでこちらの気持も落ちついた様な気がした。それでは少し相手になってやろうかと考えていると、

「僕はまだ日本語がよく解りませんから、失礼な事を云ったら許して下さい。どうですか。さあ」と云って、又麦酒を取り上げた。

麦酒をことわると、煙草のケースを人の鼻先に突きつけ、まだこの通りさっきのが吸わずにあると云うと、今度は私の手許《てもと》にあるお燗の罎を取って、お酌をすると云い出した。

その十一の下

後《うし》に人影が射した様に思うと、又少し顔の様子の違った学生が現われて、丸い卓子の私とさっきからいる学生との間に割り込んで腰を掛けた。今度のも外套の胸のかくしから色のついたハンケチをのぞかせ、襟巻をしているけれど、そう云う好みがちっとも似合わない陰気な顔をしていて、目の縁から鼻の脇にかけて、薄い痣があった。

席に著《つ》くといきなり、学生同志で饒舌《しゃべ》り出したが、始めの二言三言は解らなかったけれど、聞いている内に日本語になった。

「うん、何」

「あんたに有り難うと云っていたよ。お見送りに来てくれて、あんたに有り難うと云ったよ」

「いえいえ」

その次はすぐに解らない言葉になって、段段二人の声が高くなった。

向うが二人になってから、まだ麦酒を一本もあけないのに、もう二人とも酔っ払っている様であった。後から来た痣のある方が声が高くて、鋭くて、時時私の方を敵意のある目で見ていたが、しまいには二人で話しながら、まともから私の顔に指ざしして何か云い出した。

後から来た方が余計に腹を立てている様で、どうかすると、じいっと身体を私の方へ捻じ向けて、飛び掛かって来るのではないかと思われる様な恰好をした。

急に何か短かい言葉を発したと思ったら後から来た方の学生が、手に摘まんでいた燐寸《マッチ》で自分の前の卓子の板をぱちんと敲《たた》いたが、丁度そこにさっき零《こぼ》れた麦酒が溜まっていたので飛沫が辺りに跳ねて、私の顔もぬれた。

はっとした途端に不意に恐ろしくなって、私が椅子から腰を浮かしかけると、又何か解らない事を云って、私の目の先を指ざしするので、その儘私は椅子に腰を落としたが、相手はますます私に迫って来る気配で、今までおとなしかったもとからいる学生の方も一緒に気負い立って、いつの間にか起ち上がっている。そうして私をそこに据えておいた儘、二人で又何か喧嘩をしている様に思われた。

私の飲みさした麦酒がまだ罎の中に半分位も残っていたのを、痣のある学生が自分のコップに注いで、立て続けに飲み干してしまった。

何だか後《うしろ》の方で、方方が騒がしくなったと思ったら、広い食堂に一ぱいに詰まっていたお客が、今までは静かに銘銘で箸を執っていたものが、あっちでもこっちでも疳《かん》高《だか》い声で罵り始めた。何を云っているのか解らないけれど、みんなその食卓の仲間同志で喧嘩を始めたのだろうと思っていると、いつの間にか、人人の目が私の方に向いて居り、私の顔を指ざししているいやな手の恰好が頻《しき》りに人ごみの中で動いた。

そう云う気配を待っていた様に、痣のある学生が奇声を発して起ち上がり、平手でぬれている卓子の板をぴしゃりと敲いて、私の返事を待つ様な顔をした。

その十二

家の者がみんな出かけた後で、私は自分の部屋に箏を出して、「五段砧」を弾いていたが、外はもう暗くなっているのに、合羽坂の方から上がって来る人の足音が絶えないので、気が落ちつかなかった。部屋が往来に近い為に外の物音が箏の面に伝わって、いくら弾いても箏の音が纏《まと》まらぬ様な気がした。

暫らくやっていたけれど、どうしてもいつもの様に鳴らないので、その箏は柱《じ》を立てて調子を取ったまま横へ押しやって、もう一つの長磯の箏を取り出して、その方を弾いて見た。

次第に音が纏まって来る様に思われたが、今度はうまく手が廻らないので、少し弾いしは、じれったくなった。いくらあせっても、いつもの様な調子に行かないので、少し弾いては、又後戻りをした。

一寸《ちよつと》箏の音が切れると、表の足音が耳に立って、気がかりで堪らなかった。

それから又気を変えて弾いている内に、段段うまく行く様であった。いつもどうしても引っかかる所もすらすらと通って、そこから先は急に箏が鳴り出した。夢中になって弾いていて気がついて見ると、私の弾いている本手の間に、ちゃんと替手が這入《はい》って鳴っている。

変だと思って傍を見たら、さっき私の弾き捨てた箏に知らない人が坐って、一心に弾いている。私がそっちに気を取られて、手の方がお留守になりかけると、そっちの箏の音も曖昧になる様に思われた。

その人が箏の手を止めないで、静かな声で云った。

「さあ、止めないで先へ行きましょう」

「どうも有り難う。あなたはだれですか」

「私は今坂の下から上がって来たのですが、それよりも、あの調子の変わる所の前が、うまく合いませんね」

「あすこは私一人でやっても間《ま》が取れないのです」

「もう一度あそこからやって見ましょうか」

「お願いします」

「あっと、もうそれでは駄目だ」

「あれ、その箏はこちらと同じ調子になっていませんでしたか知ら」

「ええ、ええ、それはもうさっき直しました。さあそれでは、もう一度あそこから」

それで弾き直して、すっかりうまく行ったので、その後何度も何度もやって貰った。

身内が熱くなる様ないい気持で、酒に酔っ払った時とちっとも違わない。あんまり弾き過ぎて、疲れて眠くなったから、箏の前に横になった。

うつらうつらして聞くと、表の足音が次第に一緒になって、地面を低く風が吹いているらしい。

急に家の者の仰山な声で目を覚ましたが、何だか私の部屋を出たり這入《はい》ったりして、あわてている。

「まあどうしたんでしょう。ちょいとここを御覧なさい。ほらそのお箏のまわりは泥だらけじゃありませんか」と云った。

その十三

寝苦しいので、布団を撥《は》ねのけて、溜め息をしていると、犬が庭の一所で吠え続けて、いつまでたってもやめないから起き出して行って見た。隣りとの境にある公孫樹《いちょう》の根もとから上を見上げ、前脚で幹を引っ掻く様な事をしている。こちらから呼んでも見向きもしないで、ますますせわしなく吠えたてた。どうも何かいそうな気配なので、こちらまで不安になったが、樹の上は見えないから、そのまま寝床に帰って寝ようとすると、犬はなお八釜しく吠えたてて、仕舞には遠吠えをしたり、それに節をつけて人間の言葉の様な泣き方をしたりした。

その声を聞きながら、うとうとしかけると、又寝苦しくなって目がさめた。犬は矢っ張り吠え続けているが、何だか頻《しき》りに私を呼び立てている様で、その声の調子に誘われると、じっとしていられなかった。

又起き出して、今度は庭に下り、樹の根もとに起《た》って、梢を見上げたが、梅雨空の雲が低く垂れて、樹の頂は雲の中に食い込んでいる様に思われた。空と樹の姿との境目が解らない辺りから木兎《みみずく》の鳴く声が聞こえた。一つかと思っていると暗い葉蔭のどこか別の所からも、それに答える様に鳴く声が聞こえた。そうして次第にその声が動いて行くので、初めは木兎が暗闇の中で枝を移っているのかと思ったが、気がついて見ると方方の枝に小さくきらきらと光る物が、散らかっていて、それはみんな木兎の眼であると思われた。その間にも頭の上に、羽音はしないけれど何か非常な速さで去来するものの気配がして、何処かから無数の木兎が私の庭に集まって来るらしい。

犬は私が出て来てから後は、時時低い唸り声を出して樹の幹に自分の身体をぶつけているが、その様子を見ると、まだ何か私の気づかない事があると云う風にも思われた。

その内にも頭の上を掠めて飛ぶ木兎の数は段段ふえて来る様であったが、ただ物の影が千切れて飛んでいる様な気配で、丸っきり何の音もしないから、その度に無気味な風の塊で顔を敲《たた》かれている様な気持がした。

ふと振り返って見ると、今開けひろげた儘庭に降りて来た後の雨戸の間から外に洩れている座敷の燈りが、明かるくなったり暗くなったりして、息をしているように思われた。それで急いで中に這入《はい》って見ようとして、縁側に足をかけたら、その途端に座敷の中から、いくつも音のしない黒い影が飛んで来て、私の耳をこする様に庭の暗闇の中へ飛び出した。

驚いて家の中に這入ると、床の間にも簞笥《たんす》の上にも鴨居にも、小さな木兎が沢山とまっていた。小さいと思ったけれど、その中で不意に飛び立つのがあって、その羽根をひろげた姿を見ると、恐ろしく大きな鳥に思われた。天井に近い辺りを、非常な速さで音もなく飛び廻って、どこにもぶつからずにさっと外に出て行くのもあったが、いつの間にか又別の木兎が這入って来るらしく、そこいらの数が段段ふえて行く様であった。

その十四

植物園裏の小石川原町の通を、夜十一時過ぎになると裸馬が走って、植物園の生垣の破れ目から、中の茂みに隠れ込むと云う話が、遠くの人にはただの噂として聞こえたかも知れないけれど、私共の様にすぐその傍にいる者に取っては、馬鹿馬鹿しいと云ってはすまされない。しかもそれは毎晩の事であって、お湯から遅く帰って来た近所のお神さんが丁度その横丁へ曲がった拍子に、生垣の向うへ飛び込んだ馬の尻尾を見たとか、すぐ傍の聾唖学校の上級生が夜歩きをして帰って来る時、その馬とまともにぶつかって、もう少しで蹴飛ばされるところであったとか、毎日そんな新らしい話が伝わるので、仕舞には少し夜が更けると、だれも外へ出る者がなかった。その内に昼間でも人通りが途絶えた時には馬が出ていると云う噂が伝わった。まさかと思って、うっかり歩いている鼻先を馬に馳け抜けられたと云う様な話もあって、段段近辺が物騒になって来た。

丁度そんな話のあった最中に私は氷川下へ出る用事があって、風の吹く日の午後、生垣の道を歩いて行くと、何町も先まで真直い道に人の影もなかったが、ずっと先の道の真中に、新聞紙を丸めた位の大きな紙屑が落ちていて、それがあっちへ転がったりこっちへ転がったりするのが、遠くからありありと見えた。

強い風が吹いて来て、地面から砂埃を巻き上げた。その形が丸木舟の舳先の様になって、次第に大きくなり、仕舞に龍頭鷁首《りゅうとうげきしゅ》の頭の様なものが、きりきり舞いながら、生垣に沿って走って行った。

電燈会社の集金人が生垣の前で殺されていると云う騒ぎのあったのは、それから間もない日の午後であって、棍棒の様な物で頭を擲《なぐ》られたのであろうと云う話であった。八百何十円とか這入《はい》っている鞄《かばん》を首から懸けていたが、それを持って行かれたらしい。集金人の倒れかかった所の生垣が生生しく荒れているので、その前を通るのは余りいい気持ではなかった。

私の家の並びに、老婦人と大学へ行っている息子だけの無人な家があって、いつも門が締め切ってあったが、二三日後の宵の口に、その家の中から悲鳴が聞こえたので、近所の人人が出かけて行ったけれど、門は閉まっているし、だれもそれを無理に開けて中へ這入ろうとする者はなかった。私も遅れ馳せに馳けつけて、暫らく門前に起《た》っていたが、間もなく悲鳴が止んで、内側の門を開ける音がした。

老婦人がそこに起っている人人に向かって、あの馬が飛び込んで来て、家の中を馳け抜けて行ったが、たった今この塀を跳び越して行かなかったかと聞いていた。

その十五

永年勤めていた官立学校を止めたので、一時恩給を貰ったから、酒を飲んでいる内に馴染みの待合が出来た。

あまり飲み過ぎたので、眠くなって、うとうとしたと思ったが、目がさめると、いきなり枕に膝を貸していた芸妓が私の口髭を引っ張って起こした。

「痛い」

「痛くないわよ、この位の事、まあ真っ赤な眼をしてるわ」

「どれ、どれ」と云って、餉台《ちゃぶだい》の向う側にいた芸妓がにじり寄って来て、私の膝の上に乗り、頸に両手をかけて、舌で私の眼玉を舐め廻した。

「いやだ」

「なぜ」

「気持がわるい」

「気持がわるくないわよ。じっとしているものよ」

「ざらざらして痛い」

「こちらの目玉おいしいわね」

「ほんと、姐さん」と向うにいた若い芸妓が聞いた。「おいしいなら、あたしにも舐めさしてよ」

「駄目だよ」と云って私が立ち退こうとすると、膝にいた芸妓が身軽に辷《すべ》り降りて、頸にかけていた手を外したが、私がその場を動こうとする後から、ひょいと片手を私の肩にかけた拍子に、私は後へひっくり返ってしまった。何だか自分の身体の勝手が違った様な気持がした。

今度はその芸妓が膝を貸してくれたが、そうした所から辺りを見廻すと、芸妓の起ち居が非常に目まぐるしくて、幾人いるのか数もはっきりしない様に思われ出した。そこいらにいろんな物が散らかって居り、餉台《ちゃぶだい》の上から雫が伝って、ぼたぼたと畳の上にこぼれている。

私が気がつくと同時に、又向うにいた別の芸妓が坐った儘で身軽に寄って来てその濡れた所をどうかしたら、忽《たちま》ち乾いてしまった。

芸妓の舐めた後の瞼がいつまでも涼しい様で、その癖そのもっと奥のところから又眠たくなりかかって来た。

「ちょいと、こちらの耳の恰好随分簡単なのね」

「どれどれ」

「ほら、ここの所に皺が一つあって、これを押して、こうして裏返すと、そっくりだわ」

「よせよ、気持が悪いから」

「いいわよ、ちょいと、みんな来て御覧なさい。ここの所をこう摘まむでしょう」

「じれったいわね」と云って、その中のだれかが、私の耳に噛みついた。

うるさいから起き直ろうと思うと、今度は又だれかが口髭を下の方へ引っ張って、膝から頭が上げられない様にした。どうもみんなのする事が荒らっぽくて、さっき一眠りする前とは勝手が違う様なのだけれど、よく解らない。

何だか餉台の向うで、ぐちゃぐちゃ食べ物を噛んでいる音がする。芸妓の顔は、寝る前と同じ様でもあり、みんな少しずつ違っている様にも思われる。

はっとしたから、急に私は跳ね起きて、私に纏《まと》わりついている芸妓を突き飛ばした。

「こらっ、貴様等は何だ」と私が怒鳴った。

一番年嵩の芸妓がしなしなとした様子をつくって、「まあ、驚いちまうわ、乱暴な先生さんだわ、きっと筋が釣っているんだわ」と解らぬ事を云って、中腰になった。「さあ、みんなで揉んで上げましょう」「それがいいわ」「あたしもよ」と云って又私のまわりに集まって来た。

芸妓には違いないのだけれど、しかしどこか違う所もある。お神を呼んで一言聞いて見たいと思ったが、その時芸妓達は急にはきはきし出して、二人が三味線を弾いて歌を歌い、私に更めてお酌をするのもあり、何の事もなくなった様であったが、その歌の節も三味線の調子も、何だか矢っ張りおかしな所があった。

その十六

日比谷の公会堂へ馳けつけたが、切符が階上の自由席である上に、時間を遅れて来たので、人の顔が柘榴《ざくろ》の実の様に詰まっていて、どこにも空席がないから、段段上の方へ探して上がったら、到頭一番後の壁際の、天井に近い所にやっと一つだけ椅子が空いていた。

そこに腰を掛けて、下を見下ろすと、あんまり高いので、目が眩んで前にのめりそうであった。

丁度幕の降りているところであったが、すぐにベルが鳴って、幕がするすると上がり、目のちかちかする様な明かるい舞台の床板《ゆかいた》が真白く目の下に見えた。

まだ私のところから何も見えない内から、大変な拍手の響きが階下の方から湧き上がって、それから舞台に演奏家が一人で現われた。バハの無伴奏のシャコンヌの番組なので、一人で出て来るだろうとは思っていたけれど、その西洋人が余り小さいので吃驚《びっくり》した。ここの席が高過ぎるので、舞台が遠いから、小さく見えると云う程度の話ではなく、脊丈が二尺ぐらいしかなくて、禿げ頭は夏蜜柑より小さかった。それがヴァイオリンを抱えてちょこちょこしているのが、遠くても輪廓だけははっきりしているので、却《かえ》って変な気持がした。

それからヴァイオリンを弾き始めると、いい音色が下の方から伝わって来て、うっとりする様な気持になったが、時時気がついて、舞台の方に目を凝らすと、曲の緩急によって、演奏家が大きくなったり、縮まったりしている様に思われ出した。

どうかした機《はず》みでは、ずっと脊が伸びて、普通の人と余り違わない位になるかと思うと、曲が細かく刻んで来ると、段段小さくなって、さっき初めに見た時よりもまだ縮まり、一尺あるか、ないか位の姿が舞台の白い板の上をちらちらと歩き廻った。

それにつれて、顎の下に挟んでいるヴァイオリンが矢っ張り伸びたり縮んだりする様に思われた。それがただ大きくなり小さくなりするだけでなく、右手の弓でこすり、左の指で揉んでいる内に、楽器が長くなったり、音の工合によっては幅広になったり、厚くなったりして、仕舞にはやわらかい餅を見ている様な気がした。

やっと曲が終わって、大変な喝采が起こったが、演奏家は仕舞の方の調子がまだ身体に残っていると見えて、一番小さく縮まったなりで楽屋の方へ行こうとしたけれど、ヴァイオリンが風流な瓢簞の様に曲がっていて、引きずればますます伸びるらしいので困っている様であった。そこへ聴衆が激しい拍手を送るので、演奏家は一生懸命にヴァイオリンをもちなおそうとしている。小さいなりにその手の指が一本一本はっきり見え、指から手の甲へかけて、真黒な毛がふさふさと生えているのが遠くからありありと見えた。

その十七

神田の須田町は区劃整理の後、道幅が広くなりすぎて、夜遅くなど歩道を向う側へ渡ろうとすると曠野を歩いている様な気がする。

それだから、成る可く終電車にならぬ内に帰ろうとしたのだが、矢っ張り遅くなって、宵の口から急に冷たくなった空っ風に吹かれながら、九段方面へ行く市電の安全地帯に起《た》って待っていたけれど、中中電車は来なかった。もう時間を過ぎているので、流しの自動車も通らず、道を歩いている人は一人もなかった。

風が強くなって、鋪道の隅隅にたまっている砂塵を吹き上げ、薄暗い町角を生き物の様に走って行った。

その内に風の工合で、裏道の方から砂埃を持ち出して来る様で、そこいらの広《ひろ》っ場《ぱ》一面が濛濛と煙り立ち、向う側の街燈の光が赤茶けた色に変わって来た。

寒いので身ぶるいしながら、安全地帯の上に足踏みをして、ぐるりと一廻りした時、町裏になった広瀬中佐の銅像のある辺りから、一群の狼が出て来て、向う側の歩道と車道の境目を伝いながら、静かに九段の方へ走って行った。

狼である事は一目で解ったが、別に恐ろしい気持もしなかったので、ただ気づかれない様にと思って身動きもせずに眺めていると、薄暗い町角を吹き過ぎる砂風の中から、次ぎ次ぎに後の狼が現われて来て、先頭はもう淡路町の停留場の方へ行っているらしい。

そうして足音もなく、多少疲れた様な足取りで、とっとと全体が揺れながら、何処へ行くのであろう。私は終電車の事は忘れて、狼に気を取られながら、一心に眺めていると、辺りが明かるくなって、車掌が昇降口から顔を出した。

「乗るんじゃないんですか、お早くお早く」と云った。

その十八

飛行機の査証の事で、急ぐ用事が出来たので、夜になってから麻布の人使館に出かけたところが、大使の家へ廻れとの事で、そちらの玄関に自動車を著《つ》けさした。

何日も降り続いている秋雨が、その晩は特にひどくて、窓を閉め切った自動車の中にいても、身体がどことなく濡れている様な気持がした。

日本風の雨戸の様になっている玄関の大きな戸が内側から開くと、思いがけもない広間が目の前にあって、薄暗い明かりが隅隅まで届いていなかった。艶めかしい図柄の大きな衝立《ついたて》が少しずつ食い違った様に三つも列《なら》べてある。その陰から紫色の荒い縞の著物《きもの》を著流して、紋附の羽織を著た変な男が出て来て、私に会釈した。日本人に違いないのだが、あんまり色が白いので、白粉をつけているのではないかと思われた。

「入らっしゃいまし、只今大使閣下がお見えになります、どうぞ」と女の様にやさしい声で云った。

こちらへと云って指ざしした時の手が、また吃驚する程白くて、手頸から先にお化粧しているらしかった。

応接間に通ると、向うの長椅子の上に大きなアンゴーラ猫が寝ている。猫は私の顔を見て起《た》ち上がり、その場でぶるぶるっと身体をふるった。

さっきの男は、猫のいる長椅子に身体をすりつける様にしながら、起ったままで、

「先生があちらへお出かけになるのですか」と馴れ馴れしい口を利いた。

「僕は行かないのです」

「私こんな所にいますので、日本の方にお目にかかるとなつかしい気が致しますよ」

いつの間にか私の椅子の後に廻って、椅子の靠《もた》れに手を掛けている。

雨の音が壁や窓硝子《ガラス》を通して、瀧の様に聞こえて来た。大使はいつまでたっても出て来ないので、帰り途の事が気になり出した。

ノックも聞こえなかったのに、いきなり入口の扉が開いて、もう一人別の日本人が這入《はい》って来たが、やっぱり荒い柄の著物を著て、紋附を羽織っている。顔も手も白くて、女の様な感じがするのは前からいる男と少しも変わりがなかったが、そう云う目で見ると、今度の方がずっと綺麗で年も若い様であった。

二人は私を前において、何か丸で解らない言葉で話し合いを始めた。しかしその調子は相談をしているのではなく、云い争っているに違いなかった。

後から来た若い方が私に近づき、にっこり笑いかけてこう云った。

「御ゆっくりなすってもよろしいんでしょう、ね先生」

「いや僕は急ぐのです」

「でも、よろしいでしょう、お茶を入れてまいりましょう」

「大使はまだお手すきになりませんか」

「さあどうですか」

一寸《ちょっと》話し声が途絶えたと思ったら、その間にアンゴーラ猫の鼾《いびき》が聞こえ出した。

その十九

西の空の果てまで晴れ渡っているので、夕日が赤赤と辺りを照らしているのに、何となく物の影が曖昧で、道端の並樹も暗い様であった。

山王下の料亭に行くと、森の影が覆いかぶさっているので、もうすっかり夜であったが、それで却《かえ》って家の中は明かるく、障子《しょうじ》の紙も真白に輝いていたから、気持がはっきりした。

何十年も前に田舎の同じ学校を出た連中の同窓会なのだが、それが今晩初めての会合なので、みんながどんな顔をしているかと云う事を予《あらかじ》め想像して見ようとしても、捕まえどころがなかった。

私より先に来ていた者も二三人はあったけれど、いきなり部屋へ這入《はい》って挨拶はしても、お互にだれがだれだか、即座には解らなかった。

大体集まったところで、酒を飲み始めたが、少し酔が廻って来ると、却ってみんなの顔もはっきりする様な気持がした。

私の隣りに坐っている男は、昔の学校でも矢張り私の隣りの席に列《なら》んでいたのだが、それから後、一度も会った事もないし、手紙のやり取りもしなかった。

私は盃を指しながら聞いた。

「君の御商売は何だね」

「僕は君、実は泥坊をやっているよ」

「泥坊はいいね、どう云う泥坊が専門なのかね」

「どう云うって、極く普通の泥坊さ。泥坊は普通のやつが正道だよ」

「そうすると、頬被りをして、尻を端折《はしょ》って、夜中に忍び込むのかい」

「そうそう、あれだよ、しかし服装は時代に従って昔とは多少違うけれどね」

「夜中に人の家の中へ這入って行ったら、面白い事があるだろうね」

「それはある、大有りだが、人前で話せない様な事ばっかりだよ」

　その友達と頻《しき》りに盃のやり取りをして、愉快に話し合ったが、その友達から二三人先にいる男の事がどうもはっきりしない。顔も思い出したし、さっき私が後から来た時も、その男と久闊《きゅうかつ》を叙《の》べ合ったのだが、その男は東京に出て来て、農科大学に通っている内に、玉川上水におっこちて、死んだ筈である。しかし、さっきからみんなと静かに話し合っていて、別に変わった様子もない。

　私は隣りの男に聞いて見た。

「おい泥坊よ」

「よせやい、そんな事を云っては困る」

「だって今そう云ったじゃないか」

「だからさ、本当なのだから、そんな事を云っては困る」

「それなら、何か外《ほか》の看板を出しておいたらいいではないか」

「それはちゃんと、やっているよ」

「そっちの方の商売は何だね」

「下谷で葬儀屋をやっている」

「本当かい」

「みんな本当だよ」

「それじゃ丸で縁故のない事もなさそうだが、そら、あの」と云って、その男から二三人先の男の事を話そうとすると、ひょいと向うからその男が顔を前に出した。別に変わったところもないけれど、何だかこちらの気持がぴったりしない。その男は顔をのぞけた儘の姿勢で私共の方へにこにこと笑って見せて、顔を引込めたが、その後がどうも片附かない。

隣の男が陽気な声で私に云った。

「葬儀屋の縁故って何だい」

「だからさ、今のそらあの男は死んだのじゃなかったかね」

「そうだよ、玉川上水の土左衛門じゃないか」

「矢っ張りそうだろう。それがどうしてやって来られるんだろう」

「あんな事を云ってるよ」

「何故」

「そんな事を云えば外の連中だって、おんなじじゃないか。僕等のクラスは不思議によく死んだからね」

「しかし、それは別だよ」

「別なもんか、まあいいや、酒を飲もう」

　それから随分時間がたったが、賑やかに話しているのは、私のところだけで、外の席はお酒が廻る程、段段沈んで行く様であった。

その二十

　湯島の切通しに隧道が出来て、春日町の交叉点へ抜けられると云う話なので、その穴へ這入《はい》って見たが、全くいい思いつきだと思うのは、以前まだ人力車が盛んであった当時、私はよく本郷から小石川へ帰るのに俥《くるま》に乗ったが、本郷真砂町から春日町の谷底へ下りるのに、俥屋があぶなかしい足取りで、俥の辷《すべ》るのを防ぎながらやっと長い坂を下りて、それから又今度はその谷底から、伝通院の側の富坂の急な坂道を、息を切らして、はあはあ云いながら上って行く。大変な苦労で俥に乗っていても気が気でないが、仮りに上り下りの苦しさは別にして考えても、距離から云って所謂《いわゆる》三角形の二辺と云う事になり、もし真砂町から富坂上へかけて空中線を引く事にすれば、その線が一番近い一線である。空中線を陸橋で結べばいいので、そうなれば俥屋《くるまや》もらくになるし、俥屋よりもっと重い荷車を挽いている人夫はなおの事、助かるだろう、何故そう云う陸橋を架けないのかと考えていたが、この頃になって、四谷塩町と市ヶ谷合羽坂との間にそう云う橋が出来るそうである。しかしそれより高台の底に横穴を掘って、向うの低地へ結びつけると云うのは一層いい考えである。まだ日がかんかん照っている日なかに、私は湯島天神の下からその穴に這入《はい》って行ったが、入口は狭くて窮屈であったけれど、暫らく行くと、暗がりが広がって来た。愛宕山の隧道などと違って、穴の向うの出口が見えると云う様な小さい穴でないから、一たん這入ったら、一応穴の中の気持にならなければならない。

湯島の穴には電燈がつけてないので、外から見れば暗いけれど、中に這入ると外とは違った明かりがある。入口に近いところは外から射し込む日光で、足許《あしもと》に不自由する事もないが、暫らく行くと、その光りは消えて辺りに別の明かりが射している。一体に穴の中は真暗なのだが、そこいらにある物が何でも自分で光っているので、それで明かりが十分に取れる。道端の水溜りに大きな金魚がいくつも泳いでいたが、金魚の姿から色合い、鱗の筋まではっきりと見えるのは、水の外からの明かりに照らされているのでなく、金魚が一匹ずつ光っているのであった。そう云えば水にも明かりがあって、水は水らしく薄い光りをそこいらに流している。

奥の方へ這入って行くと次第に辺りが広くなって、茶店を出している所へ来たから、そこで休んだが、お茶を汲んで来た娘は美しく愛嬌があって、それに顔や手が自分で明かりを持っているのだから、なおの事あでやかに思われた。茶椀も光っているし、菓子皿にも明かりがある。しかし、そう云う物がぴかぴかと鋭く輝いているのではなくて、ただその物のあると云う事が解るだけの明かりを持っているのだから、見ている目が労《つか》れると云う事はない。

茶店の先に広場があって、植え込みになっていて、外で云えば町中の小公園と云う様なところらしいから、行って見たが、樹の枝にも葉っぱにも、それぞれの明かりがあって、地上の景色よりは美しく思われた。小鳥も光りのかけらの様に飛び廻っているし、噴水の水は花火の様であった。

方方を歩き廻ったが、春日町へ出るのはどちらへ行けばいいのか解らないので、少し心配になって来た。だれかに聞きたいと思ったけれど、生憎《あいにく》辺りに人もいなかったし、空と云うものがないので、私の様な馴れない者には方角がわからない。その内に段段辺りが広がって、穴の中の取り止めがつかなくなり出した。気がついて見ると、私の手や足もうっすらした明かりを湛えて光り出した。

その二十一

ホテルの食堂へ晩飯を食いに這入《はい》ったところが、私の食卓の直ぐ前に後向きに腰を掛けている西洋人の年寄りがいて、その向き合った席には、日本人の若い洋装の女が、頬紅や黛《まゆずみ》を一ぱいつけた顔で不自然な笑顔をつくりながら、絶えず何か話しかけている。

西洋人の頸は七面鳥の様で、その上に真白な長い白髪がかぶさっている。何か相手の女に受け答えしながら、時時頸を縮める身振りをしているが、そうする度《たび》に、頸の肌にきたない皺が出来て、その廻りの白髪がおっ立ち、見ていて気持が悪くなった。

私が自分のお皿を突っつきながら、うっかりその方に気を取られていると、何故だか足に突っ掛けている革のスリッパが脱げるので、もうそんな事が二三度もあったから、気にしていたが、その内に二人の話は段段熱を帯びて来るらしく、今では西洋人の方が余計に口を利いて、時時食卓のこっち側から、女の顔の前に手を出して見せたりしている。

私はそれを見ていて自分が不安になると同時に、西洋人の後姿を間に置いて、私と向き合っている洋装の女の様子が、何となく私の心を惹《ひ》く様に思われ出した。

何度でも辷《すべ》り落ちるスリッパを足の先で探りながら、いらいらして、食っている物の味も解らなくなりかけた。女がとろける様な笑いを目もとに湛えて、西洋人をじっと見つめた挙げ句に、その目をそらして、ちらりと私の方を見た。その途端に西洋人の頸の色がさっと変わって、今まで皺の間まで赤味を帯びていたのが、一どきに紫色になった様であった。

ボイがその食卓の傍に来て、何か云っている様であったが、その話しの途中で急に西洋人が起《た》ち上がって、自分の席を離れ、女の片腕を取って、釣るし上げる様に起《た》せたかと思ったら、女の身体を軽く小脇に挟んで、さっさと入口の方へ歩き出した。その後から支配人やボイが大勢腕組みをして眺めているが、みんな平気でいるらしい。何か私が見違えるか、勘違いするかしたのかも知れないと気がついたので、心を落ちつけようと思って、今来たお皿の中をじっと見つめながら、肉叉《フォーク》を動かしていると、そこにある骨のついた鳥の肉や、小さな帽子をかぶったトマトなどの取り合わせが非常に興味がある様に思われて、さっきの騒ぎもこのお皿の中の御馳走のにおいであった様な気がし出した。

その二十二

日比谷の交叉点に二つ列《なら》んでいる公衆電話の手前の方のに這入《はい》って相手を呼んでいると、隣りにも人が這入ったらしいが、透かして見る硝子《ガラス》がこちらのも向うのも埃でよごれているし、おまけにそれが二重になるから初めはよく解らなかったけれど、その内に目が馴れて来ると、髷《まげ》に結った非常に美しい女の姿がすぐ手近に現われて来た。

私の用件は、これから人と会う打合せであって、簡単にすむ事なのだが、相手が中中出て来ないので、呼び出しに手間がかかった。又その方が都合がいいのであって、今私はすぐにここを出て行き度《た》くない、もう少し隣りの箱を透かして見たいと思った。向うの女は受話器を耳に押しあてた儘、身体をこちらに捻じ向けて、私の方を見ながら何か一心に口を利いている。その脣の色も見えるし、又じっと眺めている内に、手がらの色も目に沁みて来た。箱に入れた美しい物を外から見ている様で、何の遠慮もいらないから、私は自分の電話をお留守にして飽かず眺めていたが、向うの話している様子は次第に生き生きして来る様で、それが電話に向かって話しているのでなく、よごれた硝子《ガラス》を隔てて私に何か云っているのではないかと思われ出した。

私の方の電話は、どこか変な風に混線していると見えて、いまだに向うとつながらないのだが、別にじれったいとも思わず、じりじり云ったり、びんびん鳴ったりする音をぼんやり聞いている内に、何だかそう云う雑音の奥から、綺麗な響きのする女の声が聞こえて来る様な気がした。

「そうは行かないわ、でも仕方がないわ、ええ構わないわ」と云う様な切れ切れの言葉が段段にはっきり聞き取れる様になった。

「それでどうなの、あなたは今すぐでもいいんですか」と云った様であった。それで私は隣りの箱の中を見ながら、びんびん鳴っている雑音の中へ、

「こちらは構わないよ」と云って見た。

女も硝子の向うから、こちらを見ている美しい脣が動いたと思ったら、

「それじゃ、もう電話を切るわね、すぐ出て下さる」と云った。

「いいよ、それじゃ僕も切るよ」と云って、私が受話器を掛けた途端に、隣りの箱でも受話器を掛けた。そうして私の方を見て、にっこり笑ったらしい。

ばたんと云う音が響いて、隣りの女が箱を出て行ったから、私も外へ出ようとすると、こちらの扉は、うまく開かない。それで押したり突いたりしていると、前に人影がさしたので、目を上げて見たら、今の女がそこに起っていて、私の箱に這入ろうとしている。美しいと思ったのはその通りであったが、しかし吃驚《びっくり》する様な大きな顔で、赤い脣の間に舌のひくひく動いているのが見えた。

その二十三

私は仕事の都合で歳末の半月ばかり、東京駅の鉄道ホテルに泊まっていたが、その間は一度も外へ出なかったので、大分気分が鬱して来た。それにホテルの食べ物は窮屈で、食堂のあてがい扶持ばかり食ってもいられないから、毎日昼か晩の内少くとも

一回、時によると二度とも駅の乗車口の精養軒食堂へ降りて行って、いろんなものを拾い食いをした。

夕飯の時は、鮨やお弁当を肴にして、独酌で一盞《いっさん》傾ける。いつも大変な混雑なので、傍の食卓の人が起ったり坐ったり、出がけにコップをひっくり返す人もあるし、泣いている赤ん坊を背中におぶった儘で坐り込むお神さんもあって、初めの間は少しも落ちつかなかったが、仕方がないと我慢して盃を重ねている内に、次第に辺りの騒ぎが遠のいて来る様で、目の前をちらちらしている人影も目ざわりでなくなった。

そう云う時に、食堂の中のどの辺りからと云う事は解らないけれど、毎日きまった同じ調子の話し声が私の耳に聞こえて来出した。最初にその声を聞いた時、だれか私の知った人が近くにいるのかと思って、辺りを見廻したが、大勢の人の顔が、あっちに向いたりこっちに向いたりして、だれがその声を出しているのか見分けがつかなかった。

二度三度来る内に、必ずその声を聞くので、もう人の顔を探す様な事はしなかったが、仕舞には、お午《ひる》に一寸《ちょっと》ライスカレーを一皿食いに降りて来ても、その間に矢っ張りいつもの話し声が聞こえる様になった。

その声柄は少し嗄れていて、重みがあり、相当の年輩の男の声と思われるけれど、話している事柄は一言も解ったためしがない。又その話しの相手になっている方の声は、まわりの騒音に混ざって、聞き別ける事は出来なかった。

いつも同じ声を聞き馴れたので、その食堂に降りて行く時は、いくらかこらで待ち受ける様な気持になったが、そのつもりで食事をしていて、一度も失望した事はない。

仕事に疲れ過ぎて、少しお酒を余計に飲んだりする時は、話し相手もなく重ねて行く盃の間に、随分酔いが廻ったと自分で解る事もある。そんな時には、どこからともなく聞こえて来る話し声が非常にはっきりして、ほんのもう少しで何を云っているかと云う内容も解りそうな気がする。

一週間か十日も過ぎた或る晩、いつもの通り人混みの中で独酌をしていると、その聞き馴れた声が咳をした。風邪でも引いたのかとぼんやり考えかけて、急にはっとする様な気がした。その咳払いはもう三十年も昔に死んだ私の父の声にそっくりであったので、それで一度は、父の声であったのかと思ったが、又考えて見ると、父の死んだのは今の私より年下の時であり、今聞こえて来る声は私などよりずっと年下の人の響きがある。死んだ後で年を取ると云う事がない限り、父の声がもし聞こえるとすれば、もっと若い張りがあるに違いない。それでいつも聞き馴れている声はそうではないときめて、又そんなに迫った気持でなく聞く様になったが、間もなく咳も止み、もとの通りの重みのある語調で話す様になった。

桃葉

四五人の客が落ち合って一緒にお膳をかこんだが、話しもはずまず時ばかりたつ様で、物足りない気持がした。

後からだれかもう一人来る様に思われたけれど、何人を待っていると云う事ははっきりしないなりで、みんなと途切れ勝ちの話を続けていると、暫らくたってから、表で犬が吠えて、それから人の声が聞こえた。

「ああ僕です、いいんです」と云っているのが間近かに聞こえて、取次ぎより先に知らない男が這入《はい》って来た。

「やあ暫らく」と云って私の隣りに坐り込み、それからみんなに軽く会釈した。

「どうも途中で暇どってしまって」と云いながら、そこいらにあった盃を勝手に取って、酒を飲み出した。

何かして手を動かす度《たび》に、紺の様なにおいがした。しかしそう思って嗅ぎなおそうとすると、著古《き》した肌著から出るらしい厭なにおいがして、合点が行かない。

私はその男に構わず、だれに話すともなく話しを続けた。

「机の一輪挿に挿しておいた桃の枝に赤い花が咲いて散ったから、枝を抜いて捨てようと思ったところが、青い葉っぱが出て来たので、まだその儘にしてある」

お客はみんな曖昧な顔をして、ふんふんと云う様な恰好をしているらしく思われたが、その中のひとりが急に頓興な声をして、

「そりゃ、やめた方がいい。貴方はよく平気でいられますね」と云った。

「まあいいさ、それでどうしました」と別の客が私に話しの後を促したが、他の連中も急に耳を澄まして来た気配なので、話しに張り合いがついた様な気がして、

「それから毎日部屋へ這入る毎《ごと》に、気をつけて見ていると、初めは細い枝の肌の所所が、ささくれた様になって、小さな青い葉の尖が覗いていたが、二三日する内に一分ぐらいも伸びて来た様です」と云いかけたところが、今度は今、後から来たばかりの客が乗り出して、

「僕にもその記憶がありますが、貴方はそう云う事をされたのは、今度が初めてではないでしょう」と云った。

「それは以前にもやった事があるかも知れないけれど、今度初めて気がついたのは、昨夜になって、その枝の肌に一所薄桃色の蕾の尖の様なものが出て来たので、目を近

づけて見ると、動いているから驚きました。虫だろうと思うのですが、或《あるい》は又もう一度花が咲くかも知れない」

「そんな馬鹿な事があるものですか。貴方は気がつかないのですか」さっき頓興な声をした客が、もっと上ずった調子で云った。「虫だなどと思っていたら、どんな事になるか知れやしない」

「まあまあ」と後から来た客がそれを制して私に向かい、「それでは序《ついで》だからお話ししますが、貴方は忘れた様な顔をして居られるけれど、栗鼠《りす》の子を小さなボール函に入れて、音楽会へさげて行ったでしょう。栗鼠を売っていた小鳥屋の亭主がへまなものだから、ボール函へ移す時に取り逃がして、一ぱいに日の照っているだだっ広い往来を栗鼠が走り、丁度そこへ来て停まった電車の下をくぐり抜けて、向う側の泥溝《どぶ》へ這い込むところを亭主があわてて捕まえた。それをその儘ボール函の中へ押し込めたのだから、弱っていたには違いないが」

傍で聞いているお客がいきり立って来た様な気配がした。中の一人はハンケチで額をこしこしと拭いた。

「そのボール函を椅子の下へ置いて、夕方までピアノの演奏を聴きながら、時時足許《あしもと》でかさかさと音がするのを気にも止めなかった。そうした挙げ句に帰りは人を誘って鰻屋へ上がり、酒を飲み過ぎてあばれたではないか。なぜそんな気持になったかと云う事を君は自分で隠している。女中の口から、栗鼠に水をやりましたが、只今組《まないた》の上で死にましたと聞かされて、又も一あばれあばれたではないか。やっと家まで帰りついて、自分の部屋で机に顔を伏せて泣きながら、合い間合い間に一輪挿の桃の枝から、伸び切った葉っぱを一枚一枚千切っては、そこいらに散らかしたのは、何の為だ。二度目の蕾だの、薄桃色の虫だのと巫山戯《ふざけ》た事はいい加減にしろ、このインチキ野郎」

何だか真黒い拳を突き出したと思ったら、大変な音をさして、お膳を割ってしまった。急に気持がはっきりして、辺りを見極めようとすると、その男はもう玄関の方へ出たらしく、表で変な物音がして、犬が吠えながら、何処かへ走って行った。

目まいがすると云って朝の内から横になっていた女が何か云ったらしい。その部屋に行って見ると、暑いのに片側の雨戸を閉めて中を薄暗くし、薄い布団の上に茶罐を枕にして寝ていた。

「ちょいと私の家から取って来たいものがあるんですけれど」

「ふらふらすると云うのでは行かれないだろう」

「ええ」と云って目をつぶった。

そう云うつもりで出て来たとは云っていたけれど、幾日も私の家に泊まりっきりで、留守居の婆やをほっておいていいのだろうかと気になっていた。何を持って来るのだと尋ねようと思う間に、女はすやすやと眠ってしまった。

「変だね」と云ったが、自分の独り言が非常にはっきり辺りに響いたので、手持無沙汰の気持がした。

また自分の部屋に帰って来たが、何もする事がない。女が身近かに来てくれたので落ちつくかと思ったけれど、却《かえ》って周囲に取りとめがなくなった様でもある。女がまた何か云ったらしい。

傍へ行って見ると薄目を開いてこっちを見ている。

「ちょいと家へ行って来たいんですけれど」

「どうかしたのか」

「取って来たい物があるんですわ」

同じ事を繰り返して、うつらうつらしているらしい。寝ている女の肩に手を掛けて、ゆすぶった。

「おい、何を云ってるんだい」

「だからさ、いいえ、すみません」

「何だか知らないが、取って来て上げようか」

「すみません、婆やにそう云って下されば解りますわ」

女を一人家に残して外に出て見ると、近頃覚えのない気持になった。よその塀から覗いている樹の小枝も、道の角に巻き上がった小さな砂風も、どこかの煙突から空に流れている薄煙も、みんな今出て来た私の家の方へ靡《なび》いている。乗合自動車でごとごと行ってはいられないと思ったので、辻で自動車を傭った。窓の外を眺めている内に、薄ら眠くなる様であった。

余り人の通らない道を走らせているので、窓枠に風の擦れる音が、さあさあと耳に立った。

「下町の方は大変ですね」と運転手が話しかけた。「もう一帯に水がついてしまったでしょう」

「どうしたんだ」

「丸で大雨の後の様な騒ぎです。高潮の所為《せい》だと云う話ですがね」

「いつからそんな事になっているんだ」

「ついさっきからですよ。大川の川縁なんか両方に溢れ出して、何処《どこ》から川なのだか、境目が解りませんよ」

「変だねえ、こんないいお天気じゃないか」

「だから高台に上がって向うの方の空を見ると、水明りでぎらぎらしていますよ」

自動車を降りてから、その話を思い返したが、不思議な気持はしなかった。幾日か見ない内に、森が少し黄ろくなっている。中へ這入《はい》って行くと、足許《あしもと》から鳥がばたばたと立った。

家はいつもの通りに開けひろげてあって、外から見ても、きちんと片づいている。上がって行ったが、婆やの姿は見えなかった。どこかへ使にでも出たのであろうと思ったから、暫らく待つつもりでそこいらを歩き廻った。縁側に小さな子供の泥足の跡が一ぱいについている。退屈だから足形の数を数える様なつもりになって、一つ一つ目で拾っている内に、何だか子供の足跡ではない様に思われ出した。頻《しき》りに家の事が気になって、早く帰りたいと思ったが、婆やは中中戻って来ない。その内に少し薄暗くなって来た。

人の気配がしたから見廻したら、縁鼻に例の教官が起《た》っている。

驚く暇もなく向うから落ちついた挨拶をした。

「只今お宅に伺いましたが、こちらへお出かけの後でしたから、急いで参りました」

「何か急な御用ですか」

「いや」と云って、そこへ腰を掛けて人の顔を見た。

「まあお上がりなさい」

「いや結構です、濡れて居りますから」

腰を掛けた膝から上まで洋服のズボンがかたになっている。

「どうしたのです」

「低い所には水が来ているのを知らずに出かけたものですから。実は御挨拶に上がったのですが、この度《たび》発令になりまして、本官に任ぜられました。どうか今後とも宜しくお願い申します」

「お目出度《めでと》う御座います。しかしそれでわざわざこんな所まで入らして下さったのですか」

「はあ」

ポケットから煙草を取り出した。燐寸《マッチ》の火がびっくりする程大きな焰《ほのお》に見えた。

「成《な》る可《べ》く早くお帰りになった方が宜しいでしょう」と云って、又人の顔を見た。

「何故です」

「私も何かお手伝致したいと思って伺ったのですが」

「何のお手伝ですか」

「奥様をああして一人でほってお置きになってはいけませんでしょう。迷信かも知れませんが」

「何故いけないのです」

「大分時間が経っているのではありませんか」

私は前にのめって、思わず手を突いた。

「おや」と相手が甲走った声をした。「先生は御存知なかったのですか」

相手が見る見る真青になって、辺りの薄闇にぽかりと穴があいた様に、その顔が遠退いた。

南山寿

一

外はひどい吹き降りなのだが、時時雨の音が聞こえなくなる様な気がした。自分の耳の所為《せい》かと思って居住いを直すと、またざあざあと云う烈《はげ》しい音が戻って来る。雨音が軒や戸袋を敲《たた》く時は身のまわりが肌寒い様に思われ、その音が耳から遠ざかっている間は、辺りがもやもやと蒸し暑くなって来た。

茶の間に出て見ると、老妻は夕飯の膳を片づけた後に手枕をして、年甲斐もないあどけない顔で転寝《うたたね》をしている。片頬が枕にした腕に食っついて、少し引っ張られている所為で、口許《くちもと》のゆるんでいる様子が可愛い様に見えるのが無気味であった。額《ひたい》の抜け上がったただっ広い顔を、電燈が上からまともに照らしているので、人の顔とは思われない大きな白けた物が、畳の上にころがっている様に思われた。

独りで茶を注いで、また自分の部屋に帰ったが、じっと坐っていて何を考えると云う取りとめもない。二十年に近い御奉公を終わって、最早《もはや》世間に用のない身体である。今後の事に就いては、退職の話が出た当時から気にかけているけれど、いまだに纏《まとま》りがつかない。矢張り外の暗い庭に降り灑《そそ》ぐ雨の音に誘われて、頻《しき》りに雨が息をするらしい気配にばかり気を取られた。音のしない間はやんでいるのか、雨脚を風が外へ吹きつけるのか、それとも自分の耳の所為かと云う事を、どれか一つにきめようと云う様な気持ではなく、ただぼんやり考え合わせている時、まだ閉めてなかった表の門の木戸が濡れた音でごとごとと開いたらしい。

玄関で人声がするから出て見たら、自分が今度やめた後に這入《はい》って来た若い教官が起《た》っていた。

「夜分に伺いまして申訳ありませんが、少しお願い致したい事がありまして」と云うから、座敷に通した。俥《くるま》に乗って来たと見えて、格子の間から見える表に、油紙の覆いをかぶった提燈の火が、雨のしぶきでうるんだ様に辺りを照らしている。後から濡れ鼠の車夫が這入って来て、玄関の土間に突っ起った。待たして置くのであろうと思ったから、まあ掛けなさいと云ってやったが、合羽の裾や袖先から、雫が筋になって土間に流れている始末だから、腰を掛ける事も出来ないだろう。

茶の間に這入って、妻にお客があるから起きろと云っておいて、座敷に出た。

「雨の降りますのに、ようこそ」と挨拶したが、何用があってやって来たのか、見当もつかない。新教官は青白い顔に金縁眼鏡を光らして、何となくおどおどしている。

「突然上がりまして、誠に失礼で御座いますが、明日から講義に出る事になりましたので」

「それは結構です。それでわざわざ入らして戴いたのですか」

「いいえ、それでその準備を今日は午過《ひるす》ぎからやって居りましたが、経験がありませんものですから」

「なあに、そんな事はすぐに馴れますよ。貴方は大学を出て居られるのだし」

相手はもじもじして、端坐した洋服のずぼんの膝で、頻りに手を揉んだ。

「実は申し兼ねますが、初めの方の二三章だけ、解らないところを教えて戴きたいと思いまして夜中に伺いました」

そう云って新教官はもう一度お辞儀をした。

私のやめた官立学校は特殊な組織になっていて、教科書は学校の内部で編纂したもののみを用いるのである。だから大学を出たばかりの無経験な新教官には、勝手が解らなくて困るであろうと思われるけれど、それならば私達のやめた後にまだ残っている現在の主任教官の許へでも聞きに行けばいいではないか。わざわざ前教官の私の家まで出かけて来るのも可笑《おか》しいし、又俥で乗りつけると云うのも物物しい。変な男だとは思ったが、どうせぼんやりしている際だから、迷惑と云う程の事もない。

「そんな事はいい加減でいいのですよ。しかしお若い方は真面目だからそうも行きますまい。解る事でしたら伺いましょう」と云ったらよろこんで早速《さっそく》薄い包みをほどいて、見覚えのある表紙の教程を取り出した。

それはいいけれども、ばあさんはまた寝入ったのであろうか。お茶を出せと云っておいたのに、ことりとも音がしない。手を敲《たた》いて見たけれど、返事もしなかったが、しかしまあお茶は後でもいいと思ったので、その儘にして、お客の質問に応ずる事にした。

聞いて見ると、何でもない事が解らぬらしい。一通り外国語が読めたにしても、日本語の術語を一つも知らないのでは始末が悪いであろう。それはこう訳する、それはこう云う術語にあたると一一《いちいち》説明してやるのを新教官は不器用な手つきで、自分の本に鉛筆で書き入れた。余っ程困った挙げ句にやって来たと見えて、こちらで云ってやる事が一つ一つ向うの期待した要点にあたるらしく、その度《たび》に、うなずいて、そうですかそうですかと云っている内に、段段頭が低くなった。柔らかいカラを巻いている頸のまわりが少しはだけて、脊筋がちらちら見えている。

一通り質問を終わって顔を上げたところを見たら、這入《はい》って来た時より少し相好が変わっている様な変な気持がした。この新教官には学校で引き継ぎの時に一度会ったきりなのだが、その時見覚えた顔と、今夜玄関で見た時の顔とは、同一人には違いないけれど、どこか人相の違う様なところもあった。今またこうして対座している内に、そんな気持のするのは向うに変なところがあるのか、こちらの目の都合なのか解らないが、相手を前において考え込むわけにも行かない。また一しきりひどい雨の音が家の周囲に敲きつけて来た途端に、不意に座布団から下りて丁寧な礼を述べて立ち上がった。少し小降りになる迄と引き止める暇もなく、お茶も上げませんでと挨拶を返している内に、玄関へ出てしまった。

手土産に置いて行った菓子箱を持って、茶の間へ行って見ると、老妻はさっきと同じ恰好をして寝ていたが、ただ手枕を外している。そう云えば客が来たからと云って起こしに這入った時から、手枕は外していたかも知れないが、こちらが不意の来客で少しあわてていたから、別に気にも止めなかったけれど、畳の上にじかに顔を当てている様子は甚《はなは》だ見苦しい。おいおいと呼んで見ても、目を覚ますどころか、却《かえ》って深く眠り込む様に思われた。気がついて見ると、微かな鼾をかいているが、その声が獣が唸っている様であって、しかも鼾と鼾との間が随分間延《まの》びがしている。少し変だと思われ出したので、肩に手を掛けてゆすぶって見たけれど、不思議な声をするだけで、決して目を覚まさなかった。

吹き降りの中を馳け出して、近所の医者を呼びに行ったが、傘はさしていても何の役にも立たなかった。風に傘をすくわれる度に、大粒の雨が激しく頬っぺたに打ちつけて来た。雨の粒には冷たいのと温かいのと混じっている事を、自分の肌ではっきりと感じ分けた。

二

永年の勤めには離れるし、糟糠《そうこう》の妻とはその様にあっけない別れをして、五十余年の生涯に蹈みしめて来た足許《あしもと》が、急にふらつく様な心地である。家の事はもとの同僚の周旋で、男の子を連れた年増の女中を雇い入れたから、別に困る事もないが、まだ自分では使えると思われる身体をもてあまし、夜になって明日の仕事と云う事を考えるのが何よりの苦痛である。老妻も可哀想な事をしたと思うけれど、子供を三人まで生んで、みんな早死させてしまった後はもうあてもない明け暮れであったであろう。そこへ自分も職を退き、多少の恩給は戴くにしろ、結局二人の暮しは日ごとに細って行く外はなかったのだから、ああ云う風にして自分より一足先へ行ってしまったのも却《かえ》って仕合せであったか知れない。

しかし自分に未練が残っていないと云うわけではないので、どうかするとその後先の何でもない事まで頻《しき》りに思い出すのであるが、その中で当夜雨の中を訪ねて来た新任の教官の事を考えると、最先きから不吉な気持がするのは不思議である。帰った後はその騒ぎで取り紛れていたけれど、霊前を飾った後になって、手土産の事を思い出し、開けて見ると、立派な干菓子だったので、すぐにお供えの役に立った。向うでは私を老大人に見立てて、わざわざそう云う物を持って来てくれたのであろう。そんな事に縁起をかつぐ程耄碌《もうろく》してはいないつもりだが、一日おいて告別式を行った時、身よりと云うものは余りないのだけれど、学校を退いてから間もない事なので、もとの同僚達はもとより、その関係の方面からの会葬が大分あって、老妻の最期を飾るには寧《むし》ろ望外と思われる程の盛儀となったが、自分が棺側に起《た》って、一一《いちいち》挨拶を返している中に、吹き降りの晩に来た新教官の金縁眼鏡を見た時は、二度と見てはならぬものを、こちらから見返した様な気がして、何となくぞっとした途端に、思いも掛けずその男の脊筋の凹みをありありと思い出した。

　少し片づいてから、また先先の事を考えている内に、もと自分と同じ学校に暫らくいたが、学力不足の為実際教授の上に効果を挙げる事が出来ないと云う廉《かど》で、退官させられた或る若い学士の事を思い出した。その学士は後に私立学校に地位を得て、今ではその科の主任をしていると云う話を聞いた事があるから、その男に頼んで見ようと思い立ったので、日曜日の朝、少し早目に出かけて行った。何故朝早くから訪ねたかと云うわけは、若《も》し留守のところへ行くと、更《あら》めて出なおす事になってはいくら頼み事であるにしろ、少しく沽券《こけん》にかかわると思ったからである。

　中中解りにくい所であったが、やっとその家を探し当てた。まだ暖いと云う時候でもなかったけれど、額《ひたい》に汗がにじんだ。

学士の家内と思われる女が出て来て、けげんそうに人の顔を仰ぎ見たが、名前の上に位階を入れた名刺を渡したら、恭《うやうや》しく押し戴いて、奥へ持って這入った。

二階の書斎に通されて、暫らく待っていると、学士が出て来たが、どうも寝ていたらしい。まぶしそうな目つきで人の顔を見ながら挨拶をした。

「あんたはその後お盛んな様で、結構です」

「いえ、そんな事はありませんが、その節はいろいろお世話になりまして。しかし、散散な目に会っていい勉強を致しました」

「全くお気の毒な事だったが、しかしあぁ云う特殊な学校は、あんたの様な文学を専門にやった人には向きませんよ。時に今日は少少お頼みしたい事があって上がったのですがね、あんたの出ている学校で、わしを使って下さるわけに行かんか」

「そうそう、今度おやめになったと云う事は一寸《ちよつと》伺いましたが、僕のところなんかつまりませんよ」

「いやそんな事はない。それにどうも永年の規則立った勤務から離れて、その日その日の規律というものがなくて困る。俸給の事なんかどうでもいい。恩給を戴いているから、その方はどうにかなる。だからその事は一切あんたにお任せするが、兎《と》に角《かく》一つの御手伝をさせて下さらんか。毎日きまった学校へ出かけると云う事は運動のためにも、大変いい事だ」

相手の学士が黙ってしまったので、何か自分は云い過ぎたかと考えたが、暫らくして向うからこんな事を云い出した。

「御尤《ごもっと》もですが、どうもそのお話は弱りました。僕の学校では、教師の報酬は受持の時間が単位になって、それから算出するのですから、時間俸の先生でも月給の先生でもその点は同じなんです。そこへ自分は恩給があるから俸給なんかいらんと云う先生が割り込まれるとなると、俸給を貰わなければやって行かれない先生達の立つ瀬がなくなるわけです。お話しの様に毎日などと云う事はとても出来ないと思いますが、仮りに一日か二日にして極く僅かの時間をお願いするとしても、矢っ張りそれだけの時間数だけを食い外す先生が出来ると云う事になりますので、どうもそう云う点から、僕では計らい兼ねる様に思いますから、一層の事僕などでなく、科長のところへいらして、お話しになっては如何ですか」

相手の云う事は尤もの様であるが、その裏に自分の申し出を厄介がっている事は明らかである。科長と云う男にも、何かの折りに一度や二度は顔を合わせた事があるかも知れないが、そう云う所へのこのこ出かけて行って見ても仕様がないであろう。

学士の家内が、瀬戸物の盆をがちゃがちゃ鳴らしながら、紅茶を持って来た。

大業な手つきでその茶椀を薦める間に、口を利き出した。

「今日はようこそお出で下さいまして、先程はまた大変御無礼申し上げました」

何となく板につかぬ調子で弁じているが、何処か田舎出の女なのであろう。さっき玄関で見た時は気にもとめなかったけれど、今の間にお化粧したと見えて、相当な歳をしている癖に頰から襟の辺りをほのぼのと匂わし、まるで夕方の女を見る様な工合である。

「またいつぞや内は、主人がいろいろとお世話様になりまして、本当に有り難く存じ上げているので御座いますよ」

口から出まかせを云っているのか、それとも主人がやめさせられた当時の皮肉なのか解らないが、学士と話し合っている間はこちらの申し出が容れられないと思っても、それ程気にならなかったけれど、この女が出て来て、何か云い出した後は、自分が相当の年輩でいて、こんな男の所に頼み事に来ていると云う事が、恥ずかしく思われ出した。学士の家内が何か云い出す度《たび》に、自分は座に堪えない程の屈辱を感じる。

「まあ奥様が御不幸だったそうで御座いまして、誠に重ね重ね」

そう云って後が続かないものだから、膝の上で手を揉み出した。

学士の方でそう云ってくれるものを、ことわってしまうのも悪いと思ったから、兎《と》に角《かく》科長宛ての紹介の名刺を貰って、その座を起った。

夫婦で玄関まで送って出たが、そこで挨拶を交わしている時、何かふらふらする様な気持がした。急に辺りに物音が起こって、地震だなと気がついた時は、入口に起っている私を突き飛ばす様にして、家内の方が先に裸足で表へ馳け出していた。

そこから後を振り返り、「お父さん、坊やを早く、お父さん」と云った。

学士は上り口に突っ起った儘で、変な風に目を据えて私の顔を見つめている。ほんの一寸の間ではあったが、玄関の廂《ひさし》の裏に掛けてあった旗竿が、辺りの塀や門柱や、その内側にある一本の立ち樹の幹などと、喰い違う様に揺れるのが、はっきり見える程度の地震であった。

「驚きましたね」と私が云って、もう一度挨拶しようとすると、学士はやっと気がついた様に、ひょこりとお辞儀をした。

その時分になって、奥の方で男の子の泣き声が聞こえた。

家内は裸足をきまり悪そうに爪立てて、一足二足家の方へ歩きながら、何かくどくどと言い訳をした。

三

日曜日の人出で町はごたついていたが、楽しそうな二人連れを見ても、自分には何の感じも起こらない。道を歩いて行く内に、幾組もそんなのを見受けたけれど、こちらがそう云う気持で見る所為《せい》か、対になっているのが楽しげであると云うだけの事であって、その顔はみんなどうでもいいと云う表情をしている様に思われた。そればかりでなく、一体に道を歩いている人人の様子や、軒の看板、町角の貼札等も一つとして自分の気持にかかわりのある物はない様に思われる。自分もこの歳になって職を離れた風来坊となったが、まだまだ身体のしんには力が残っている。よく考えて、今後の道を立てなければならぬと思う。それにしても、外界の事物が丸で自分の気持とかけ離れた様に思われるのはどう云うわけであろう。ぶらぶら歩いて行く内に、電車の停留場をいくつも通り越したが、そこに起《た》って次の電車を待つ気にもならず、丁度停まっているところを通り合わせた時は、大勢の人が押し合って入口にかたまっているのを見ただけで、いやな気持がした。

午《ひる》が近くなるに従って日影が弱くなり、濁った空が段段垂れ下がって来た。日向が薄れて、歩いて行く自分の影がぼやけているが、辺りは却《かえ》って暖かくなる様であった。あてもなく歩き続けて、丘を一つ越した所から、電車道を離れ、立ち樹の多い屋敷町の細い道を幾曲りした。自分の前を白い胴体に真赤な車輪をつけた牛乳屋の車が向うへ行っている。いつからその後について歩き出したか解らないけれど、自分は家に帰る事も考えず、又何処へ行くと云う行先のあてもなく、さっきから無心にこの車の後を追って来たらしい。人通りの少い横町に、からからと云う締りのない音を響かせて、赤い車はいつまでも私の前を先へ先へと行くのであるが、気がついてから、どの家の前にも停まらない。ここいらにはお得意がないのか、それとも何かの都合で空車をひいて行くのかと云う様な事を考えながら、同じくらいな間を置いて、車の曲がる方へ後からついて行った。

到頭また電車通へ出て、川沿いの道になった。もう少し行くと、橋の袂《たもと》に鰻屋兼帯の料理屋がある。自分の在職中懇親会とか忘年会とかで何度も来た事があるし、又私達の送別会もこの家だったので記憶が新らしい。そう腹がへっていると云う程でもないが、もう午は過ぎている上に、歩いたので多少疲れている。何よりも気分が鬱して面白くないから、気をかえて見ようと思いついて、その家へ上がった。

二階の座敷に通ってから、すぐに縁側へ出て見た。勾欄《こうらん》に近く柳の枝が垂れて、青い芽が出かかっているが、中にはもう小さな葉っぱの覗いているのもある。その枝の間から見える川沿いの道の真直ぐに伸びた向うの方に、胴体の白い牛乳屋の車が遠ざかって行った。離れて見る所為《せい》か、真赤な車輪の色はぼやけて黒ずんで、ただ何となく赤い物の上に真白な箱が揺れて行く様であった。

「何を見ていらっしゃいますの」と云って、顔に見覚えのある女中が、横から声をかけた。

「ほらあすこに白い物が動いて行くだろう」

女中は私の前に出て、顔の近くに髪の油をにおわせながら、手すりに乗り出す様にして向うを見ている。

「なんにも見えませんわ」

「柳の枝の間にちらちらしているじゃないか」

また暫らく見ていたらしいが、その内に身体を引っ込めて、

「白い物って何ですの」と聞いた。

「牛乳屋の車だよ」

「あらいやだ、そんな物どうして気になりますの」

「赤い車がついているんだよ」

「まあ今日はどうかしていらっしゃるんだわ、さあ冷めません内にどうぞ」と云って、女中から先に座敷の中へ這入《はい》って行った。

ほんの気散じに一寸《ちよつと》と思って飲みかけた酒が、いつまでたっても切りがつかなくなった。見る見る空がかぶさって来て、急に辺りが暗くなった様に思ったが、それまでにどのくらい時間が過ぎたのか、それは自分に解らなかった。誂えておいた蒲焼がとっくに上がって、それが冷たくなりますからと、女中が頻《しき》りに気にしていたのも、随分前の様に思われる。そんな物には箸も触れずに、女中がいる時は女中を相手にし、独りになれば独りで盃を重ねていると、ぼんやりした気持の中に、一筋はっきりした筋が通って来る様であった。それを突き詰めて行けば、何に通ずるかと云う様な事は

曖昧であり、その先を考えつめる力もなかったが、何かしらその一筋に頼りたい気持で、ますます酔いをあおって行った。

女中が上がったり降りたりしている間に、今日は夕方から、私のもといた学校の教官達の会合があると云った様であった。そんな場所に自分が居合わせては面白くないから、いい加減で切り上げようと云う事は、さっきから考えているのだが、頻りにそう思いながら、中中区切りがつかないので、つい又暫らくの間は忘れてしまう。次第に外の廊下を行き来する女中達の足音が繁くなって、その中には男の足音も混じっている様に思われたから、もうその連中が来始めたのではないかと気になった。女中を呼んで確かめて見ると、そうではないと云う。

「でも今日は随分召し上がりますわね」

「いいじゃないか」

「結構ですけれども、ほほ」と口に手をあてた。

「何だ」

「何か考えていらっしゃるんだわ、きっと」

「それじゃ、当てて見ろ」

「当てて見ましょうか、牛乳屋の車」

「馬鹿っ、下らない事を云うと承知せんぞ」

下で手を敲《たた》く音が聞こえると、女中は人前も構わず、大業な声で、はあいいと云う返事を返して、あたふたと降りて行った。

何かの機《はず》みで思い出したが、さっき女中が、今日はおひる前に二度も三度も大きな地震があったと云った様であった。自分は道を歩いていたので、その中の一度しか知らなかったのであろう。そう云えばこうして坐っている内に、今にも次の大きなのが来そうな気もする。地震でどんなになったところで構いもしないが、来るか来るかと思うのは面白くない。暫らくの間また一人で盃を重ねている内に、地震の事も忘れて、辺りの物音が遠ざかり、人の気配も動かなくなった様である。

それからどの位たったか解らないが、いつの間にかお膳の上に電燈の影が美しく射している。どこかの部屋でまばらな拍手の音が聞こえた。だれかが挨拶をすませたところの様に思われる。学校の会が始まったに違いない。兎《と》に角《かく》自分が同じ家の別の部屋にいるのは面白くない。それははっきりとそう思った。女中を呼んで、あちらの席の人に自分の来ている事を話したかと聞いて見ると、私はまだそのお座敷に出ないから、だれにも話さない。外の女中が云ったかも知れないけれど、みんな新らしい人ばかりだから、多分お話ししないだろうと云った。

やっと切り上げて外へ出たが、自分で思った程酔ってもいない。しょっちゅう酒を飲んでいるわけでもないけれど、酒には強いと云う自信を持っていたが、こうして酔った挙げ句に確かな足取りで、一歩一歩踏みしめて行くと、又新らしい力が湧いて来る様に思われる。

少し行った道角で、もとの同僚の一人に会った。時間を遅れて馳けつけるところであろう。

「やあ」と云って、向うから立ち停まった。「お変わりありませんか」

「やあ暫らく」

「今日はこれから、遅れっちまったんですが、例の家で歓迎会があるんですよ」

「歓迎会ですか」

「あなた方の後に来た新任の教官を呼びましてね。まあそう云う名目の宴会なのです。どうです。今一緒にいらっしゃいませんか。今晩は校長閣下も見える事になっているのですよ」

そうして、時計を出して見て、「大変遅れてしまって」と云いながら、人の顔を見ていたが、「では又その内」と云い捨てて、行ってしまった。

無気味な新教官の顔が、ちらちら目の先に現われて来る様であったが、すぐに明かるい電車に乗ったので、そんな事は忘れてしまった。

四

当夜の会の席上で、自分が別室に酔っ払っていたと云う事が話題になり、一座を賑わしたと云う話を後から聞いて、いやな気持がした。中には自分が職を離れた自棄から、酒に浸っていると云う風に取った者もあるらしい。人の思わくなどはどうでも構わないが、自分の鬱鬱としているのは、そう云う為ではない。今日も午過ぎから家を出て、あてもなく町なかを歩いているが、夜来の雨が朝の内に上がって、かぶさっていた雲が段段高くなり、ところどころに切れ目が出来た。仰いで見ると、そのまだもっと上の所に薄雲があるらしく、辺りは店屋の廂《ひさし》の裏まで見える程明かるくなっている癖に、日の色はどこにも射さなかった。道を行く人にも車にも影がなくて、白い水の底を這い廻っている様であった。

不意に烈しい物音がして、振り向く暇もなく一匹の裸馬が私の目の前を走り抜けた。向うの後の坂上から馳け下りて来たらしい。四本の脚で一どきに地面を敲《たた》く様な勢で、向うの電車の通っている川縁の方へ飛んで行った。息の止まる様な気持で見送っている私のすぐ先の、車道と人道の境い目を歩いていた後姿の女が、後を向こうとして、身体を捩じたところを馬がすれすれに馳けたので、その女はまん丸くなって道端にころがった。往来の人人が騒ぎ出す声を空耳に聞いて、私がその傍へ馳け寄ると、女は袂《たもと》で顔を押さえている。

「どうかしましたか」と云った途端に女が顔を上げたので、吃驚した。

「おや、君か」

「まぁ」

「何処か蹴られなかったか」

「いいえ、でも驚きましたわ」

「まぁ起《た》って見たまえ、怪我でもしてやしないか」

起ち上がって裾の埃を払い、私と一緒に歩き出したが、往来の者がみんなこちらを見ているので、横町へ曲がった。

「本当に大丈夫かい」

「ええ、馬の風にあおられて、膝を突いただけですわ、でも馬ってあんなに大きな物とは知らなかった」

「ああ全く驚いた」と私が云ったが、変な声が出たので、不思議な気持がした。私の眼前で危機一髪の難をのがれた女と今一緒に歩いている。

「先生は学校をおやめになったんですって」

「もう前の話だよ、君はまたどうしたんだい。そんな恰好をしているから、ちっとも解らなかった」

「私もやめましたのよ」

「へえ、いつから」

「もうせんから」

「本当かい」

「本当よ」

それからまだ歩きながら、取りとめない話をしたが、何故ともなくその場の一言ずつが胸の底に刻み込まれて行く様な気がした。

両側に古著屋《ふるぎや》ばかりある狭い町の通を曲がると、川端へ出た。

「おやおや、こんな所へ来た」

「私の家へお寄りになりません」

「だれかいるだろう」

「いませんわよ」

それからついて行くと、橋を渡って横町を幾つも曲がり、崖の下の薄暗い通に出た。近所にお宮があるらしく、大きな森の風にゆれる音がした。石畳の露地の片側は高い板塀で、片側に並んだ二階建の長屋の三軒目の玄関を開けた。

「おばさん、只今」と女が云ったけれど、だれも返事をしなかった。二階へついて上がり、座布団の上に坐って、少し汗ばんだ肌を気にしていると、女が上がったり降りたりして、お茶や煙草盆を運んで来た。がらんとした部屋で、何も置いてないから、平生(へいぜい)ここは使わないのだろうと思われた。ふらふらと変な所へ来てしまった様な気もするが、又今の自分には何も構う事はないと云う腹もあった。お茶を飲んで一服している内に、女が軽そうな著物に著換えて来た。

「先生はこの頃何をしていらっしゃいますの」

「なんにもしていない」

「結構な御身分なのね、今日はどこかへお出かけのところじゃなかったのですか」

「そうじゃない。行くところがないから、ただ歩いていたのさ」

「じゃこれからも、ちょいちょい入らして戴きたいわ」

「怒られるだろう」

「大丈夫ですわよ。東京にはいないんですもの」

「いつからそんな事になったんだい」

「もう半年ぐらいも前からですわ」

「それこそ結構な御身分だね」

「まあ憎らしい」

急に玄人じみた目附きをして、人の顔を睨みつけたが、わざとらしい様なところもあり、又そう云う風に少し喰い違った応対をしているところに妙味がある様な気持もした。

変な拍子に女が起ち上がって、窓を開けると、すぐ間近かに草の生えた崖の腹があって、風が吹いているから、草の穂があっちを向いたり、こっちを向いたりしている。

「さっきの馬はどうしたろう」

「本当にこわかったわ」と云いながら、もとの場所へ膝を捩じらす様な恰好で坐り込んだ。

「あの勢で走って行ったら、今頃どこいら辺まで行ったろう」

「もう捕まったでしょう、きっと。今まで走っていると思うなんて変だわ。おや何か来た様だわ」

女は暫らく耳を澄ましていたが、いつの間にか又もとの様子に返っていた。他愛もない話をしたり、黙って煙草を吹かしたりしている内に、大分時間がたった。

「おや、矢っ張り何かいるかしら」と云って女が何処かの気配に耳を澄ます様な恰好をした。

暫らくすると今まで静まり返っていた表の方に人声が聞こえて、石畳を踏む足音が段段せわしなくなる様であった。

「何かあるのか知ら」と私は云ったが、その間に女は起ち上がっていて、「一寸《ちょっと》見て来ますわ」と云いながら下へ降りて行った。

それから長い間待っていたが、それっきり女は上がって来ないし、表の足音も次第に静まって、身のまわりが落ちつかない様な気持がし出した。独りで起ち上がって、下へ降りて見たけれど、辺りに人っ気はなく、玄関の戸は半分程開いた儘になっていた。

私は露地の中を方方見廻しながら、帰って来たが、歩いている内に賑やかな表通へ出て、店屋の並んでいる前を通った。町の様子が何処かよそよそしくて、歩いても歩いても自分の気持を、もとの調子に戻す事が出来なかった。

五

いつもの通り外で夕食をすませて、帰って来てから自分の机の前に坐ったが、まだ寝る気にもなれず、又何を考えると云う気の張りもなかった。下女がお茶を汲んで来た後は、家の中に物音一つしなかった。

この頃は人から手紙も来なくなった。こちらから何処へ出すと云う当てもない。職を退いたからと云って、急に自分の様な気持になる者ばかりではないだろうと思われるが、しかし今の自分としては、進んで新らしい世間に触れようと云う気もなくなった。私立学校の件もあれ限りで、あの学士がどうかしてくれるものとは勿論《もちろん》こちらでも考えてはいないし、話が出来なければ出来ないで、却《かえ》って仕合せと云う様な引込み思案も腹の底にある。

鉤《かぎ》の手になった女中部屋で、人の声がした。

「これ、何を云ってるのさ」

それっきり後はまた静まり返った。自分の子供に何か云っているのだろうと思った。下女の連れて来た男の子は、色の黒いしなびた子供で、ちっとも私になつかない。三年生だと云っていたが、もっと小さく思われる。朝は途方もなく早くから家を出かけて行って、帰って来る頃には大概私が家にいないから、顔を合わせる折も少いので、なおの事馴れないのであろうと思われるが、それにしても、育ちの所為《せい》か何かで、可愛気のない子供になっているには違いない。

「何さ、何だよ」

又そんな声が聞こえた。向うでも遠慮しいしい、声を抑えている様子であったが、辺りが森閑としているので、その声のかすれたところまで、手に取る様に聞こえて来た。

それから又暫らくすると、

「そら、母ちゃんだよ」と云った。

「まあいやだ」

何か、がたがたと云う物音がした様であった。

「気味の悪い事を云うもんじゃないよ。母ちゃんだよ、これ、寝ぼけているんだよ」

子供を早く寝かせればいいのに、何か遠慮して、うたたねをさせているらしい。

時時そんな声が聞こえるので、すっかりそちらに気を取られて、机の上に頬杖をつきながら、一生懸命に女中部屋の気配に耳を欹《そばだ》てた。

「あれ、いやだよ、変な恰好をして、母ちゃんだってば」

「これ、目をさますんだよ、何を間違えてるのさ」

「あれ、まあ気味の悪い、起きなさい」

何処かを叩く様な音がしたと思ったら、急に下女が鋭い声をした。

「あれ、この子は、あれえ」

どしんと云う響がして、間境の障子を荒らく開けた様であった。

いきなり真赤な、火の玉の様な顔をした男の子が机の向うに現われて、私の顔にぺっぺっと唾を吹き掛けた。

母親の下女がすぐ後から、その子の身体を二つに折る様に抱き締めようとしているけれど、子供は跳ね返して、何か解らぬ事をわめき立てた。

「いいよ、僕はかまわないから、落ちつかしてやりなさい」と云ったが、子供の声に消されて、よく聞きとれなかったらしい。

「申しわけ御座いません。これ寝惚けるんじゃないよ。癇《かん》が強いものですから」と云いながら、下女が子供を無理に向うへ引張って行ったと思うと、それきり静かになった。

何だか自分がわけの解らぬ事になった様な気持で、その儘じっと坐っているのも落ちつかない。しかし下女の部屋へ見に行くのも億劫《おっくう》である。その内急に眠くなって、机の上に肱を突いたまま転寝《うたたね》をした。

頸筋《くびすじ》が冷や冷やするので目が醒めたら、もう夜半過ぎであった。無理な姿勢で眠っていたために、身体の方方の節節が痛んだ。一寸《ちょっと》の間の子供の騒ぎに、随分気をつかっていたのだと云う事が、目がさめた後ではっきり解った。今では母子とも、いるかいないか解らない位寝静まっている。襖や障子を隔てては寝息も聞こえない。机の前で目覚しの煙草を吹かしていると、何となく身のまわりが賑やかな様な気持がして来た。外には風の音もしていないが、時時、小石か小さな土の塊りが、屋根の瓦の上を辷《すべ》って、廂《ひさし》に落ちて来る音がした。鼠か猫の仕業だろうと思ったが、その転がって行く音が次第に早くなって、廂の辺りで消えてしまう後を、まだこちらの耳で追っ掛ける様な気になった。

考えて見ると、この二三日来、崖下の女の事ばかり思い出している。何がその様に気になるかと云うと、人通りの往来で、女が馬に蹴られかけて、無事であったと云う危機一髪の瞬間を、何度でも飽かずに心に描いているのであって、その時歩道の端にまん丸くなって蹲踞《かが》んでいた姿勢が瞼の裏にありありと浮かんで来る。そこへ馳け寄って、その姿勢を解いてやったのは自分であると云う事に、何度思い出しても竭《つ》きない味わいがある。

本床に寝なおそうと思って、厠《かわや》に起ち、廊下を伝って帰りかけたら、下女の部屋で声がした様に思われた。一寸立ち停まったが、それきり後は静まったけれど、さっきの事もあり何だか気がかりなので障子をそっと開けて見ると、廊下の電燈を障子越しに受けた薄あかりの中に、母子が列《なら》んで仰向けに寝ていたが、二人とも薄眼を開いて眠っていると見えて、四つの目玉に燈りが反射し、きらきらと光ってこちらを見ているのかと思われた。

六

午過《ひるす》ぎから出かけようとしていると、珍らしく玄関に人の足音がして、何人か這入《はい》って来る様であった。学校に勤務していた当時も滅多に人の来る事はなかったが、退職してから後は一層世間とのかかわりがなくなり、従って訪ねて来る者も殆んどなかった。そう云う明け暮れに馴れて来たので、不意の訪客には迷惑の気持が先に立ち、下女の取次をいらいらする様な気持で待っていると、それきり辺りは静まってしまった。

暫らく待っていたけれど、下女は何とも云って来ないので、手をたたいて呼んで尋ねた。

「いいえ、どなたも参りませんでした」

「しかし玄関に音がしたろう」

「存じませんでしたけれど」

「おかしいな。玄関へ行って見たまえ」

「はい」

出かける支度《したく》をしたまま、机の前に中腰になって待っていたが、それきり下女は帰って来ない。もう一度呼ぶのも面倒な気がしたので、黙って出て行こうとすると、下女があわててお出かけで御座いますかと声をかけるのが、外に出て二足三足歩いた時に、後から微かに聞こえた様であった。

往来には出たけれど、矢っ張り何処へ行くと云うあてもない。永年の勤務を無事にすました後で、自分の様に孤独になる筈のものではないであろう。何かの目じるしか、たより所を求めたい。殆んど毎日の様に出歩いて、通る道筋も大体きまって来た。しかしそうしてふらふらと歩いて来て、或る所から先になると、その度《たび》にどちらへ行こうかと迷うのである。幸い差し当りのお金に困らないから、結局どこかで夕食をすませて、いつも少し酔った機嫌で家へ帰る事になる。

いつの間にか崖下の家へ足が向いて、女を誘い出した。女が以前に芸妓をしていた当時、自分達の同僚の宴会で何度か呼んだ事があると云う以外に、何のかかわりもない相手であるが、その当時にあっても自分達の身分の遠慮から、そう云う機会を度度つくれるわけのものでもなかったので、特別にこの女の事を覚えていると云う程の関心もなかったものを、今こうして誘い出し、肩をならべて人通りの少い道を歩いて行くと云うのは自分ながら不思議である。

出掛ける時に、構わないのかと念を押したら、あべこべに、私の方で先生の首尾を案じて居りました、しかしもう今日あたりはいらして戴けるだろうと思ったと云った。

途中から自動車を拾って見馴れない町筋を通り、木立ちの多い料亭の一室に落ちついた。

先生はこれから先どうなさるおつもりかと女が聞いた。何故そんな事を聞くかと云うと、それきりその話はよして、自分の身の上話を始めたが、本当か噓かわからない。のんきな様な、たよりない様な事を云ったが、話の中身よりも、そう云う物語をする女の風情が私は気に入ったから、うつらうつらする様な気持で聞いている内に、いつの間にか酒にも酔って来たらしい。

「また御飯を食べに来ようか」

「あら、もうお仕舞ですの」

「いやそうではないが、この次の事を云ってるんだよ」

方方の座敷が賑やかになった様だと思っていると、庭に向かって開けひろげた障子の蔭から、長い人の影が私共のお膳の間へ崩れる様に落ちて来た。

「やあ失礼致しました。どうも暫らくで御座いました」と云って、私の前に例の新教官が洋服の膝を折って坐った。

「これは、これはお珍らしい所で」と私が云ったが、烈《はげ》しい胸騒ぎがした。

「友人の逮夜《たいや》に呼ばれまして、それからこちらへ寄りましたが、馬鹿な奴でして、退院した翌日に死んでしまいました。しかし、ここはいい家ではありませんか。私は初めてなのですけれど」

「学校の方はお忙しいですか」

「はあ、まだ馴れませんので、それに最近私立の兼務を頼まれまして、転手古舞です」

女はさっき席を外す様にすっと起《た》って行ったが、新教官は何も云わないし、私も知らぬ顔をしていたけれど、その方が気がかりで落ちつかなかった。

新教官が何故人の座敷へつかつかと這入《はい》って来たのか、その後先のつながりが判然しない。兎《と》に角《かく》盃を薦めると、遠慮なく受けて、ゆっくりと話し込み、こんな事を云った。

「南山のことぶきと云う事を申しますね」

「時時聞きますね」

「先生などは南山の寿を楽しんで居られればいいので、羨ましいです」

「どう云うわけです」と云ったが、腹の底でかっとする様な気がした。「まだそんな年ではないつもりですよ」

「いや、そんな意味ではありませんが、学校でも御在職中のお噂を伺って、全くお羨ましい境涯だと思います」

「どんな噂だか知らないが、心当りがありませんね」

「まあそう仰しゃらずに、さあ私もお酌させて戴きましょう。御同伴の方はどこかへいらした様ですね」と云って辺りを見廻した。

　急に私の傍に顔を寄せ、下から私を見上げる様にして声をひそめた。

「実は先程そちらへ参ります前に、お宅へお寄りしたのですが」

「おや」

「私の兼務について一寸御相談したいと思う事がありましたので、それは更めて申し上げますけれど、お宅に居られるあの婦人はあれはどう云う方ですか」

「どうかしましたか」

「どうと云う事はないのですが、奥からじっと見据えた儘、いつまでもそうしているので、怖くなりました」

「そんな事はないでしょう。何か勘違いではありませんか」

「お心当りはありませんか」

「ありませんね」と云って、相手の傍から私の顔を後に引いた。いつぞやの晩、老妻が死ぬ時にこの男が俥《くるま》に乗ってやって来た事を思い出した。告別式の時の顔も覚えている。今日は何だか勝手の違った感じで、人に近寄っているが、結局は同じ相手である事に変わりない。早く自分の部屋へ帰ってくれればいいと思い出した。

「お連れの方はいいのですか」と私が云った。

「いいのです、もう帰ってしまいました。どうです。御迷惑でなかったら、ゆっくりやりましょうか」

「私も連れがあるので、そうも行かないのだが」

「あの女の人には、私も時時道で会いますよ。古くからのお馴染ですか」

「いやそうでもありません」

「うっかりして居りましたが、大変お邪魔をしたのではありませんか」

「何それは構わない。ただ御飯を食べに来ただけなのだが、しかし何処へ行ってしまったか知ら」

女中が来て、お連れさんがお気分が悪くてあちらに休んでいられますから、一寸《ちょっと》見てくれと云った。私が起ち掛けると新教官は早口に、今日伺った用件で近い内にもう一度出直すから、その節更めて御相談したいと云った。私などに用事のある筈はないと思ったが、曖昧に受け答えをして廊下に出て見ると、どの座敷にも華やかな燈火が内側から射して、人声が湧き立つ様に賑やかに洩れた。

七

女の方で、前の旦那との話もつき、今までの家を移る事にしたが、後仕末や引越等一切自分ですませるから、その上で新らしい住居に訪ねて来てくれと云ってよこした。自分の今後の生活につき、こう云う事がどんな影響を遺すかと云う様な事を、全然考えずにいるわけでもないが、多少の分別があると思うだけに却《かえ》って太就《きょしゅう》をあやまったかも知れない。しかし一歩蹈み出した後の気持には何の悔もなく、南山の寿を自分はこう云う風に享《う》けて行こうと思うのも楽しかった。

通知を受けたので早速《さっそく》出かけて行ったが、一時間に三度しか出ない乗合自動車の終点に近い所であって、乗客もすくなく、降りる前には私一人になってしまった。空梅雨で雨は余り降らなかったが、午後の日盛りの日影も何処となく濁って、荒壁の塀際に降ろされてから、いい加減な見当で歩いて行くと、自分の足許《あしもと》に自分の蔭が散る様な気持がした。

人の通っていない、だだっ広い道の片側に森がかぶさっていて、まわりに柵がめぐらしてあるから、それを伝って行くと、小さな柴折戸《しおりど》に女の表札があった。そこから這入《はい》って濡れた地面を蹈み、しだれ掛かる灌木の枝を押し分けて、どちらが入口とも分からない小さな平屋の前に起《た》った時、中に人の気配がして、女が縁端まで出て来た。上に上がって座敷に坐ったが、樹の葉の翠が森森と身に迫って来る気持で、床脇の締め切った丸窓の障子は、紙が裏から青く輝いていた。

大家さんはこの裏の見当に、矢張り森の中にあるのだが、大分離れているので、滅多に物音も聞こえないと女が話した。

葉擦れの音のする家の中に若い女と対座して、自分の気持は近来になく落ちついている。何も彼もみんな中途半端であったのが、やっと締め括りがつき掛けたと云う風に思われた。

「井戸を汲みますのよ」と女が云った。

「水道はないのか」

「大家さんのとこには来ているそうですけれど、貰いに行くよりは井戸の方が近いのですもの」

女が私の後の方に目くばせをするので、振り向いて見ると、隣りの茶の間の茶箪笥の蔭から、人の横になっている腰から下が見えた。

「以前からの婆やかい」

「いいえ、違いますわ。ああやって朝から晩まで眠ってばかりいますのよ。聾って眠いものなのでしょうね、きっと」

「聾じゃ仕様がないじゃないか」

「あら、何故ですの」と云って、私の方を見たが、そう云えば聾でいけないと云うわけもない。話の筋道など、どうだって構わないのであって、ただ女を相手に何か云っていればそれでいい。

　家の中は綺麗に片づいているが、若い女に似合わず赤い色の物が何もないので、障子を開いた縁鼻から青一色が狭い家の中を吹き抜けている様である。

　これから先先の事も持ち出したけれど、向うでそう云う話にこだわらぬ様にするので、自分の胸に蔵《しま》い込んで置くと云うつもりにした。取り止めのない話に退屈もせず、何かかにか云い交わしている内に、森の下蔭が薄暗くなって来た。

　賑やかな所へ晩飯を食いに出かけようとすすめたが、こう云う所であるから帰りが大変でもあるし、又今日は初めて来てくれたのだから、家で御飯をたべてくれと女が云うので、そのつもりになった。

　外が薄暗くなりかかると、軒端に近い所を羽根の長い小鳥が頻《しき》りに飛び交った。羽根の色もはっきり見えないが、羽ばたきする度《たび》に、太い声で短かく鳴いて行くのが、人の声を聞く様な気がした。

私がぼんやり外を眺めている間に、婆やも起き出して、女と二人で支度《したく》を始めたらしい。間もなく明かるい電気がついて、その真下に思い掛けもない御馳走の御膳が出た。

外が真暗になると、森の鳴る音がさわさわと聞こえ出した。夜通し雨の音を聞いた様に思ったが、朝起きると途端からぎらぎらする暑い日が照りつけた。長い間表に起っていて、やっと乗合自動車に乗り、又途中で乗り換えて家に帰った。玄関先から自分の部屋まで、一晩のうちにすっかり埃をかぶった様に思われた。

下女が留守居をしていたので、変わった事はないかと聞いたが、いいえと答えた。晩に家をあけたのは初めてであるけれども、自分の歳になって、下女にその気兼ねをすると云う気持もない。一晩や二晩いなくても、留守に人が訪ねて来るではなし、郵便だって滅多に来る事もない。

机の前に坐って一服したが、中途半端な気持がする。落ちて行く木の葉が、蜘蛛の糸に引っ掛かった様に思われる。

下女がお茶を持って来たので、何の気もなく子供の事を尋ねてやったが、学校に行ったのではないと云うので、何故だと聞くと、今日は日曜だからお休みだと云った。

そう云えば今の自分には何曜日と云う考えはなくなっている。何十年の間、日日の勤めをその日割で定められていたのに、半歳たつかたたぬ内に、もうそう云う事は忘れてしまった。しかし学校がないのに、子供は何処へ行っているのかと尋ねると、何処と云う事もないが、遊びに出してあると云った。それで考えて見るとこの下女が親子連れで来て以来、日曜日は数えられぬ程あった筈だが、今日は日曜だと云って、子供が朝から一日家にいた事はなかった様である。そう云う事に下女が気を遣っているのか、又は何か外にわけがあるのか、それは自分に解らぬけれど、たった今その事に気がつくまで、それだけの事にも心を止めていなかったと云う自分の半歳のがらん洞の様な気持が急に気になった。

先《ま》ず心持を落ちつけようと思って、煙草を吸い続けた。何もあわてているわけではないが、そわそわする。真直い道の向うの方から、馬がひどい勢で走って来て、ぱかぱかぱかと云う蹄《ひづめ》の音が乱れて、自分の傍をすれすれに走り過ぎる。もうそんな事は何度考えたか知れないが、まだ飽きない。馬鹿らしいと思っても、それは言葉を殺して黙語しているだけの事であって、結局本心ではちっとも馬鹿馬鹿しいなどとは考えていない。

その馬がどこへ行ったかと云う事などは、屋根を辷《すべ》った小石の行方と同じであって、自分にはちっとも構わない。下女が向うでことこと云わせているのは、昼の支度をしているのであろう。しかし自分の歳を考えて、もっと落ちついていなければいけないと又考え直した。

八

学校の帰りだと云って、例の新教官が訪ねて来たが、大きな赤皮の鞄《かばん》を座敷まで持ち込んで自分の傍に置き、金縁の眼鏡を外《はず》して、手帛《ハンケチ》で玉をぐりぐり拭いた。その間にこちらで口を利くと、凹《へこ》んだ眼をまぶしそうに瞬《またた》いて、下から見上げる様に人の顔を見る目附きが汚らしく、つい目を外らしたくなった。若い癖に顔の光沢と云うものはなく、太っていながら、眼の下や頬に暗い皺がある様であった。

「先生がおやめになった後の椅子や机をそのまま当てがわれましたので、教官室の中の位置が古参順でなくなりまして、私は主任の隣りにいる事になりまして閉口です」

この男が私の掛け馴れた椅子に腰を掛け、私の机の抽斗《ひきだし》に自分の物を入れていると云う事も面白くなかった。

「馴れませんものですから、いろいろへまをやりまして、あの部屋の備え附けの字引は、窓を開ける時候になったら、みんな背中を南の方へ向ける様に置く事になっているそうですが、私は知らないものですから、講堂へ出る前に調べたなり、うっかり出かけましたところが、それが逆に向いていましたので、随分ひどい風が吹き通るものだと感心しましたが、あの厚い革表紙を吹き上げて、ぱたんぱたんとなったらしいのです。それから後は中身の頁を一枚一枚引っぺがす様な勢で吹き散らして行く内に、どこかへ挟んであった紙片が飛んだのだろうと思うのですが」

「それは何のお話なのですか」

「私共がその時間を終わって教官室へ帰って見ると、北側の窓の下にその紙片が吹きつけられて、丁度表が出ていたので、何の気なしに見ると、先生のお名前を名宛にした面会人の通門票なのです」

「そんなものに覚えはありませんね」

「それから気がついて見ると、それと同じ様な紙片がそこにまだ二三枚散らばって居りまして、どうも不思議だと皆さんが云い出しまして」

「それはいつ頃の物なのですか」

「日附が這入《はい》って居りませんので、はっきりした事は解りませんが、おやめになってから後の物だろうと云う事でして」

「それでは門衛が取次ぐわけがないではありませんか」

「いやそれだけでしたら、別にお耳に入れる程の事でもないのですが、私がその紙片を飛ばしました以前から、その後にかけて二度も三度も学校へ先生を訪ねて見える御婦人があるのです」

「私がやめた後にですか」

「そうなのです。その度《たび》に先生はもう学校にはいらっしゃらないと云って返すのですが、忘れた頃にまたやって来ますので、主任が気にされまして、一度こちらへ伺って、事情を確かめて来いと云いつけられて居りましたので」

「それはどんな女ですか」

「私も何度目かに会いましたが、一寸《ちょっと》申し上げにくいのですけれど」

「何故ですか」

「こちらの女中さんではないかと思うのですが」

「馬鹿な、そんな馬鹿な事が」と云ったが、自分で顔の筋が引釣る様に思われた。

「いつぞや友人の逮夜の当日お目にかかりました時、一寸申上げましたが、その前にこちらへ伺ったのですけれど、つい這入《はい》りそびれてしまいましたのも、そんな事が気になっていたものですから」

「どうも不愉快なお話です。私のやめた後にそう云う噂が遺っているのは面白くありませんから、今ここへ下女を呼んで実否を確かめましょうか」

「いやそれはどうか私の帰りました後にして戴きたいものです。ただ私としましては、先生にお心当りがあるかないかを伺って行けばよろしいのですから」

「心当りなぞあるものですか。しかしあなた方は学校で随分下らない事を話し合っていられるものですなあ」と云ったら、相手が何か云い掛けた時、間境の障子が開いて、下女が顔を出した手を突いて、「お茶を入れ換えましょう」と云いながら、二人の茶椀を引いて行った。

すぐに新らしい茶をいれて下女がもう一度顔を出した。

向うへ行ってしまった後、私が相手の顔を見ると、眼鏡の奥から濁った眼で見返して、「それでは只今の事はその様に主任にも話しておきますが、もう一つお詫びしておきたい事がありまして」と云ってくどくどと自分の私立大学兼務のいきさつを述べ出した。

いつぞや私が地震の日に頼みに行った口を、この男が貰ったのだそうであって、私立の方から云えば私の如き何の地位もなくなった者よりは、現にれっきとした官立学校に勤務している相手を欲しがるのは当然の事と思われる。それに私の方ではもうそちらの見込はないものと諦めた後でもあるし、又今の自分の気持でそんな職分に新らしい束縛を受けるのは窮屈に思われるから、少しの未練もないが、ただこの感じの悪い若い男が、事毎に自分の後をつけたり先に廻ったりしている様に思われるのは面白くなかった。私がその口を希望していたと云う事は全く知らずに、話を引き受けて、決定した後になって、つい最近にその事を知ったので、申しわけない様に思っているから諒解してくれと云うのだが、そのいきさつなどはどうでもいい、ただそんな話を蒸し返し蒸し返しして、陰気な挨拶をするのを止めてくれた方が有り難いと思った。

「よく解りました。しかしそんな事を気にされるわけはないのですから、遠慮なくやって下さい」と私が云った。

相手は片づかない顔をして、黙っている。茶の間の方で何か物音がして、こそこそ云っている話し声が聞こえた。子供が何処からか帰って来たのであろう。大分長い間一つ家に暮らしているのだが、子供は決して私の顔を見ようとしない。私が構ってやらない為でもあり、又母親が出来るだけ私の前に出さぬ様にするからでもあるけれど、悪戯盛りの男の子にしては少しおとなし過ぎる様に思われる。からかってやりたいと思う事があっても、向うでこそこそと逃げて隠れるし、又いつでもその間に母親がいて、子供が私に馴れ馴れしくする事をひどく遠慮する様に振舞うから、いつ迄たっても親しみが出来ない。何かごとごとと云わせていると思ったら、急にぴしゃりと何処かを敲《たた》いた音がした。その後がしんと静まって、もう何の物音も話し声も聞こえない。教官は不安な顔をして、私の方を見たり、膝を直したりしている。

九

女の家を包んでいる森の影が段段濃くなって、日盛りに行って見ても、青いと云うよりは暗く思われ出した。

その茂みの中に開けひろげた座敷の畳だけが明かるくて、女がその上に向う向きに坐っている姿が捕えどころのない程美しかった。

私の上がって行く足音に驚いて振り返り、目をぱちぱちさせて迎えた。

「何を見ていたのだい」

「考えていましたの」

「何を」

「ほほほ、前の旦那の事」

そう云う事を云われると、私は受け答えが出来ない。へまな恰好でその前に坐り込んで一服した。

「もう死んでやしないかと思いますのよ」

「どこか悪かったのか」

「ええ」

そんな事は今までに一言も云わないから私は知らなかったのだが、女はそれで話を打ち切り、起《た》ち上がってお勝手の方へ行った。

今度出て来た時は晴れ晴れしい顔で私の前に坐り、今日は外に涼しい風が吹いている様だから、夕方になったら何処かへ御飯をたべに連れて行ってくれと云った。

そう云う事にきめて、森の梢を渡る風の音を聞きながら、女と端居《はしい》をしているのは楽しい気持であった。大きな葉っぱが青いなりに散って来て、縁先の地面に裏返しに落ちたら、真中の筋に葉裏と同じ色をした大きな毛虫が乗っかっていた。

「虫がいるよ」と私が云った。

「いませんわよ」

「そこにいるじゃないか」

「いませんわよ」

毛虫がいやだからそんな事を云っているのかと思って、からかうつもりで横から女の顔を見ると、何だかそっぽを向いてぽかんとしている。

「おい、どうしたんだ」

「変な人の事を思い出して、いやですから、搔き消そうと思ってるんですわ」

「だれの事だい」

「そら、いつか御飯をたべに行った時、お座敷に這入《はい》って来た方ね、あの方今でもお宅へちょいちょい入らっしゃいますの」

「一昨日来たよ」

「あの方私を知っているのか知ら」

「どうしてだい」

「私の方では知ってるわ、あの方お医者様でしょう」

「いや、そうではない」

「あら、そうか知ら、御自分でそう云ったと思うんだけれど。お会いしたのも医科の宴会でしたわ」

「人違いだろう」

「一ぺんきりじゃありませんのよ。可笑《おか》しいわねえ」

「あの男なら、変な奴だよ」

「ええ、変な方だわ。会った後二三日はやって来そうな気がして、思い出してもいやだわ」

「何かあったのか」

「何もありませんけれど、ただそれだけでもあんな人いやですわ」

話している内に、段段片づかない気持がして来た。何と云う事もなくいらいらする。座を移して縁側に出て見ると、森の梢に風が渡っている。遠い海の様な音がして、空は夕方近くなる程、明かるく澄み切って来る様であった。

女も座を起って奥の方へ行った様だと思ったら、庭下駄を穿《は》いて縁先の庭に廻って来た。茂みの隙間から斜に射して来る鋭い夕日が女の素足の甲を照らしている。

手をぱちりと鳴らして、「ほら、こんな大きな藪蚊」と云って、手をひらいて見せた。

少し離れると蔭の工合で女の身体が曲がった様に見え、それを伸ばしたら頭の先があの枝まで届くだろうと云う様な事をぼんやり考えていた。

見上げる枝の茂みの間を、いつぞや見た大ぶりの小鳥がいくつも飛び交っている。気を変えて見ると自分の心にわだかまる物は何もない様にも思われた。昨日もなく明日もなく、大して女に心を牽《ひ》かれると云うのでもないが、又こうしてはいられないと云う気がかりもない。行く行くは自分がどうなり、又この女をどうするなどと云う事を考える様な、まともの気持はいつの間にか無くなってしまった。

「さっきの方の話ね」と女がそこに突っ起った儘で云った。

「あの方の話もうよしましょうね」

あんな者の事など、ほっておけばいいと自分もそう思った。

夕方になって二人で睦まじく出かけたが、外の往来には涼しい風が吹き渡り、乗合自動車の中も私達の行く方向はがらあきで、千切れかけた窓のカーテンがうるさく頸にからまった。

旧市内の近くなった所で流しの自動車に乗り換え、二三度来馴れた料亭の玄関で降りた。女はこう云う場所に来ると、急に起《た》ち居がはっきりして、言葉の調子にも張りがある様に思われ出す。楽しく二人で膳に向かい、女も少しずつ盃を舐めた。長い間夕闇が続き、いつまでも庭の石燈籠が灰色に見えていたが、こちらがいい気持になりかかった頃、ふと気がついて見ると、いつの間にか外は真暗であった。

あわただしい風の音が軒に聞こえたと思うと、前触れの遠雷もなしに急に目のくらむ様な電光が走って、庭や塀が傾いた様に浮かび上がり、障子の裂ける様な雷が鳴った。

「あっ」と云って女は箸をおいたきり、庭の方に顔を向けて身動きもしなくなった。その後から続けざまに赤味を帯びた鋭い光が座敷の中まで射し込み、激しい雷が頭の上と座の下と両方に響き渡った。

「こわいのか」と私がきいたが、女は返事をしないで、何処か一所を見つめている。雷鳴の切れ目に雨の音がさあっと聞こえたと思ったが、一陣の湿めっぽい風を吹き込んだだけで、後には雨垂れの音もしなかった。

強い稲光りが続くので、庭の石燈籠の穴に溜っている埃がありありと見えた。

「いつの間にお天気が変わったのだろう」と私が云ったけれど、女はまだ何処かを見据えた儘の姿を崩さない。段段顔の色が青くなって来るらしい。

後の料理を運んで来た女中が、そこに膝を突いて、ひどい雷様だとか何か云いかけた途端に、お膳の真上の電燈が二三度息をしたと思ったら、ぱっと消えてしまった。

大業な声をあげて、只今すぐに燭台を持って来ると云いながら、暗闇の中を向うへ行ってしまった。庭から射し込む稲妻で固くなっている女の横顔が浮き出したり、搔き消す様に闇に隠れたりした。

「障子を閉めて下さいません」と女がかすれ声で云った。

「閉めてもいいよ。しかし暑いね」と云いながら、女は動きそうもないから、私が起《た》って行って、障子に手を掛けた時、後に人の足音がして、私の座敷へ這入《はい》って来る気配がした。急いで障子を閉めて、暗闇の中を振り返った拍子に、また激しい稲妻が射して、障子の紙がぎらぎらと光った。またまた例の教官が座敷に這入っている。

「どうされたのですか」と私が聞いた。

「ひどい雷じゃありませんか」と相手が落ちついた声で応えた。

「しかし、どうしてここへ入らしたのですか」

「それはね、私もさっきから来ていたのです。連れがありまして、ついそこの座敷にいました」

「そうですか、偶然には違いないが」

「全く偶然です。不思議です。いつも失礼ばかりしまして」

「どうして私共がお解りになったのです」

「お声がしたものですから。それに連れは一足先へ帰りましたし」

女中が燭台に立てた蠟燭《ろうそく》の裸火を手の平でかこいながら這入って来た。侵入した客の姿を見ても別に驚きもしない。ついこの先の四つ辻の電柱に雷が落ちたそうだと云った。

蠟燭の明かりで見ると、教官は暑いのに洋服を著《き》て、チョッキも取らずにきちんとしている。青ぶくれの顔に障子越しの稲妻を受けて、目をぱちぱちさせている様である。女中が持って来た座布団の上に坐り直して、人の座敷に落ちついた恰好をした。

「何か御用が御有りなのですか」

「いや、こう云う席で用事と云う事もありませんが、先日はどうも失礼致しました。一通り主任に話しまして、まあその話は有耶無耶《うやむや》になりましたが、御気をつけになった方がよろしいでしょう」

「何を気をつけるのですか」

「お気にさわりましたら、御免下さい。先生には初めから色色と御縁がありまして、どうか今後とも宜しくお願い申します」

「失礼ですが、それはどう云う事なのですか」

今度はこの家の棟に落ちたかと思われる様な激しい音がした。辺りの震動で蠟燭の燄《ほのお》が揺れて消えかかり、その後で又ぱっと明かるくなった。蠟燭の燄の鳴る微かな音が、雷鳴の絶え間にぱちぱちと聞こえた。

今まで黙っていた女が急に顔を上げて、にっこり笑った。

「こわいか」

「ええ、もう大丈夫」

「まだ鳴るよ」

「もう大丈夫」

「青い顔をしている」

「蠟燭《ろうそく》の所為《せい》でしょう」

「一つお盃を戴きましょうか」と横から教官が云った。そうして私共の座に近くにじり寄って来た。障子がぴかぴか光っては真暗になるので、水に浮いたり沈んだり、あぶあぶしている様な気持がした。

女が銚子を取って酌をした。

「これは恐縮です。雷がおきらいですか」

「どうぞ」と云って、もう一つ注いで、それから銚子を置き、膝に手を乗せた。

十

下女がきちんとした身なりで私の前に膝を突き、更まった声で云った。

「長長お世話になりましたが、どうかお暇を戴きとう存じます」

「どうしたのだい」

「どうも致しませんが、これで失礼させて戴きます」

「急にそんな事を云い出しては困るね。君の方でも困るのではないか。行く所はあるのかい」

「はい、もうそのつもりに致しまして、前前からお願いしようと思いましたか」

「そちらで勝手にそう云うつもりにきめていたなどと云うのは怪《け》しからんではないか」

「左様ですか。そうでも御座いませんでしょう」

「何」

「それではこれで御免蒙《こうむ》ります」

「一寸《ちょっと》待て。引き留めはしないが、一向にわけが解らんではないか」

往来から家の塀に石を投げつけている者がある。

「子供が待って居りますから、これで失礼致します」

「あれは君の子供か」

「待ち兼ねているので御座いましょう」

「怪《け》しからん奴だ」

起《た》ち上がった途端に下女はすっと身をひいて、向うへ行ってしまった。急いで玄関に下り、下駄を突っ掛けて表に出たが、往来には午後の重苦しい雲がかぶさっているきりで、人影はなかった。

拍子抜けがして家に這入《はい》ったが、下女の姿は見えない。荷物などどうしたのか解らないけれど、今までいた女中部屋をのぞいて見る気もしなかったので、その儘自分の部屋に帰った。

気を落ちつけて一服して見ると、そんな事は何でもない。老後と云う言葉が口に上ぼったが、その言葉の裏には精気が蔵《かく》されている。二言三言独り言を云って、辺りを見廻したら、縁側に吹き込んでいた庭樹の蝕葉《むしくいば》が、風を含んでするすると走った。

さて別に用事もないから女の許に出かけてもいいが、何人も留守居がいない。兎《と》に角《かく》起ち上がって、座敷の中を歩き廻った。

「何していらっしゃるの」と云って、女が笑いながら這入って来た。

「ああ驚いた。驚くじゃないか」

「何だかぶつぶつ独り言を云って、随分変ね」

「いつ来たんだ」

「もうさっきよ。いいお家《うち》ね、少し古いけれど。どれどれお掃除でも致しましょう」

すぐに又向うへ行ってばたばたやっている。暫らくその物音を聞いていたが、落ちつかないので起って行って、もう一度女を連れて来た。

「まあそこへ坐れ」

「このお座敷もごみだらけね」

何か云いかけたなりで、また向うへ行ってしまった。

下から吹き上げる様な風が、庭先を走ったと思ったら、ぱらぱらと雨が降り出した。遠くで雷が鳴っている様に思われる。それとも何か外の響きかも知れない。段段雨がひどくなって、家のまわりを雨垂の音が取り巻いた。薄暗くなった間境から女が顔を出して、じっとこちらを見ている。

「どうかしたのか」

「雨漏りはしませんか知ら」

「大丈夫だよ」

「方方でぽたぽた雫の落ちる音が聞こえる様な気がするわ」

「気の所為《せい》だろう」

「いいえ、ほら、ああいやな気持」

太い雨脚が光って、庭石に繁吹《しぶき》を上げている。ざあざあと云う騒騒しい音の中で、身のまわりがしんしんして来る様であった。

「障子を閉めましょうか」

「閉めると暗くなる」

「でも家の中の方が明かるいわ」

大雨に打たれている雨傘の音が塀に近づいて、暫らく立ち止まった様であったが、又動き出してすぐに辺りの雨垂の中に消えてしまった。

「もう少しここにいますわね」と云って、女が薄暗い襖《ふすま》の前に、ちょこんと坐った。

菊の雨

観菊の御会に召されて行くと鬱葱《うつそう》たる御苑の森が展《ひら》けて、金風の吹き渡る玉砂利の広場に出た。向うの際に片屋根を掛けた花壇があって、一様の礼装をした拝観者達が、疎《まば》らな列を縮めたり伸ばしたりしながらゆるゆると流れている。人と人の間から的皪《てきれき》と輝いて目をまぶしくするのは、まともに向いた菊花の大輪であろう。私も足を早めて人人の列の後に従った。白菊の白さも黄菊の黄色も世の常の色ではない。花弁に不思議な光を湛えて、辺りに影を射すばかりである。懸崖の小花は霰《あられ》を振り掛けた如くであり、大咲は人の顔よりも広く、茎も葉も見えない乱咲、一茎一花の咲分け等賞歎するに暇もない程次ぎ次ぎに目の先の色が移る。菊作りに何の心得もないので、ただ花を見て驚くばかりであったが、御苑を辞して後家に帰ってから目の前に妙な物が見え出した。一つ一つの花を区別して思い出す事は出来ないのであるが、花壇に向かって左から右へ観て行ったのと逆に、右から左へ不思議な色の帯が流れる。夕方から空がかぶさって外が暗くなると同時に大雨が降り出した。廂《ひさし》を敲《たた》いて行く雨脚の音を聞いていると、又花壇の菊花が目先に浮かんで、左へ左へと動いて行く様である。片屋根は檜皮葺《ひわだぶき》であるが油障子を覆った所もあった。御苑の暗い空から降り灑《そそ》ぐ大粒の雨は、花壇を包んで、檜皮も油障子も突き破ろうとする下に菊花は闇をはね返して粲爛《さんらん》と輝いている。あれが咲分け、あれが懸崖と昼間の記憶を追っている内に色の名も解らぬ不思議な帯が滔滔と流れ、繁吹《しぶ》きを上げて降り込む暗い雨の裾を染めてそこいら一面がほのぼのと明かるくなる様子である。

柳撿挍の小閑

第一章

木曜日の午後のお稽古を終わって、最後の番の女生徒が出て行った。晴眼《せいがん》の人に対すると同じ様に、丁寧に頭を下げてお辞儀をするのが自分によく解った。

皆皆立居振舞はしとやかであり、自分に向かって親切にいたわってくれる気持は通じるのであるが、しかし今日の稽古のざまは何であるか。私は箏曲を教えるのであって、作法の教師ではない。盲人に対する遠慮ばかりが、教室内の一寸《ちょっと》した物音にも感じられる挙げ句に、自分は却《かえ》って腹立たしくなる。人の手前をいい加減に辷《すべ》り抜けて、一足校庭の芝生に出たら、もう箏の事なぞ忘れてしまうのであろう。急にむしゃくしゃして来て、次ぎ次ぎに出て行った十人許《ばか》りの女生徒を、更めて自分の前に呼び戻したくなった。

最後の番の女生徒が出て行く時、後の戸を閉める音はした様であったが、何かのはずみで、ひとりでに開いたらしい。五月の午後の風が草の葉のにおいを載せて、まともに自分の顔に吹いて来た。風の筋が真直ぐであると云う事を感じる。広広とした校庭の遠くの方に起こった風であろう。草の香りに混じって何か生臭いにおいが鼻についた。

「先生」と伊進が少し後の方から声をかけた。何時間もそこに坐った儘黙っていたので、声が嗄れている。「教員室にお寄りになりますか、すぐお帰りになりますか」

「すぐ帰る」と云って、自分はいきなり起ち上《た》がったが、少し前にのめる様な気がする。いつの間にか伊進が前に廻って、私の手を執ってくれた。伊進は若くもあり、又私の家にいる時も力仕事と云う事をしないから、丸で女の様な柔らかい手をしている。

校庭の芝生から吹いて来る風を横に受けて、長い渡り廊下を行き、中途から庭に下りて、すぐに校門へ出る為、芝のある所を斜に横切った。袴の裾から足にからまる草の穂もある。苜蓿《まごやし》のにおいが頻《しき》りにする。失明前の少年時代に四ツ葉を探した事を思い出す。

「三木先生」と伊進が小さな声で云った。広っぱの真中で、どちらから来るのか解らなかったから、一寸《ちょっと》起ち止まりかけたが、伊進は構わずに前の方へ手を引いた。もう三木さんが向うから、こちらへ近づいていると云う事が解った。しかしまだ早過ぎると思うのに、自然に顔の筋が笑顔に崩れ出した。

お互に近づいて、身近かに人いきれを感じる位になってから、三木さんも自分も立ち停まった。

「まあ、先生」

「やあ」

「今日はどうして、そんなこわい顔をしていらっしゃいますの」

自分は笑っているつもりであったが、人にはもう一つの心の底の、自分ではっきり解らない気持が目に見えるのか知らと思った。

「先生は今週もう学校に入らっしゃいませんのね」

「ええと」

「土曜日のお時間は、祭日になりますから」

「そうです、そうです」

「それで一寸お詫びしておきたいんですけれど、私今度の日曜にはお稽古に伺えませんの」

「そうですか」

「受持生徒の英語会が、祭日の筈だったんですけれど、会場の都合で日曜に延びましたの。私お稽古をお休みして、本当につまらないと思うんですけれど」

「そうですか」

「ほかの日だと、お宅へお稽古に行く生徒達と一緒になりますし、矢張り一週間飛んで次の日曜でなければ伺えませんわ。何だかその間に続きを忘れてしまいそうで、私どうしようか知ら」

「そうですか」

「先生は、そうですかそうですか計り仰しゃって変ですわ」

「いや、どうも失礼、日曜以外に生徒の来ない日は今日だけですね。今日入らしても構いませんよ」

「でも、もう遅いし、まだ学校の仕事も少し残っていますの」

「夜分は」

「夜分お稽古をして戴いては、今日は学校でお疲れですのに、それに、いいえ先生よしますわ、先生のお宅の御近所は暗くて、人通りも余りないし、どっちから伺っても長い長い塀ばかりなんですもの」

「そうですか」

「又そうですかって、それでは先生、又来週学校でお目に掛かりましょう」

「それでは左様なら」

三木さんは自分にぶつかりそうに、すれすれに渡り廊下の方へ行った。

校門の内側で待っていた俥《くるま》に私を乗せてくれてから、伊進は見えない私に向かって丁寧に頭を下げている。俥が走り出してから、今日の稽古で何人目かの生徒が、いくら直しても直しても、すぐもとの通りになって、たぐる様に手事《てごと》をはずませた癖がふと口に乗り、ぼんやりそれに気をまかせていると、車夫の足音が跛に聞こえる様であった。

第二章

三木さんが来ない日曜の午后は、川向うの松屋敷から臨時の出稽古の依頼が来たので、出掛ける事にした。松屋敷のお嬢さんは永年手にかけた弟子であったが、後にお嫁に行った先の旦那が倫敦《ロンドン》とかに転任したので、一緒について行ったと云う話を聞いてからもう四五年になる。使の者の口上に、婚家の苗字を云って、その若奥様が久久にお稽古を願いたいとの事であったから、多分またこちらへ帰って来たのであろう。午過《ひるす》ぎに迎えの俥《くるま》が来たから出掛けた。支度《したく》して玄関に出る途中、稽古場に使っている座敷を通り抜けた時、壁際に立て掛けてある琴に手が触れた。それは弟子の使う琴であって、琴袋が掛けてない。何の気もなく触れた指先に、絃《いと》の一本切れている所がさわった。琴の胴がじかに指の腹に当たって、その辺りが馬鹿に広広している様に感じられた。撫でていると琴の胴が少し生温かい様にも思われる。そこの所をこつこつ敲《たた》いて、後からついて来る伊進に注意した。

「はい」と伊進が云った。「後で締めておきます」

何でもない事が急に気に掛かり出した。自分の様な不自由な者は、成《な》る可《べ》く物事にこだわらぬ様にしなければならぬと平生心掛けているのだが、どうもその儘絃《いと》の切れた琴の前を素通りする事が出来ない。

「後でなく、今締めなさい」

「はい」

「何故気がつかないのか」

伊進のもじもじする気配を感じた。何か云おうとしている。又急に気が変わって、自分は勝手を知った家の中を、手さぐりもせずに一人で玄関へ出た。そこで手を敲《たた》いて婆やを呼び下駄を穿《は》かして貰った。「伊進さんはどう致しました」と呟いているのに構わず、自分が歩き出したので、婆やはあわてて裸足で土間に下りて、自分の手を引き、表に待っている俥《くるま》に乗せてくれた。

俥は淋しい町を走り続けて、時時賑やかな通を横切った。又淋しい町裏に這入《はい》った後まで、大通の辻で聞いた人人の足音が耳に残って纏《もつ》れている。

大川の橋は木橋で真中の辺りが少し高い。だから初めの内は車屋の咽喉にかすれる呼吸が聞こえた。幌《ほろ》を外した俥の上にすがすがしい川風が吹いて来る。磧《かわら》の多い川であって、石ころの間から草の生えた原の中を、川の水が帯になって流れていたのを子供の時に見た。三十年も前の記憶だが、今でもそうに違いない。俥が真中の峰を越したので急に速くなった。木の橋だから、その上を通る荷車の音が橋板から橋桁に伝わって、橋全体が轟轟《ごうごう》と鳴っている。その中を私の俥が走り下りた。ゆらゆらするのは俥が揺れる外に、橋も大きく波を打っているのだと思われたが、俥が橋を渡り終わって、地面に車輪の触れた途端に、足の先と腰の辺りから、ずしんと固い物が頭の心《しん》まで抜けた様な気がした。

松屋敷の表に俥が停まると、車夫が声をかけたので、中から女中が出て来て私の手を引っ張った。馴れない手引きだから加減が解らないので足許《あしもと》があぶなくて仕様がない。何年か前までは毎週二度ずつ出稽古をした家なので、当時は勝手も覚えていたが、今はまるで初めての家の様に不安である。広い土間が旧家らしく冷え込んでいて、離れに行くにはそれから長い石畳を渡らなければならない。不自由な自分にはその間が一町もある様に思われる。

離れの座敷に通って気を落ちつけると、身のまわりが何となく何年か前の勝手に戻る様な気がする。不意に騒騒しい下駄の音が石畳の上を近づいて来た。英子さんに違いない。奥様になっても、洋行して来ても、昔の通りの気性だなと思われた。途中で二三度蹟《つまず》いた様な音がした。

「まあ先生、お暫らく」と云って呼吸をはずませながら私の身近かに坐った。

「よくお出で下さいました。私また今度こちらへ帰りましたのよ」

「それは結構でした」

「結構だかどうだか解りませんけれど」

長く外国にいて英語ばかり使った所為《せい》か、声が何処となく荒れている。三木さんも英語の先生だが、それとこれとは違うのであろう。

英子さんは散散お饒舌《しゃべ》りをした挙げ句に、暫らく振りのお稽古を願うと云った。自分はここに通されて座についた時から後《うしろ》に琴が立て掛けてある事を知っていたが、初めの内はそれが気にかかったけれど、今は何故か琴に触れるのも面倒臭くなった。離れの後《うしろ》は田圃《たんぼ》であって、その向うの果ての、恐らく一里以上もある遠くの山裾を汽車の走る響が聞こえた。どろどろと云う風に響いて来るのは鉄橋を渡ったのであろう。

英子さんは、お茶の茶椀を下げに来た女中を呼び止めて、琴を並べさした。自分は気が進まないながらに琴爪を嵌《は》めて調子を合わしたが、音色も妙にざらざらしていて気に食わない。英子さんはそんな事には構わず、私の調子を自分の琴に取って、意味もなく忙がしそうに上を弾いたり下を鳴らしたりしている。いつ迄待ってもぴったり調子が合って来ないのだが、御本人はどこがどういけないのか、全然気がついていないらしい。じれったくなって、私の前の琴の上から手をさし伸べ、向うの琴をこっちへ引き寄せて、小いさな子供の稽古の時にする様に、反対の側から向うの調子を直してやった。

「あら」と云って英子さんは手を引っ込めた。

こちらへ帰ってから、まだ落ちついて琴を弾いている暇がなかったとか、しかし今日私が来る事になったので、昨晩は何年振りかに琴爪を嵌めて見たけれど、新らしく掛けさした絃《いと》の糊が爪の腹について、いやな音がするばかりで、手も廻らずつまらないから止めたので、今日おさらえをして戴く為の予習がちっとも出来ていないとか、そんな言い訳ばかりしている。

始めて見たけれど、丸っきり駄目だ。それは何年も間をおいたのだから無理はないとこちらでは考えるが、向うは何に浮わついているのか一向そんなつもりもないらしく、忘れた所はこちらの手について来る、覚えている所は一人でがちゃがちゃと弾きまくる様に先走って、全然お稽古をしていると云う様な気持ではない。

あんまり先走るので暫らく打っちゃらかしておくと、一人で行ける所まで行って、詰まってから急に顔を上げた気配がした。

「まあ先生、一人では弾けませんわ。でも今までの所はあれでよろしいのでしょう」

「駄目です」

「でもそう教わった様に思うんだけれど」

「だれがそんな事を教えた。違っているとかいないとか云う事ではない」

「随分ひどい事を仰しゃるわ」

「その弾き方は何です。面倒臭い。止めておしまいなさい」

「あら、いくら先生でも失礼な事を仰しゃるのね」

「うるさい」

自分は琴爪を嵌《は》めた右手を伸ばして相手を打つつもりであった。手が届かなかったのか、向うが身をかわしたか、自分の手は向うの琴の絃《いと》の上に落ち、琴柱《ことじ》を二つ三つ一どきに倒した。同時に乗り出した自分の膝頭でこちらの琴の巾《きん》と為《い》の絃を踏んだので、その柱も倒れて大袈裟《おおげさ》な音をたてた。

英子さんの起《た》ち上がる衣擦《きぬず》れの音を聞きながら、自分は自分の坐った所にじっと身を固くした。顔も手足も石になって来る様な気持であった。

第三章

旧藩主の邸内にある奏楽堂で開かれた西洋音楽の演奏会を聴きに来たのであるが、伊進が病臥している為、自分の勤めている県立女学校の小谷と云う先生に手引きをして貰った。その先生は自分を演奏台に近い壁際に坐らして、初めの内は隣席にいたが、演奏の切れ目毎《ごと》にどこかへ起って行くと思っていたら、仕舞には自分の席に帰って来なくなった。休憩の時までは離れた所でその先生の話し声が聞こえていたけれど、それから後は何処にいるのか自分に見当がつかなくなった。邦楽の会と違って聴衆の中に知人も少い様であり、舞台の空いている時、話しかける相手もないので、片手を後に廻して、椅子の靠《もた》れの陰から壁を撫でて見た。色は解らぬけれど、大分肌理《きめ》がこまかく塗ってあるらしい。一寸《ちょっと》さわった時は指先が冷やかに感ずるが、間もなくその奥に微かな温もりがある様に思われ出す。もう大分日も傾いている筈だから、事によるとこの表側に夕日が射しているかも知れない。時時指先に毛穴の様なものが触れるのは、壁が乾く時に小さな泡の潰れた跡であろう。

楽しみにして来た程面白くもなく、身のまわりも淋しくて、何処か遠方の事ばかり考える様な気持でいる内に、妙な所で最後の番組の曲が終わって、人人が拍手をした。そうして辺りが騒騒しくなった。敷物をしてない裸板の床に人人の足音が響いて、人の気持をとげとげさせる様であった。反響で想像する部屋の広さから割り出して、大体二百人位の聴衆がいたらしく思われるが、ざらざらと起ち上がってから、不思議な速さでみんな表へ出てしまった。戸口が幾つもあると思えないのに、どうして急に消えてしまえるか自分には解らない。その後が忽《たちま》ち森閑となった。窓の外に所所かたまって話し声が聞こえるのが、益《ますます》からっぽの奏楽堂を静まり返らす様である。自分はもとの通り壁際の椅子に腰を掛けた儘、じっとしていたが、今更心細いなどと云う事は思わないけれど、いつ迄こうしているのか、あてもない。自分を同行してくれた学校の先生はどこへ行ったのであろう。自分の様な盲人と附き合いのない人達は、別に悪気でなくても、道づれが、独り歩きの出来ない事などは忘れてしまうに違いない。その内には小使が奏楽堂の掃除に這入って来るだろうから、その時頼んで俥《くるま》を呼んで貰えばいい。

窓の外の人声が段段まばらになり、又遠ざかって行った。開けひろげた儘になっているらしい戸口の方から、時時砂のにおいのする微風が流れ込んで来た。大きな犬が庭を歩いている気配がする。鼻を鳴らす声が聞こえる。だれもついていないのであろうか。聴衆が帰ってしまったので、お庭の中に放したのだろうか。私の靠《もた》れている壁の後に添って、土を蹴りながら走っている犬の足音が聞こえる。その足音が遠ざかったと思ったら自分ははっとした。大きな犬が奏楽堂の入口に起《た》ちはだかったらしい。一隅に取り残されている自分の姿を見つけたのであろう。奏楽堂の中に向かって、恐ろしい声で二声三声吠えた。ヴァイオリンやピアノの音の木霊《こだま》を返していた天井に犬の咆哮が響き渡った。そうしてそれきり静まった。犬がどう向いているのか解らないが、こちらへ迫って来る様子もない。

犬に気を取られた所為《せい》か、全く不意に三木さんの声がした。

「まあ、先生は」と云って、呼吸を切らした。どこかから馳けつけて来たものと思われる。

「三木さんですか、これはいい所に」

「それどころではありませんわ」

「おや、どうかなさいましたか」

「こちらの事ではありませんわ。先生ったら落ちつき払って、これはいい所に、なんて」

三木さんの声が少し乱れた様なので、自分は心底でうろたえた。

「どうしたのです」

「兎《と》に角《かく》先生帰りましょう」

「連れて行って下さいますか」

「お迎えに来たのです。小谷先生はほんとにひどいわ」

「小谷さんはもう帰られたのでしょう」

「いいえ、あちらの応接間で皆さんと一緒にお茶を飲んでいらっしゃいますわ。話しの途中で、しまった、大変な忘れ物をした、柳さんをおいてき堀にして来ちゃったって笑っていらっしゃるんですもの。私本当にびっくりして飛んで来ました」

「三木さんも聴きに来ていたのですか」

「ええ、中途から、ずっと遅れて参りました。先生の入らしている事はすぐに気がついたのですけれど、席が遠かったものですから御挨拶もしなかったので、奏楽堂を出る時には私も先生はどなたかお連れがあるのか、ないのかと云う様な事は考えませんでした」

「じっと一人でした。それで演奏をよく聴きました」

「伊進さんは如何《いかが》です」

「まだ寝ています」

「御不自由ですわね。これから私先生の学校に入らっしゃる日は、ちゃんと手をあけて、お世話の出来る様に致しますわ」

三木さんは躊躇《ちゅうちょ》する様にそろそろと手を差し伸べて、私の手を取った。

「さあ、参りましょう」

「すぐお帰りですか」

「先生をお送りしますわ」

「小谷さんにも一寸《ちょっと》御挨拶しなければ」

「先生を置き忘れたりする方、ほっておきましょうよ。それに応接間と云うのは随分離れていて足許《あしもと》も悪いし、途中に犬が出ているかも知れないから。犬はおきらいでしょう」

「さっきここへ来ましたよ」

「あら、あの大きな犬が」

奏楽堂の入口を出た。外の風は夕方が近いらしく冷えかけている。入口から庭に降りるのに石段が三つある。それに掛かる前に三木さんは私の手を一つ一つ三つと締めた。そうして降りる時に又一段ずつ次へかかる前に強く握ってくれた。女学校のハイカラな英語の先生が、一っぱしの目くらの手引き気取りでいるらしい。

「先生のお家までお歩きになるのは大変だし、この辺に俥《くるま》はいませんし」

三木さんは独り言を云ったが、御自分の云った事を考えている様子もなく、上手に私の足に歩調を合わせている。

第四章

自分は少し早く来過ぎたかも知れない。座敷に通されて、手引の琴屋と入り口に近い所の座に就いたが、琴屋の云うにはまだ二人しか来ていないそうである。しかしその二人にも各《おのおの》手引がついている。それが私を認めたと見えて、大分離れた辺りから、聞き覚えのある同業の声で、ようこそとか、そこは端近ではありませんかなどと云った。

毎年春秋二季に自分達同業の集会があるのであるが、今年は少し遅れて、もう春とも云えないであろう。毎回集まる者が十人余り、その殆んど全部に手引がつくから、座敷の中に坐る者は二十人以上になる。大した事でもない問題を物物しく議論し合って、毎年大概一組や二組は口喧嘩が始まる。中に癇《かん》の高い同業がいて、自分の身の廻りも見えない癖に起《た》ち上がろうとする気配が一座の者に手に取る如く解る事もある。皆皆はっとした気持になって固唾《かたず》を嚥《の》み、どうなる事かと案じていると手引の者が何とかなだめてしまう。後で御飯になる事もあるし、食事前に散会する事もある。今日は宴会と云う通知であったが、酒を飲むと又何かからまって来る同業もあるであろう。

自分の後からも既に二三人の来会者があった様である。何だか今日のお客は座敷の方方にばらばらに著座《ちゃくざ》している様に思われる。新らしい客が来る度《たび》に、お互に挨拶し合うのだから、自分のいる事も解っていない筈はないのだが、目に見ていないから外の話に取りまぎれて忘れたのか、或《あるい》はわざと自分に聞かせる積りか、開けひろげた障子に庭風が吹き込む辺りから、気にかかる話し声が聞こえて来た。多少は声を押さえている様でもあるが、しかし云っている事は明瞭に聞き取る事が出来る。

「いくら君、機敏にやってもだ、我我が晴眼者《せいがん》を打つと云う事は出来やしない」

「いやそうでない」暫らくその声が途絶えたが、少し笑いを含んでこう云った。

「目くら滅法と云うではないか」

「何を下らない事を。兎《と》に角《かく》それは嘘だろう」

「いや本当だから松屋敷は大騒動なのだ。琴爪の角がお嬢さんの左顎《ひだりあご》から頸を引っ掻いて血がたらたらと流れたそうだ」

「お嬢さんと云うのは洋行帰りの若奥様だろう。帰る早早盲人に引っ掻かれたりして大変だね」

「大分出過ぎた生意気なところもあると云う噂は聞くが」

「しかしだ、仮りにそうだとしてもだ、師匠が門人を打ち打擲《ちょうちゃく》すると云う事は昔は知らず今時《いまどき》無茶な話だよ。ひいては我我同業の迷惑ともなる。幸い今日の集会に、一つ本人から弁明を聞こうじゃないか」

「この席にそんな事を持ち出しても仕様がない。引っ掻かれはしたが、お嬢さんは柳、つまりお師匠さんが好きなのだ。松屋敷では大騒ぎして、特にお嬢さんの旦那さんは非常に腹を立て、訴え出て謝罪させると云うのだそうだが、お嬢さんが決して聞かない。それどころか当日お師匠さんに立腹させたのは重重自分が悪いのであるから、お詫びに行くと云い出した」

「それで本当にお詫びに行ったのか」

「さあその後の確かな事は知らないが、気になるなら柳さんに聞いて見るさ」

矢っ張り自分のいる事を知って話し合っているに違いない。話の受け渡しにも明らかな加減をしていると思われる高低があって、仕舞の一言なぞ、すっかり抑えた低声であったが、しかしその儘みんな聞き取る事が出来た。後から続いて来る客がばらばらの席に坐り、又話し声のしている所へ近く集まるのもある様で、さっきからの二人の話に口を出す者もあった。しかし新らしく来た者の間に段段私に対する遠慮が強くなったと見えて、いつとはなしに松屋敷の件は外の話題に移って行った。

もう大体揃ったのではないかと思う頃に、仲間のうちでただ一人の晴眼《せいがん》である有岡がやって来た。有岡は晴眼と云っても大部薄いのだそうであるが、しかし一人で道を歩く事も出来るし、又明かりの工合をうまくすれば、大意抄の譜も読めるそうである。その為に或る曲の向うの手は早い搔手であるか、割爪《わりづめ》であるかと云う議論が有岡と同業の一人との間に始まって、有岡がしかし大意抄にはこうあると云ったのがもとで大喧嘩になった事がある。その時の争いは結局有岡の負であって、大意抄にこうあると云ったのも間違っていた。記憶の錯誤か譜の見違いであったかも知れないが、晴眼者が盲人と争う場合、相手が直接見る事の出来ない物を証拠にとって、自分の説を押し通そうとする有岡の心事を自分は面白くないと思った。

有岡は座敷に這入《はい》るといきなりその場に坐って、先著の一同に挨拶をした。そこいらに列《なら》んでいる我我の顔をずらずらと見渡した気配がはっきり解った。ずっと向うから見て来て、入り口に近く坐っている私の顔を眺めているらしい。

「遅れたつもりはなかったが、皆さんより後になって失礼しました。さあどうぞ席にお著《つ》き下さい。こうばらばらではお話しも出来ません。柳先生、あなたがそんな所にいられては纏《まとま》りがつかない。どうぞあちらへいらして下さい」

私の手引に目くばせをしたらしい。手引が私の袖を一寸引っ張りかけた。今度は有岡がまともに私の手引に云った。

「いつもの通り床の間の前に御案内して下さい。会長さんがこんな所にいられては席順がつきません」

自分は云われる儘に床の間の前に移ったが、一旦坐った席を少し横にずらし、片手を後《うしろ》に廻して床柱に手先の触れる位置を確かめてから、そこに落ちついた。

あっちこっちで人の起《た》ったり坐ったりする音が一しきり続いた。私の前を通って下《しも》座《ざ》の方へ行った足音が少しびっこの様に聞こえた。下村老勾当《こうとう》であろうと思ったが、その手引は若い婦人の様である。行き過ぎた後に暫らく馥気《ふくき》がただよった。

「どう云う人」と自分は声を小さくして手引の者に聞いて見た。

「よくは存じませんが、お弟子さんの、いつも下村先生のお世話をなさっていらっしゃる方ではありませんか」

手引の者がそう云ったので、兼ね兼ね噂に聞いていた事を思い出した。遊廓の何とか楼の娘さんだったか出戻りだったかが下村老人のお弟子であって、下村さんはいい芸を持って居り、一かどの名人ではあるけれど、いつもひどい貧乏をしているので、その女弟子が色色気を配って金品を貢いでいると云う話である。立ち入った事を想像する様であるが、下村さんは恐らく今日の会費の用意もなく、手引も頼めなかったので、その娘さんが先生の会費と手引としての自分の会費とを持ち出し、自分から進んで手引となって来たものと思われる。自分の手引の者は今、よく存じませんけれどと云っていたが、勿論《もちろん》同業の間に出入りの多い琴屋として知らない筈はない。ただ場所柄をわきまえて何も云わなかったのであろう。下村さんはどの辺りに坐ったのであろうか。更めて手引の者に尋ねるのも変だし、その内に話し声が繁くなれば自然に解る事である。しかし自分は自分の想像の中で何かにぶつかった気持がする。遊廓の娘にしろ出戻りにしろ、いやそう云う事を比較するのではない。下村老勾当《こうとう》の人徳である。ただただ他人の話としても、こんなうれしい事はない。

手引の者が私の袖口にのぞいている手頸のどこかに一寸《ちよつと》触れたので、坐布団から片膝を釣り上げる程びっくりした。

「あっ、済みませんでした」と手引がうろたえた声で云った。

「何かお考え事の最中にうっかり致しまして申訳御座いません」

「いや何でもないのです。一寸した機《はず》みに驚いただけで。何かあったのですか」

「いいえ、こちらも何でもありませんので、ただ大体皆さんお席がおきまりになった様だと云う事だけ申上げようと思いまして」

一寸辺りが静まったと思ったら、自分の席から、はすかいになる向う側の下座《しもざ》から頓狂な声でこんな事を云い出した。

「いやあ、有岡さん、有岡幹事、どうも御役目御苦労様ですなあ」

そう云ったのは川向うの松屋敷に近い屋敷町にいる意地悪の撿挍である。きっと有岡が一人だけ晴眼である為、色色胆煎《きもい》りをするのを悪く取ってそう云ったのであろう。有岡一人が幹事ときまっているわけではないが、外はみんな不自由な者ばかりなので、自然にそんな事になってしまう。

「一寸幹事に伺いますが、この会では毎回みんなの席次が変わる様であるが、会長柳撿挍、これはよろしい。しかしだ、この他の者はどこへどう向いて坐るのか、これは一つきめておいて戴きたいね」

今日は不思議な程自分の気持が落ちついている。人の云う事などに一向乱されない。寧《む》ろ人の云う事なり、外界の気配などが少しも自分の気持に触れて来ないと云う風に感じられる。そうしてうつろの様になっている自分の何処かに、さっきの手引がした様な刺戟を与えられると腹の底からびっくりするが、松屋敷の一件がどうだとか、柳会長の坐り方がどうだとかそう云う様な事は一切自分の癇に触れて来ない。

「そんな事はいいよ。毎回きまったら又不平が起こる。そんな事はいいから、席が定まったら始めようではないか」

別の声がそう云って、有岡を取りなす様に「有岡さん、有岡さん」と呼んだ。

盲人の側では、自分の席に坐った儘で勝手な事を云うのであるが、晴眼の有岡はその度に起って相手へ耳打ちをしたり、こちらで思った場所より違った方角に坐っていたり、座敷の中を行ったり来たり大変である。

暫らくしてから、矢っ張り私の予期しなかった方角から有岡の声が聞こえて来た。今度は起立している。

「それではこれから春季の例会を始める事に致します。会長からの御挨拶がある事と存じますが、私からも皆さん御出席下さいまして有り難く御礼申し上げます。御相談の事項、つまり議題は前回からの宿案、許し金制度の存廃を第一と致しまして、なお会員諸氏から御申し出でのありました案件も二三御座いますので、これは私が承りました関係上、御提案の諸氏に代わりまして、後で私から御説明致すつもりであります。それと、も一つ番外として御協議したいのは今年春季の慈善音楽会の番組組合せの件でありますが、これは大分先の事ではありますけれど、音楽会の方がこの会の秋季例会より先になる事は確実でありますので、その前にもう一度お集りを願うよりは今日のこの機会に大体の事を決定しておきまして、出演するお弟子の練習とか」

「先生一寸《ちよつと》」と隣りにいる手引の者が云った。有岡の話の途中ではあり、自分は又非常に驚いた様な気がしたが、じっと気持を押さえた。

「向うで私を呼んで居りますから、一寸行って参ります」

「そりゃ有岡さん早過ぎる」とさっきの意地悪の撿挍が云った。

「今からお弟子に稽古をつけたら、肝心の秋までに忘れてしまうぜ」

「それでしたら、何も今からお稽古を始めなくてもよろしい」と有岡が起《た》った儘で云い返した。

「いや、いや、練習の期間は長い程よろしい」とだれかが口を出した。「しかしだ。それよりも今これから秋の演奏会の曲目をきめると云うのが、みんなの気持の上で一寸纏《まと》まりにくいのではないかね」

手引の者が戻って来て、私に耳打ちした。

「先生、伊進さんの容態がお悪いそうで、只今お迎えの俥《くるま》がまいりました」

「どんなのです」

「よく解りませんが、お迎えの俥に三木先生が乗っていらしたのでして」

「三木さんが」と問い返した途端に自分の座が上がった様な気がした。

「玄関で只今伺ったのですが、何でも三木先生は先生に差上げる到来物があって、先生のお留守を御承知の上でお宅に入らしたのだそうです。その時分から丁度伊進さんの容態が悪くなって、婆やさんが一人でうろたえているのを色色指図なさって、御自分でお医者様を呼んでいらしたそうです。お医者様がこれは重態であるから早く身寄りの方を呼ぶ様にと申されましたとかで、三木先生がすぐこちらへ入らしたわけです。三木先生のお乗りになった俥で先生を先にお返しして、御自分も後から俥を目っけて行くつもりだと仰しゃいました。如何なさいます、もうそう云う事でしたら、私もすぐ後から参りますが、こちらはこれからと申すところにどうも大変な事で」

手引の者は出来るだけ声を小さくし、なおその上にも話しながら段段小声になったので、列座の人人に聞こえた筈はないと思う。しかし初めは一同がこちらの内所話に気を取られて、森閑としたらしかったが、その内に有岡も途中で一応著座したらしく、その頃から次第に辺りがざわざわして来た。

手引の者に返事もせず自分は立ち上がっていた。何の気もなしに二足三足ふらふらと出た様であった。有岡が驚いてこちらに近づく気配がした。後から手引がしっかりと自分の片手を捕えた。そうして空いている片手で、有岡に向い何か合図をしている。

第五章

玄関から、勝手を知った家の中を伊進の寝ている部屋の方へ急いだ。車夫が帰りを知らせた声は聞こえている筈なのに、何人も出て来ない。伊進の部屋の襖《ふすま》に手を掛けた時、初めて中から婆やの声がした。しかし、

「あっ」と云った限りで後を何とも続けなかった。

婆やの外にもう一人、人がいる、それが医者であろう。

婆やが手を取って、伊進の寝ている傍に坐らしてくれた。

自分の落ちつくのを待って、医者は更めて臨終の挨拶をした。自分も受け答えはしたけれど、それきりで言葉が切れてしまった。

横から伊進の手をさぐると、すぐに私の両手の間に挿む事が出来た。暫らく伊進に手を引いて貰う事がなかったが、相変らず柔かくて、長く寝ていた割りに骨張っていると云う事もない。指を一本一本いじくる様にして、自分の両手の手の平の中に包み込んだ。まだ温かい。帰って来る俥《くるま》の上で、車輪が道の小石を跳ね飛ばした。その時自分が非常に驚いた後先の事を考え合わせて、さっき婆やの咄嗟《とっさ》の叫び声を聞いた時から、伊進が既に縡切《こときれ》れた事を自分は知っていた。しかし頻《しき》りに伊進を呼んで見たい気がする。伊進の手を押さえて、その一言を嚥《の》み込んだ途端に、両方の眼窩《がんか》から涙が流れたので、伊進の手を離した。袖の手巾《ハンケチ》をさぐっていると婆やが寄って来て、自分の引き出した伊進の手を又布団の下にかくした様である。

自分が不自由である為に、伊進の病臥していた間じゅう、気を配ってやる事が出来なかった事を考える。しかしそれはもっと心苦しい事を考え詰める順序として思い浮かぶのであって、今更そんな事はよろしい。さて、と考え直して平手で自分の膝頭を打ったら、思いもよらない大きな響がした。医者も婆やも黙って坐ったなり、身動きもしないらしい。

大きな、山ほどもある冷たい石の中身に自分は坐っている。石に裂け目が走る様に三木さんの倅が帰って来るのを自分は感じ出した。そうして次に気持がはっきりした時は、襖《ふすま》の外に三木さんの声を聞いた。

中に這入《はい》って来てから、先ず黙《ま》って自分に頭を下げた。微かに歔欷《きよき》する声が聞こえた様だが、すぐに抑えてしまった。

大分たってから、三木さんと医者が小声で話し始めた。医者は三木さんの帰って来るのを待っていた様である。間もなく医者が帰って行き、私も自分の部屋に引き取った。伊進の郷里に知らせたり、医者から必要な書附を貰ったり、その他自分に出来るだけの事はすると三木さんが云った。伊進に両親はない。すぐに知らせが届けば、郷里の兄は明日来るだろう。自分はじっと坐り込んで大きな湯呑み茶碗に汲んで貰った茶を何の味もなく、時時飲んだ。暫らくして気がついて、その儘手に持っていた湯飲み茶碗を又そっと茶托の上に返した。そろそろ日が暮れかかっている時分と思われる。もう軒は暗いかも知れない。森閑とした家の中に、三木さんの足音ばかりが聞こえた。起《た》って歩いている限り、どんな微かな足音でも自分の耳に響いて来た。

第六章

磯辺の松に葉がくれて沖のかたへと入る月の、と云う琴唄の歌い出しの文句が頻《しき》りに口に乗った。気がついて見ると又同じ文句と節を繰り返している。その前は何をしていたかよく解らない。自分は立て膝を抱いて、居眠りをしていたかも知れないが、いつ目が覚めたとも気がつかなかった。

開けひろげた座敷に、夏の真昼のすがすがしい風が吹き抜けている。風に乗った様な気持で口の中の節を追って行くと、さっきの所まで来るのに大分ひまがかかる。それから先へ節を変えて進む気もしない。何となくぼんやりしている内に、いつの間にか又初めに戻っていた。

あっちから吹いていた風が、不意に向きを変えて、こっちから這入って来る。空に風雲《かぜぐも》があって、自分の家の棟を行ったり来たりしているのではないかと考えた。

どうかした途端に、自分はもう一度目が覚めた様に思った。二重の皮をかぶった眠り方をしていたかも知れない。立て膝を両手でかかえていると思ったが、そんな恰好はしていない。蓙《ござ》の薄い褥《しとね》に正座して、琴に向かっていた。その儘の姿勢でうつらうつらしたのであろう。自分の琴の向うに稽古琴がある。柱《じ》をたてた絃《いと》に風が渡っているのは本当であって、夢ではない。二三日前に女学校が休みになってから、毎日午后の暑い盛りに三木さんが稽古に来ている。自分の所はまだ夏休みにしていないので、朝の涼しい内は普通の弟子が来るから、三木さんはそう云う時間をよって来た。

自分は三木さんを待つともなしに待っている内に、ついうたた寝をして夢を見たのかと気がついた。辺りに人はいないが、ひとりでに顔が熱くなった。磯辺の松の歌のついている琴の曲は、今自分が三木さんに教えているのであって、難曲である為、手間がかかっているけれど、その歌の所はとっくに終わり、それに続く六ずかしい手事五段もすみ、後歌にかかる前の最後の散らし一段も今日の稽古で終わる筈である。自分の稽古上の方針として、成《な》る可《べ》く歌の意味や曲のいわれ等にこだわる事は避けるのであるが、この曲が追善の為に作られたと云う事を知っているから、琴の前の居睡りの寝ざめに、その中の節の端端が残っていると何となく自分の身辺が淋しい。

聞き馴れた声の小鳥が庭で鳴いている。一日の内に幾度か鳴き渡って来て、又どこかよその庭へ移って行く様である。何と云う小鳥か知らないが、大分声が荒れて、少し嗄れた様な囀《さえず》りをする。自分は庭の小鳥に聴き入っても、玄関の微かな物音を聞き逃さなかった。三木さんが蝙蝠傘《こうもりがさ》を土間の三和土《たたき》の上に立てかけた。履物を脱いで式台に上がった。こちらへ真直ぐに来ないで、婆やの所をのぞいている。いないのか、昼寝をしているのか、三木さんは引き返してこっちへやって来た。もう手に取る様に気配がわかる。少し足を浮かして、音を立てない様に歩いている。

「先生今日は」と云って入口にお辞儀をした。

自分は知らん顔をしていた。顔をあげて私を見たらしい。

「まあ」と云って部屋に這入《はい》って来た。私の顔が返事をしてしまったと思われる。

「少し遅くなりまして」と云って、三木さんはそっと汗を拭いている。その香りがした。

「何か御用が出来ましたか」

「御用って、今まで学校にいましたの」

「学校ですか」

「生徒はお休みになったらその日からお休みですけれど、私なぞは後始末が御座いますの、成績の記入だの通知だの、それで今日は一寸《ちよつと》手間取ったのですわ」

「ちっとも知らなかった」

「ですから今日少し遅れましたけれど、明日からはちゃんと遅くならない様に参ります」

「三木さんを待っていて、後先が解らなくなりました」

「どうしてですの」

「だから遅くなったと云われても、私にはよく解らない」

「でも待って戴いたのでしょう」

「待っただけ三木さんの方で遅れた事にしてよろしいか」

「ええ結構ですわ。あら、少し無理かしら。何だか先生、不思議な顔をしていらっしゃいますのね」

「どこがそんなです」

「いつものお顔より大分長い様ですわ」

自分はおかしくなって、声を立てて笑った。三木さんが居ずまいを正し、向うの稽古琴の前に琴爪を嵌《は》める気配を感じると、急に気持が暗くなった。稽古にのぞんで引締まるのではない。自分の胸には何かちぐはぐの所がある。今まで耳に馴れていた庭の小鳥が飛び去った。

自分は黙って三木さんの琴を聞いている。三木さんは教わった所までは、次の時に独りで弾く事にしている。その間に間違ったところを直し、十分でない所を自分が注意するのであるが、初めの方にはもう云う事もない。三木さんの琴が非常にうまい様に思われる。最初に短かい前弾がある。そこを弾き始めた時、自分はぞっとする様な気持がした。間もなく、磯辺の松に葉がくれての歌にかかった。自分は昔の記憶を繰り返す様な曖昧な事を考えていたが、今自分の聞いているその前の記憶と云うのは、ついさっきの居睡りの続きであったと云う事が、おぼろげながら解った。しかしその後ははっきりしない。長い長い前歌がいつ終わったであろう。自分の耳に馴れっ子になっている手事の節が、千切れ千切れになって、激流の中であぶくが潰れると云う事は実際にないであろうか、晴眼の時分の記憶にそんな景色は残っていないが、水煙を上げて、あぶくが潰れて、千切れ千切れの節が手事に押し流されて行って、自分ははっきりと、あぶくを見る事が出来る。段段に数がへって、到頭一つもなくなって、辺りがしんとした。

自分は深い息を吸って、気を落ちつけて、

「三木さん」と呼んで見た。

「はい」とさっきの儘の所で返事の声がした。

「私はどうかしましたか」

「いいえ」

「眠ったのではありませんか」

「じっとしていらっしゃいましたから、私も静かにしていました。先生がいつも考え事をなさる時の御様子でしたから、私何とも思いませんでしたが」

「それならいいのです。手事はすみましたね」

「はい、五段の終わりまで」

自分は琴爪を嵌めて、自分の琴に向かった。調子の狂いを調える為に、絃《いと》に触れた途端、日日の稽古に弾き馴らした古琴が、猛然と牙を鳴らして自分に立ち向かって来る様な気勢を感じた。その絃を打って自分の琴爪はりゅうりゅうと鳴った。散らし一段を三木さんも一稽古で覚え込んだ様であった。

第七章

三木さんはその翌《あ》くる日からぱったり来なくなって、今日でもう四日か五日過ぎた。学校のあるふだんの時なら様子を聞く事も出来るが、休みになっているのでだれに聞く伝手もない。婆やを使にやって見ようかと思うけれど、師匠の方から尋ねるのはおかしい。稽古も中途で、ほんの後歌一節だけが残っているのが気にかかる。病気にしても、簡単な、婆やの読める葉書をよこす位の事は出来そうなものだが、どうしているのか一向に解らない。

婆やの給仕で淋しい夕飯の膳に向かう時、三木さんはどうなさいましたでしょうと婆やが頻《しき》りに噂をするけれど、自分は返事をしない。伊進のなくなった当時も、婆やは毎日三度の給仕に伊進の話を持ち出して自分を苦しめた。伊進の事は三木さんが家の人を使ってまで色色とやってくれて、郷里から来た兄もよろこんでいたが、この間その兄から三木さんの許に手紙が来ているから、この次持って来て読んで聞かせると云ったきり、それもその儘になっている。

ひる前の稽古も段段へって来ているから、もう休みにしてしまおうかと思う。毎日同じ事を繰り返すのも面倒であるが、しかしそうした後で、長い夏休みを自分はどうして暮らしたらいいだろう。去年の夏は伊進を連れて上方と名古屋へ曲を取りに行った。一昨年の夏は亡妻がまだ元気であった。不自由な自分には何事もないのが一番いい。淋しいと云う事は自分の考える可き事ではない。身辺の不自由も、どうせ目が見えない以上、何人《だれ》の手を借りても同じ事である。

今日は一日じゅう庭の蟬がうるさかった。軒の内側にとまって鳴いたのもいる。

ひる前の稽古を終わった後ずっとその儘にしてあった二面の琴を夕方になってから、自分の手で片づけた。自分は丸半日琴の前に黙って坐っていたが、時のたつのは速いとも遅いとも考えないけれど、片づける時絃《いと》に手が触れて空音《そらね》をたてる度《たび》に、昨日もその前の日も、この頃は毎日同じ事をしていると云う事を、他人事《ひとごと》の様に思い出す。

夕飯を終わって端居をしているところへ、組合の有岡が来た。

座敷に通して挨拶をしたが、有岡は妙に寛いだ、馴れ馴れしい調子であった。

「実はね、柳さんも御不自由だろうと思ってね」

「いや、有り難う」

「男の内弟子を一人お世話しましょうか。僕が頼まれているのです。晴眼だから身の廻りのお役に立ちますよ。伊進君は可哀想な事をしましたね」

「どうも知らない者を新らしく家の中へ入れるのは気を遣《つか》って困るから」

「それは初めだけの話で、すぐ馴れるでしょう。当人は学生なんですが、将来この道で身を立てたいと云うんだ。一つ仕込んで御覧になっては如何です」

「それでは、ずぶの素人だね」

「そうです。尤《もっと》もそう云う事を思い立つ位だから、自分では多少やれるつもりなのかも知れないが、問題ではないでしょう。それよりも当人が大変な柳先生の崇拝家だ」

「そう云うのは却《かえ》って困る。御親切を無にする様ですまないが、私は今急にその気にはなれないから、何とかことわって下さい」

「更まってことわると云う程の事でもありませんよ。ただ柳さんが御不自由だろうと思ったものですから。尤も本当はお弟子の話などを持ち込むより奥様のお世話をすべきかも知れませんね」

「いや、そんな事は」

「しかし結局この儘ではお困りでしょう。僕も御同業の末席をけがしているし、晴眼であるのを幸い、一つ本気になって探しましょうか」

「有岡さん、お話しはお話しとして、私は全然そう云うつもりでいないから、どうかその事はお考えにならないで下さい」

「どうも弱りましたね。何もかもおことわりになって」

有岡は煙草を吸うので、袂《たもと》から燐寸《マッチ》を出して巻莨《まきたばこ》に火をつけた様である。

「煙草盆は出ていますか」

「いえ、しかしそっと紙に灰を取りますから構いません」

自分は婆やを呼んで煙草盆を出させた。時時甘っぽい様な煙のにおいがした。

「自分が吸わないものだから、つい気がつかなくて失礼しました」

「一体に眼の悪い方は吸わない様ですね」

「火の始末があぶないからでしょう。又煙を見ないと煙草の味がしないと云う話も聞いたが、そんなものですか」

「成る程そうかも知れませんね。目をつぶったり、暗闇で吸ったりしたら煙草の趣はなくなるかも知れませんね」

「日露戦争で失明した軍人が、以前は煙草を吸っていた人も、みんな嫌いになったと云う話を聞いた。煙は撫でて見るわけに行かない」

有岡は暫らく黙っていたが、その間自分の顔を見ていた様な気配であった。

「あなたの学校の三木さんは、こちらへお稽古に来ているのでしょう」

「そうです」

「松屋敷の身内だか縁続きだかの所へお嫁に行くそうですね」

「そうですか」

「御存知ないのですか」

「知りません」

「近頃聞いた話ですが、本当だろうと思ったのだが」

有岡が帰った後でまたもとの儘の端居を続けた。いくら夏の宵でも、もう外は真暗であろう。婆やが除虫菊の茎を刻んだ蚊いぶしを風上の縁先に置いてくれた。煙が鼻の先を流れて行った後で、時時微かにぱちぱちと鳴る音がした。自分には見えないけれど、小さな火花が散っているのが見える様な気がした。いつ迄も有岡の云った事を思い返したが、自分のこだわっているのは三木さんの事ばかりではない。その話になる前に有岡の云った事が皆気にかかる。

第八章

一両年前の学校の卒業生で、その後もずっと自分の許へ稽古に通って来た某家のお嬢さんの縁談が纏《まと》まったそうである。大分前からその話は聞いていたが、何かの都合で決定が延び延びになったものと思われる。そうしてこの暑中に式を挙げると云う事になった。その家からわざわざ自分の所へ使を以て知らせて来て、当夜自分にも列席してくれと云うのである。自分は躊躇したけれど結局出る事になった。

琴屋を手引に頼む事にしておいたら、当日先方から迎えの俥《くるま》を二台よこしてくれたので、予《あらかじ》め自分の家に来て待っていた琴屋と二人で出かけた。蒸し暑い日であったが、俥の上では鈍い風が顔にあたった。道がだらだら坂にかかると、頭の上から冷たい空気が降って来る様であった。大きな木の枝が道にかぶさっているに違いない。どこかでひぐらしの声が聞こえるけれど、こもった様な曖昧な鳴き声である。自分は暫らく振りに表へ出たので、気分もせいせいする筈であるが、却ってふだんよりは鬱陶しい。俥が坂を登り切って平らな道を走った後、今度は向う側の下り坂にかかった。俥が矢のように速く走ると思われた。後からついて来る琴屋の俥の音が、自分の俥にのしかかる様な気がした。その勢で辷《すべ》り込んだ所に今日の宴会場がある。玄関前の砂利に足を埋めて、車夫は俥の勢を止めたと思われた。後の琴屋が先に降りて来て、自分に手をかした。もう辺りは夕方近くなっている時刻である。しかし一足地面に降り立って見ると、まだもやもやと暑いいきれが上って来た。

「曇っていますか」

「いいえ、よく晴れて居ります」と手引が云った。

「はてな、もう薄暗くなりましたか」

「いいえ、まだ明かるう御座います」

すぐに玄関にかかった。吹き抜けらしい奥の方から一陣の風が吹いて来た。大きな構《かまえ》だと云うことが解った。廊下から二三段の階段を上がった広間を通り抜けて、又廊下に出た様である。そうして奥へ奥へと行った。不思議に森閑としている行き詰まりに急に展《ひら》けた気配がして、人人の話し声が聞こえた。「柳さん」「柳先生」とささやく声がした。人の数は解らないが、大勢の目が私の方を見ている気配を感じた。

「新郎新婦が起《た》っていらっしゃいます」と手引が云った。自分は会釈してその前を通ったが、向うでも丁寧に礼を返しているのがよく解った。新郎はどう云う顔形の人か自分には想像もつかない。そう云えば新婦にしても自分は知らない筈であるけれども、永年の附き合いでその人の姿は自分の心の中にはっきり宿っている。口に出して人に納得させる事は出来ないが、一人の姿と他の一人の姿とまぎらわしくなると云う事はない。自分のよく知っているお嬢さんが、今ここに花嫁のよそおいをして、自分の知らない花聟の傍に起っている。二三歩通り過ぎてから不意にその事が非常な感動を自分に起こさせた。

手引が静かな声で、「どうかなさいましたか」と云った。

「いいえ」

「先生のお手が」

「いや、いいのです。少し遅かったのでしょうか」

「そんな事はないと存じますが」

「もう大勢入らしているのでしょう」

「はあ、皆さんお揃いの様で御座います」

人人の待ち合わせている広間へ通ると、あちらこちらで人の起つ気配がして、それが皆自分の前に集まる様であった。色色の人から挨拶を受けて、いらいらした。一通り終わって椅子に腰を落ちつけ、庭から吹いて来る風を受けて一息した。人人に取り巻かれている間、一寸《ちょっと》傍を離れていた手引が戻って来て、隣りの椅子に腰を掛けた。

「お席の割り当てを見て参りました」

自分が黙っていると、手引は声を落とす様にして、「先生、三木先生もお見えになる様で御座いますね」と云った。

家を出る前から纏《まと》まりのつかなかった自分の気持が、あやふやな儘にきりきりっと廻って縺《もつ》れた様であった。

「先生のお隣りにお席が出来ている様で御座います」

「そうですか」

「お探しして参りましょうか」

「いや、よろしい」

「それともまだお見えにならないか知ら」

手引は一旦浮かした腰をまた落ちつけて云った。「三木先生はお見えになる事になっていたので御座いますか」

「学校の関係でしょう」

自分はそれきり口を利かなかった。花嫁のお母さんが来て挨拶した。花聟の伯父さんと云う人も挨拶に来た。自分はどう云う事を云って挨拶を返し、祝辞を述べたか記憶にない。庭から荒い風が吹き込んで来る。一旦地面を敲《たた》いた上で跳ね返った様な風である。

「もう暗いのですか」

「はあ、急に暗くなって参りました」

暫らくして宴会場の席に就いた頃には窓の外を風の音があわただしく走り廻った。自分の席の後《うしろ》の窓掛けがよく絞ってなかったと見えて、風にあおられた裾が自分の襟を撫で、はっと思う内に隣りの席の卓上を叩いて行った。人人がこちらを見た様であり、給仕人はあわてて窓掛けを絞った。

食卓の話も余り賑わぬ様であった。お目出度《めでた》い席に似合わず、四辺《あたり》の空気が沈んでいると自分は思った。自分の気持の所為《せい》もあり、又天気の加減による事とも思うが、間もなく祝賀の演説等の始まる順序に近づいていると思われるのに、宴会場は皿やナイフのかち合う不用意の物音ばかりが鋭く響き渡った。

「三木先生は到頭お見えにならない様で御座いますね」と隣席の手引が云った。手引と反対の自分の隣りは空席になっている。さっき窓掛けの裾が叩いた時から、自分はその空席を気にしているのであるが、手引の云った事には返事をしなかった。

不意に耳の裂ける様な雷が鳴り渡った。丁度この辺りの真上から鳴り始めたのであろう。それに続いてもう一層大きいのが鳴り、それから立て続けに鳴り出した。雨の音も聞こえて来た。一寸《ちょっと》辺りに気配がしたと思うと、隣席の手引が、「先生、停電で御座います」と云った。

雷鳴の途切れた間は雨の音がざあざあと聞こえた。騒騒しい音でありながら、聞き入っていると非常に淋しく思われた。風につれて繁吹《しぶ》きが這入《はい》って来るので給仕人が窓を閉めた。すると急に雨の音が遠くなり、その音を追って聞き入ると、ますます淋しい気がし出した。

「大変な稲妻で御座います」と手引が教えてくれた。今は見えなくても稲妻の色は若い時に覚えている。隣りの人のいない席のなんにもない所に、稲妻が水をぶっかける様に光っては消える有様を自分は身近かで想像した。

第九章

夕飯の後、いつもの様に自分の部屋に引き取ってじっと坐っていると、お勝手の方から洗い物をする音が聞こえていたが、何か外の事に気を移している内に止んで、今度その方に耳を澄まして見た時はもう何の物音もしなかった。

暫らくすると垣根越しに隣り合っている近所の方方の家から、ざあざあと云う水の音が聞こえて来た。申し合わせた様で何事だろうと思ったが、しかし今日は自分が何となくその音を聞いているだけの事であって、ふだんと違う物音ではあるまいと考えた。

間もなくその音も止んで、いつもの森閑とした時刻になりかかった。まだ外に薄明かりはあるだろうと思われたけれど、庭の木に蟬はもう鳴いていない。

縁先から流れて来る蚊いぶしの煙のにおいを嗅いでいる時、ふと自分は坐り直した。今頃の時刻に三木さんが来る。不思議な様だがもう玄関に這入《はい》ったと思うのと、その物音を聞いたのと、どっちが先だか解らなかった。

三木さんが自分の前に坐って挨拶した。

「初めの内は心配しました」と自分が云った。呼吸が切れる様で話しがしにくい。

「御心配をかけると思いましたけれど、御挨拶に来ればなおの事御心配をかけると思いましたから」

「その後に人から聞いて、お目出度《めでた》い話なのでしょう」

「先生はお聞きになりましたの」

「聞きました」

「それならいっそ伺えばよかった。でも、もう済みましたのよ」

「済みましたって」

「話だけだったのですわ」

「どう云うのですか」

「つまり向うと傍《はた》とで騒いだのですわ。それが、丸っきり急な話なもんですから、私もすっかりあわてててしまって」

「それで」

「だから無断でお稽古を休んだりしまして、それは大変だったのですよ先生」

「断ったのですか」

「ええ」

「そんな事をしていいのですか」

「いい悪いって、私の知った事じゃないんですもの。私お嫁になんか行きませんわ」

「まさか、そうは行きますまい」

「兎《と》に角《かく》今度の話は、もう跡方もありませんわ、やっとせいせいしたから早速《さっそく》おわびに上がりました。先日中の事はどうか御免下さい」

「そうですか」

「それで、こないだ内は遠方へ行って来たりしました。こっちだけでは片づかなかったものですから」

「いなかったのですか」

「そら、先日の御婚礼の晩、雷様が鳴りましたでしょう、あの晩遅く帰って参りました」

「そうそう三木さんの席が取ってありました」

「そうでしょう、本当に方方に失礼してしまいました。もうこれから落ちついて、又先生のお稽古をして戴きますわ」

「そうですか」

「しかしね、先生、その面倒な話が片づきましたから今日は早速《さっそく》上がったのですけれど、もとの通り落ちつく前に一寸《ちょっと》私二三日旅行して参りますわ」

「そうですか」

「こないだ内の話とは別なんですけれど、でもまるで関係のない事もありませんわ。まあ後始末の一つでしょうね」

「そうですか」

「又先生のそうですか、そうですかばかりで張り合いがありませんわ。今度行きますとこはね先生、軍港の町なんですよ。軍艦を見て来て、帰ってからお話し致しますわ。それからお土産に水雲《もずく》を買って参りますわ。あちらの名物なんですって」

「いつ頃帰って来ます」

「すぐ帰りますわ。二三日か三四日、そうしたら先生お稽古の続きをお願い申します」

「前の方を忘れてはいませんか」

「いいえ大丈夫なんです。お琴を出さなくても、しょっちゅう頭の中で続き上合だけはおさらえしています。あら、お饒舌《しゃべ》りしている内に、外が暗くなってしまいましたわ。あの長い塀のとこ、真暗がりでこわいんですよ」

「さてさて」

「まあ先生、でも先生から仰しゃれば本当に、さてさて目明きはですわね」

結局婆やをつけて送らせる事にしたが、三木さんはばたばたする様な騒ぎをして帰って行った。

三木さんの帰った後、ずっと夜更け迄自分はその儘の座に坐っていた。自分のいる頭の上の棟に夜の蟬が一匹鳴いている。頻《しき》りに鳴いていつまでも止めない。棟の瓦に鳴き入る様な声であった。

自分は蟬の声をきき、夜風に吹かれて時のたつのを忘れた。婆やにそう云われてから蚊帳に這入ったが、寝つかれない内にふと麻のにおいが鼻についた。ずっと前から鳴き止んでいた棟の蟬は、まだ同じ所にいたと見えて、一声短かくちっと鳴いし飛んだ気配がした。

第十章

三木さんの行った後、蟬の鳴きしきった晩はついこないだの事の様に思われるが、それから既に十七年たっている。自分は不自由な明け暮れに歳を重ねて来た。もうこの頃は胸の中に縺《もつ》れた様な、割り切れぬ物は何も残っていない。そう云う気持がいつかほどけて、片づかぬ物が片づいたと云うわけではなく、縺れ合ったなりに、片づかぬ儘に薄らいで、いつの間にか消えてしまった。蚊いぶしの火のぱちぱち撥ねる音に聞き入って、三木さんの出這入りに焦燥した昔は他人事の様に思われる。

三木さんが表が暗くなったと云って、あたふたと帰った晩の翌翌日、自分がその当時の、人に云われない憂悶を久久で打ち払った様な気持で部屋の一隅に坐っていた時、朝の内の大雨が急に霽《は》れ上がった後の風が強く吹き抜けたと思ったら、自分はふらふらとして、坐ったなり前にのめりそうになった。あわてて頭に手を当てようとすると、全身が船に揺られている様にゆらゆらとした。同時に自分を取り巻く四方から非常な物音が起こって、大地震だと云う事が解った。

三木さんはそれきり帰って来なかった。軍港の町は全焼したと云う話であったから、どこか知らない町の隅で焼け死んだか、或《あるい》は町中の大きな崖が崩れて、その下を通っていた人人は一人残らず埋もってしまったと云う話も聞いたから、三木さんもその中に這入っているか、暫らくは今日帰るか明日帰るかと待っていたが、到頭その儘で歳月がたってしまった。

自分の家の庭に柴折戸《しおりど》がある。そんな所から三木さんが這入《はい》って来る筈がないのであるが、当時はぼんやり端居している時、何度でも三木さんがそこから来たと思った。余りに真実な気持がするので、口の中で小さな声を出して、そこに来ている三木さんに話しかけた事もあった。後で自分の迷いに気がとがめ、同時にそう云う心持になるのが苦しくて堪らないから、それを迷いとするには当たらないと考えつめた事もある。うつつにその人がいるとしても、その人の姿も顔も見る事は出来ないのであるから、いない人を見るつもりになっても同じ事ではないか。

又夢の中で三木さんや伊進にしばしば邂逅する。夢はうつつの迷いにも増して自分にはうれしかった。さめた後にその人はいない。又いても見えないのではないか。夢の中に会いたい人の姿を見る。夜寝る時よりも昼間のうたたねにそう云う夢は這入り易かった。

有岡も既に故人となったが、昔自分が三木さんの事で鬱屈していた当時、晴眼の弟子を世話しようと云った事がある。その時はことわったけれど、矢張り縁があったと見えて、その後自分の許《もと》に入門し、今ではもう一人前の腕前になった。晴眼である為、時時自分に昔の本を読んでくれるが、こないだは、「方丈記」を聞かして貰って自分は非常に感動した。自分の様な気持の者に本当の味わいが解るか否か疑わしいけれど、近い内にもう一度読み返して貰うつもりである。

十七年前の三木さんのお稽古は到頭後歌一くさりを残して尻切れの儘になった。磯辺の松にと云うのは「残月」と云う曲であって、峯崎勾当《こうとう》の作である。前にも一寸《ちょっと》云った通り、自分は琴に向かって、歌の意味と云う事は成《な》る可《べ》く考えぬ事にしている。その方針は今日の稽古の上にも変えないが、しかし、「今はつてだにおぼろ夜の月日ばかりはめぐり来て」と云うただそれだけの文句の後歌は、ふと口の中の節に上《の》ぼしただけでも自分に取って苦しい気持がする。三木さんはその一節だけ習い残して大きな燄《ほのお》の中に消えてしまった。その後の十七年この方自分はまだ何人にも「残月」を教えない。

葉蘭

狐は臭そうだから飼うつもりもなかったが、人から貰ったので飼って見る事にした。時候の加減で小便もそれ程におわず、第一、狐の身体から発する臭気がまだその季節にならぬと見えて、覚悟した程甚《はなは》だしくない。鉄道の駅に備え附けてある犬の輸送用の檻に似た箱に納まっているが、時時中で不器用にあばれる。養狐場の狐ではなく、罠に掛かったのだと云う話であった。人が近づき、檻の前の鉄格子に顔を寄せても、じっと澄ましている事もある。その時はこちらの隙をねらう様な気合でいるのか、それとも何か別の事を感じているのか、狐の様子を眺めただけでは解らない。年を取っているか、まだ若いのか、それも知らないけれど、近くで見ると、ぼんやり考えていたよりはずっと身体が大きい。顔はだれかに似ている様に思われるが、人間になぞらえて想像すると、哲学者の様でもなく詐欺師でもなく、美人を聯想《れんそう》させる。しかしこの狐は雄である。雄が美人に見える事は差支えないけれど、ただ鼻面の辺りがむさくるしくて、暫らく見ていると矢張りけだ物だなと云う気がする。

檻の置き場所がないので、茶の間の床下が高いから、その縁の下に入れてある。夕暮の早いこの頃は何かしているとすぐに庭が暗くなる。地面に近い葉物はみんな枯伏してしまって、狭い庭の片隅にかたまった葉蘭の一群だけが青い色を残しているが、日の暮れた後ではその辺が特に暗くなる様に思われる。低い風が吹き通ると、葉蘭の葉が鳴る事もある。そんな事を心に止めた事はなかったが、狐の檻を縁の下に入れてから、急に気になり出した。

茶の間の電気の下で夕飯をたべていると、障子の外で物音がする。風だなと思ったり、又狐が動いたのだろうと考えたりする。さわさわと葉蘭が鳴っている。さっきここに坐る前に庭を見たら真暗であったが、今夜は月夜の筈であると思う。月夜でも上りが遅ければまだ光りは射さない。或《あるい》はもう月の出になっていても、月の低い内は隣家の屋根や家の塀が光りを遮る。そうすると蔭になった庭は一層暗い筈である。

あんまり一つ事を考え込んだので、一寸《ちよつと》箸を置いて起ち上がり、障子を開けて庭を見た。茶の間の明りが流れている筈の塀の内側が真暗で、庭の地面は底に落ち込んでしまったかと思われる程の暗闇の中に、葉蘭の葉っぱが薄い光りを放っている。白っぽい色とその蔭とのけじめがはっきりしているので、一枚一枚数える事も出来る様であった。

　家の者が夜になるとこわくて困るから、あんな物を飼うのは止めてくれと云い出した。何がこわいかと聞いてもそれは解らない様であった。私もつまらない事に気を遣《つか》ったり、一寸した物音に驚いたりするが、まだ馴れないからであろうと考えている。また明かるくなったら縁の下の前にしゃがんで、もっと向うの気持も解る様になりたいと思う。

雲の脚

夕方の帰りの電車が高架線を走っている時、窓から見ると西北の空に紫色を帯びた黒雲が寄っている。雲の脚の動くのが見えるわけではないが次第にこちらへ被って来る様である。襞の濃くなった辺りに向うの丘の上の大きな建物の塔が聳《そび》えて、天辺が黒雲に食い入り、そのまわりの雲の腹が煙の筋の様になってさくれている。夕立だろうと思ったので、駅で降りてから急いで家に帰った。

まだ時間は早い筈なのに家の中は真暗である。電気をともして一人で洋服を脱いだ。用達しにでも行ったと見えてだれもいない。近所の物音も聞こえず、辺りが段段しんとして来る様である。

茶の間にともした電気はただ真下の畳の色だけを明かるくして、縁側にはまるで勝手の違った明かりが流れている。それは狭い庭からさし込むのであるが庭の土や石はもう暗くなっているのに、屏《へい》の裏と高く伸びた草の葉には不思議な明かりが残っている。

玄関の戸が開いて人の這入《はい》って来る足音がしたと思ったら、いきなり無遠慮な女の声で、

「可笑《おか》しいわ、いないのか知ら」と云うのが聞えた。

茶の間でその声を聞いて、向うの声柄の所為《せい》か不意に腹が立った。

玄関に出て見ると、はでな色の夏羽織を著た血色のわるい女が起《た》っている。

「おや、御免遊ばせ、随分お探ししましたわ」

「どなたです」

「お忘れになりましたでしょう。山井の家内で御座います」

それで思い出して、はっとした。山井は昔にいじめられた教員上がりの高利貸である。大分前に死んだと云う話を聞いていたが、その細君が訪ねて来たところを見ると未だ債務が残っているかも知れない。

しかし、そんな筈はないと云う記憶もある様な気がする。

玄関の戸を半分開けひろげた儘にして土間に突っ起っている。往来から射し込む曖昧な明かりを背に受けて、濁った水の中の人影の様である。手に持っていた風呂敷包をそこに置き、

「お変り御座いませんでしたか」と切り口上で云った。

「はあ、難有う《ありがとう》」

何だか癪《しゃく》にもさわっているし、第一、向うのつもりが解らないから、うっかりした受け答えは出来ないと思った。山井のなくなった事などに触れると、だれから聞いたかと問い返された時面倒である。それを云い出せば後の仲間との取引きまで話しに上って来るかも知れない。

「いいお住いでいらっしゃいますこと」

「いや」

「お勤めはお忙しくていらっしゃいますか」

「今帰ったところです。生憎《あいにく》だれもいないのでお通しする事も出来ませんが」

「いいえ私急ぎますから」

「失礼ですが何か御用ですか」

「いいえ、もうそんな事、用事なぞあって伺う様な、それはもう」

もそもそしながら前屈みになって、そこに置いた風呂敷包の結び目を解きかけた。

「でも本当にお元気で何よりですわ。主人も常常さよう申して居りましたが」

「はあ」

「いいえ、つい外の事を考えまして。それはもう主人の事で御座いますから、主人はあなた様を大変崇拝いたして居りまして、主人はあの様な商売は致して居りましても、しんは実に立派な人格者で御座いました。それでこそ自然あなた様のお人柄も理解出来ると申すもので御座いましょう。ああ、じれったい。この結び目はどっちを向いているのでしょう」

山井のやり方は悪辣であって、苟《いやしく》も仮借するところがない。期限を過ぎれば直ぐに差押えて来る。十何年前の或る日の夕方、山井が私の留守にやって来て、今日一ぱいの約束の口があるのに未だ何の御挨拶もない。この儘にして置かれるなら明朝早速《さっそく》転附命令の手続きをすると云い置いて帰ったそうである。

私は十一時頃家に帰って玄関でその事を聞き、ほうって置かれないからその足ですぐ山井の家へ行った。

大分遠いので向うへ著《つ》いたのは十二時近くになっていたかも知れない。行ったのはそのお金を届ける為ではないので、お金が間に合わぬから何日か待ってくれと云う言い訳の為である。

いくら表を敲《たた》いても起きてくれない。到頭その儘帰りかけて狭い路地を抜け、街燈の明かるい電車道へ出た所で山井に会った。若い女を連れている。

私も向うも、同時にお互に気がついた様である。

「やあ、これはこれは、今頃どちらへ」と山井がいつもと丸で違った調子で云った。

そう云いながら近寄ったところを見ると一ぱい機嫌の様である。

「いい所で会いました。今お宅へ伺ったところです」

「そうですか。それは失礼しました。これは家内です。どうぞ宜しく。実はついこないだ結婚しましてね。今日は寄席を聴きに行って来たところです。帰りに一寸《ちよつと》寄り道したもんだから遅くなっちまって。本当に失敬しました。どうです、もう一度いらっしゃいませんか」

「いや、もう遅くなるから失礼します。実は今日いらして戴いたそうで」

「ああ、いや何、その事でしたら何また今度でいいですよ」

「しかし僕の方では」

「いや、それは又更めて御相談しましょう。そうですか、お寄りになりませんか。家内の自慢の紅茶でも差上げようと思ったのに」

若い細君は山井の後かげに這入《はい》る様にばかりして、碌碌《ろくろく》顔も見せなかった。

それから後何度も山井の家を訪ねて細君とは言葉も交わし、顔も見覚えたが、十年許《ばか》り前に私が逼塞してから後は山井との往き来もなくなり、当人が死んだと云うのもずっと後になってから人伝てに聞いた位である。その細君が今日何しに来たのかが解らない上に、大分上ずっているらしい。合点が行かないから黙って見ていた。

やっと風呂敷を解いて、中から大きな紙包みを取り出した。

水引が掛かっている。

私の方に差し出して、どうか召し上がって下さいと云った。

向うのする事が丸で見当がつかないので、なだめる様に云ってことわったけれど聞かない。

「いいえ、そんなに云って戴く様な物では御座いません。ほんの私の心持だけの物で御座います。もっと、もっと早くお伺いしたいと思いながら、矢っ張り、それはそうとあの人たち、まだおつき合いで御座いますか。およしなさいませ。鬼で御座いますよ。ほんとに、あれが鬼です」

風呂敷をはたはたとはたいて綺麗にたたみ、それを絞り手拭の様にぎゅっと握りしめた。

「何だか知らないが、いきなりこう云う物を頂戴しては困る」

「あら、まだあんな事を」

にこにこと笑った様であったが、その顔を見ると不意にこちらが淋しい気持がした。

「御免遊ばせ」と云って表へ出て行った。往来の暗い色をしたアスファルトの上に椀を伏せた位のぬれた点点が方方に散らばっていて、そこだけ白く光っている。大きな雨粒が落ちたのであろう。出て行った女の足音が、その上にからからと響いて遠ざかった。

玄関の上り口へ置いて行った紙包みを持って茶の間へ帰った。重たくて持った工合が変である。紙を取り掛けると中から蜜柑籠《みかんかご》の様な物の隅が現われた。籠の目の間から毛が見える。驚いて紙を破ったら籠の中に生きた白兎がいた。鞄型《かばん》の竹籠の両端を紐でくって胴の真中には紙を巻き、その上から水引を掛けて締めてあったらしい。水引をほどき紙を破ったので籠の真中がゆるんで口を開いた途端に、今まで煎餅の様になっていた兎がそこから飛び出し、私の手許《てもと》をすり抜けて縁側に出て身ぶるいをした。脊骨から腰の辺りの手ざわりが猫の様だったのでぞっとした。

こっちを向いて、赤い眼で私を見ている。

庭屛の裏の一所に帯ぐらいの幅の日なたが出来た。赤い焦げた様な色で今にも消えそうである。

西空の雲が切れたのだろうと思いかけたが、何だか少しちぐはぐの気持がする。庭土や石の色はさっきよりもまだ暗い。

屛の裏に日なたが出来て一層暗くなった。家の者は何処まで用達しに行ったのだろうかと思った。兎が縁側で起ち上がる様な恰好をした。庭の暗い所と明かるい所とを背中に受けて、おや変な真似をしやがると思った。灰皿を取って投げつけたら、その儘の姿勢で一尺ばかり飛び上がった。

枇杷の葉

君は半信半疑の顔をしているじゃないか。それがいけないのだ。僕も仕舞までそう云う気持でいたから、結局こんな話を君にする様な事になったのだと思う。

僕はいつもよりお酒を飲み過ぎたから、お開きになる頃には大分後先のつながりが曖昧になっていたが、しかし随分綺麗なのを集めたものだね。矢っ張りあれは今での様な芸妓と云うのか知ら。あの中の一人、馬鹿に様子のいい、すらりとしたのが頻《しき》りに君に構っているのを初めの内僕は面白がって見ていた。しなやかな起《た》ち居の風情が、萊茵《ライン》のローレライではないけれど、百合の如くにたおやかなりなどと思いかけると、その女がちらりと僕の方を見る。そうして僕の視線を迎えておいてすぐに君にお酌をしたり、話しかけたり、酔ってはいても酔ったなりに理窟は立てて見たいもので、ああして専《もっぱ》ら君に掛かりっ切りの様に振舞うのは、あれは結局僕の注意を自分の方に牽《ひ》こうとするあの女の策略かと考えたりする。そう云う考えがあやふやな酔心地の中に纏《まと》まりかけると、又、女がちらりとこっちを見る。

何となく気疲れがした様だったが、なおいけなかったのは例の停電さ。一体何度消えたり、ともったりしたのだろう。あの為に酔いがだんだらになった様な気がする。一番いけないのは帰る間際の停電だ。式台に腰を下ろして靴を穿《は》こうとすると真暗になったから。何、消えなかったって。おかしいな。そんな筈はないだろう。君と一緒に玄関へ出て来たのだろう。

それから、ふらりふらり歩き出して、あの恐ろしく細長い道を君と二人で何を談じて来たのか思い出せないが、火の見の四ツ辻で君は自分の家の方へ別かれて行ったのだと記憶する。一人になったら曇っていた夜空の雲が急に低く下りて来て、歩いて行くと一足ずつ雲の中へ這入《はい》って行く様な気がし出した。大袈裟《おおげさ》な話をするのではない。段段に酔いが出て来てそんな気がしたのだろう。

石屋のある三ツ角まで来たら、三方から綺麗な風が吹いて来た。本当だよ。風が出会うと云う事も無いとは限らない。惚れ惚れした気持になって立ち停っていたら、さっきの女がまともからやって来て、随分お待ちになって、と云うではないか。全く半信半疑と云うのはいけないよ。しかし何しろその美しさ、あでやかさは夜目にもしるきではない、夜だからこそ麗わしいと云う事が僕の肝に銘じて解った。

「さっきのお兄さんはどうなさいました」

「四ツ辻から向うへ行ったよ」

「あら」

「どうかしたのか」

「方角が違いませんか知ら」

僕は気がついて、馬鹿な相手になるのはよそうと思った。それで又歩き出すと女も至極当り前な風に僕と並んで歩き出した。道の向うの先の曲り角になる辺りに馬鹿に暗い所があって、そこの地面から少し離れた所を枇杷《びわ》の葉ぐらいの大きさの赤い燄《ほのお》の様なものがふらふらと流れて行った。一つ消えたと思うと間をおいて又後から同じ位の高さで出て来て二つ三つ続いた様だったが、いつの間にか消えた。歩きながら咽喉が乾いたではないかと女が云ったのか、僕がそう思ったのか解らないが、横町を曲がった所に小いさな待合の様な家があって、そこの座敷に通った。麦酒を飲み又お酒も飲みなおした。お酌の手つきは凄い程あざやかである。

「君も飲め」

「戴くわ」

杯を手に取って僕の顔を見る。あかりの工合か何かでその目がきらきらと光った。そう思ったら又電気が消えた。消えがけに光ったのかも知れない。黙っているから僕も黙っていた。さっき見た枇杷の葉の燃える様な形だか色だかが気にかかる。暗がりの中で、襖《ふすま》も壁も見えないから暗闇の広さに際限はない。随分遠くの向うの方の暗い突き当りに何だか見え出す様な気がしたら、ぱっと電気がともった。ともってからそう思うと、見えかけたのは矢っ張り枇杷の葉の様な物で、これから赤くなるところだった様な気がする。

「きっとそうだわ。意味無いわね」

と蓮《はす》っ葉《ば》な口の利き方をした。

「なぜ」

「平井土手から笹山の方を見る様な気持なんでしょ。ほほほ」

僕は曖昧な気持なりに何だかうろたえた。そんな古い記憶が無い事もない。古いと云うのは何十年も前に死んだ祖母の娘の時分の話で、暗くなってからお祭の鮨を持って平井土手を帰って来ると片手にさげている提燈の灯が何度でも消えそうになって、仕舞にふっと消えてしまう。途端に田圃《たんぼ》の向うの笹山の山裾にあかりがともる。枇杷《びわ》の葉を燃した様な恰好で、ずらずらと幾つも並んで燃えたり、又吹き消した様に暗くなったりする。

「そら御覧なさい。意味ないわね」

「馬鹿にしてはいけない」

「まだまだ有るでしょう」

「よせよ」

「武さんが雄町の川で鯉を押さえたり」

「うん。そう云えば思い出す」

「うそ。御自分でちゃんと解ってるくせに。猪之吉さんが饅頭岩《まんじゆう》の上に坐っていたり」

女中が銚子のお代りを持って来て、膝をつくと同時に、

「おおいやなにおい。何でしょう」

と云って、あわてた様に出て行った。

新らしいお銚子を手に取って、

「さっきのお兄さんね。そんな方へ行って、きっと何処かで坐っているんだわ」

「猪之吉さんの様にか」

「ほほほ」

お酒の味が更によくなって杯が止められない。

又電気が消えた。仕方がないからじっとしていると、闇が段段に大きくなって行くのが解る。暗がりの中で女はなんにも云わないし身動きもしないらしい。ただ何だかにおいがする。女中がそう云ったからそんな気がする様でもある。

今度はいつ迄たっても電気がともらない。どの位時間がたったか、そんな事は解ら

ないが、不意に暗がりの中でどきんとする様な気持がした。外から筋になったあかりが射して女中が這入《はい》って来た。赤い色の蠟燭《ろうそく》を立てた燭台を持っている。膝をついて燭台をそこへ置いた途端に、意味の解らない叫び声をあげて、ばたばたと部屋の外へ馳け出して行った。

女が燭台に顔を近づけて、蠟燭の灯をふっと吹き消したが、小さな焰《ほのお》を食べてしまった様な感じがした。又もとの暗闇になったけれど、暗がりの中の気配が今までの様でない。蠟燭の焰の消える迄の僅かな間に、後の襖に映った恐ろしい影を僕も見たと思った。僕もと云うのは女中が飛び出して行ったのは矢張りそれを見たからに違いないと思うのだが、その内に帳場の方で男衆の荒荒しい声がしたり、そうかと思うと笑い声が聞こえたりして、だれかこちらへやって来るのかと思うと、そうでもない。

間が抜けた様に電気がともって、それでお仕舞さ。気持が大分はっきりして来て興がさめて、勿論《もちろん》女もだれもいやしない。掻き消す様に消えてしまったと云うのではないよ。或《あるい》はもう少し僕がその気持を続けていたら又そこに坐りなおして、もっともっとお酌をしてくれたかも知れない。又若《も》し僕がもっと分別臭く考え込んだら、現にそこに坐っていると思った待合の座敷だってどうなったか知れたものではない。好い工合にお酒が廻っていたので、あやふやの内に物事の順序が運行して僕にお構いなく夜が更けたが、酔がさめてから思い出すのは億劫《おっくう》だからよそうと思う。ただ君の半信半疑の顔つきが気に喰わぬので一端を弁じた迄だ。

サラサーテの盤

一

宵の口は閉め切った雨戸を外から叩く様にがたがた云わしていた風がいつの間にか止んで、気がついて見ると家のまわりに何の物音もしない。しんしんと静まり返った儘、もっと静かな所へ次第に沈み込んで行く様な気配である。机に肱を突いて何を考えていると云う事もない。纏《まと》まりのない事に頭の中が段段鋭くなって気持が澄んで来る様で、しかし目蓋《まぶた》は重たい。坐っている頭の上の屋根の棟の天辺で小さな固い音がした。瓦の上を小石が転がっていると思った。ころころと云う音が次第に速くなって廂《ひさし》に近づいた瞬間、はっとして身ぶるいがした。廂を辷《すべ》って庭の土に落ちたと思ったら、落ちた音を聞くか聞かないかに総身の毛が一本立ちになる様な気がした。気を落ちつけていたが、座のまわりが引き締まる様でじっとしていられないから起《た》って茶の間へ行こうとした。物音を聞いて向うから襖《ふすま》を開けた家内が、あっと云った。

「まっさおな顔をして、どうしたのです」

二

来訪の客は昔の学生である。暫らく振りだから引き止めて夕方から一献を始めたが、相手が賑やかなたちなので、まだ廻らない内からお膳の辺りが陽気になった。電気も華やかに輝いている。

「もう外は暗くなりましたか」

「どうだかな」

「奥さん、外はもう暮れましたか」

御馳走の後の順を用意している家内が、台所から顔を出して聞き返した。

「何か御用。水の音でちっとも聞こえません」

「いえね、一寸《ちょっと》聞いて見たのです。外は暗いですか」

「ええ、もう真暗よ」

客はにこにこと笑って、又私の杯に酒を注いだ。

「何だ。暗くなったら帰ると云うのかい」

「いやいや。まだまだ。あ、風が吹いている。そうでしょうあの音は」

「そうだよ。暗い所を風が吹いているんだよ」

砂のにおいがして来た。

玄関の硝子戸《ガラスど》をそろそろと開ける音がした様だった。

杯のはずみで気にしなかったが、暫らくたってから微かな人声がした。台所にいた家内が聞きつけて、あわてた様に出て行ったと思うとすぐに引返して、中砂の細君だと云った。客が私の顔を見て杯を措《お》きもじもじする様子なので、「いいんだよ」と云ったが、狭い家なのでそう云った声がその儘玄関へ聞こえたと思った。

「一寸《ちょっと》失敬」と云って起ち上がった。

玄関に出て見ると中砂のおふささんが薄明かりの土間に起《た》っている。中砂が死んでからまだ一月余りしか経っていない。その間に既に二度いつも同じ時刻にやって来た。上がれと云っても上がらない。初めの時はお宅に中砂の本が来ている筈だと云って、生前に借りた儘になっている字引を持って行った。主人の死後、蔵書を売るのだろうと思った。二度目に来た時も矢っ張り貸してある本を返してくれと云うのであったが、今度のは語学の参考書で、どうしてそんな本の来ている事がわかるのか、第一その本の名前をはっきり覚えているのが不思議であった。中砂は人に貸した本の覚えを作る様な几帳面な男ではなかったし、又私との間ではお互の本があっちへ行ったり、こっちへ来たりしているから遺族にはっきり解る筈もない。亡友の遺品を返すのは当り前だが、おふささんは取り立てる様な事をする。

なぜそんな時間にばかり来るかと云う事も気になったが仕方がない。

「お淋しいでしょう。きみちゃんはどうしています。元気ですか」と尋ねた。中砂の遺児は六つになる女の子で、しかしおふさの子ではない。

「お蔭様で」

「今日は置いて来たのですか」

「いいえ、外に居ります」

玄関の戸の這《は》入《い》った後が少し開いた儘になっている。その外の暗闇に女の子が起っているらしい。

「中へ入れておやんなさい。寒いでしょう」

「いやなんだそうで御座いますよ」

家内も出て来て、おふさに上がれと云いかけたが、きみ子が外にいると聞いて、下駄を突っ掛けて往来へ出た。

「まあきみちゃん、そんな所に一人で」

しかし子供は中に這入りたがらないらしい。

何の用件かと思ったら、今日は蓄音器のレコードが一枚こちらへ来ている筈だから戴きに来たと云うのであった。そう云えば余程前にヴィクターの十吋《インチ》の黒盤を借りて来た事がある。よく解ったものだと感心しながら、しかし何故こうして何もかも取り立てるのか怪訝《けげん》な気持がする。探し出して渡すと早早に帰って行ったが、静かな往来に小さな女の子の足音が絡みついて遠ざかって行く淋しい音が残った。

明かるい電気のお膳に帰って坐ったけれど、飲みかけた酒の後味が咽喉の奥でにがくなっている。客は興醒めた顔をしてもじもじしながら、

「中砂先生の奥さんですか。悪かったですね」と云って杯を取ろうともしない。

「いいんだよ。ああやって時時来るんだ」

「僕がお邪魔しているので上がらずに帰られたんでしょう」

三

それでも又飲みなおしている内に、お膳の上がいくらか陽気になった。仕舞頃は客も酔って面白そうに帰って行ったが、時間はまだそう遅くないけれど片附けた後の手持無沙汰な気持で早寝しようと思う。外は風がひどくなったらしい。家のまわりががたがた鳴っている中に、閉め切った玄関でことことと云う違った音がした。寝巻の儘起《た》って行って見ると低い女の声で何か云っている。聞き返したら中砂の細君である。

驚いて私が格子戸を開けた。

「どうしたのです」

「済みません、また伺って」

さっき来た時から大分時間はたっているけれども、まだ中砂の家まで帰り著《つ》いて出なおしたとは思われない。

「どうかしたのですか」

「お休みのところを本当に済みません。気になるものですから」と云ってさっき持って行った黒盤の外に、もう一枚来ている筈だから貰って行きたいと云うのである。そんな事なら何も暗い道を引返して来なくても、明日でいいではないかと云いたいが、先方があらかじめそう云われる事に備えている様なむつっとした様子なので云い出すのをよした。

しかしレコードを探して見たけれど、おふささんの云うのは見当たらない。さっき持って行ったのと同じ様な黒の十吋《インチ》で、サラサーテ自奏のチゴイネルヴァイゼンだと云うのだが、それは私にも覚えがある。吹込みの時の手違いか何かで演奏の中途に話し声が這入《はい》っている。それはサラサーテの声に違いないと思われるので、レコードとしては出来そこないかも知れないが、そう云う意味で却って貴重なものと云われる。探して見当たらないと云っても私の所にそんなに沢山所蔵があるわけではないから、或《あるい》はおふささんの思い違いかも知れない。

玄関に引返してそう云うと、

「そんな筈はないと思うんで御座いますけれど」と籠もった調子で云って、にこりともしない。

また子供を外に起たしているのではないかと思って聞くと、「いいえ」と答えたきりで取り合わない様な風である。

「どこかに置いて来たのですか。あれからまだ家まで帰る時間はなかったでしょう」

「よろしいんで御座いますよ」

そう云えばさっきのレコードをくるんで行った包みも持っていない。

「さっきのお客様はもうお帰りになったので御座いますか」

「ええ帰りましたよ」

何だかこちらを見返している。

「レコードはその内また気をかえて探して見ましょう。今の咄嗟《とっさ》には僕も見当がつかないから」

「左様で御座いますか」

少しもじもじして、何か云いたげな様子でその儘帰って行った。春先の時候の変る時分で玄関の硝子戸《ガラスど》の開けたてに吹き込む風が、さっきよりは温かくなっているのが、はっきり解った。

襖《ふすま》の陰から顔を出さなかった家内が襟を搔き合わせる様な恰好をしている。

「外は暖かくなったらしいよ」と云っても「そうか知ら」と云って頸を縮めた。

中砂は学校を出るとすぐに東北の官立学校の教授に任官して行ったが、当時は初秋の九月が新学年だったので、それから秋の一学期を済まし、冬休みには上京して来て暮れからお正月の松が取れるまでの半月許《ばか》りを私の家で過ごした。

毎日家で酒ばかり飲み、或《あるい》は出かけて寒い町をほっつきながらビヤホールを飲み廻ったりした。この次の夏休みには上京しないで向うで待っているから出かけて来いと中砂が云った。

四

夏になって行って見ると、お寺の様ながらんとした大きな家に間借りしていた。私が著《つ》いた翌《あ》くる日の真昼中に、ゆさりゆさりと揺れる緩慢な大きな地震があって、軒の深い縁側に端居していた目の先が食い違った様な気がした。青い顔をしていたと見えて、そんなにこわいのかと中砂が云ったが、地震がこわくて顔色を変えたとは思わない。屏《へい》際の木の葉の所為《せい》だろう。しかし何故だか気分は良くなかった。

当初からの計画で、それから又汽車に乗って太平洋岸に出て見ようと云う事になり、幹線を何時間か行った後、岐線の小さな汽車に乗り換えた。空が遠く、森や丘の起伏の工合が間が抜けた様で、荒涼とした景色が展《ひら》けた。その中を小さな汽車がごとごとと走り続ける内に、どこからともなく夕方の影がかぶさって来た。

いつの間にか線路の左側に沿って、汽車の走って行く先の先まで続いた大きな土手が見え出した。線路と土手の間は遠くなったり狭くなったりしたが、狭くなる時は土手の陰に小さな汽車が這入《はい》って走り、車窓の中の膝の上まで暗くなった。段段に濃くなる夕闇は大きな長い土手が辺りに散らかしている様であった。

汽車が土手から離れて走る時、土手の向うの暮れかけた空に水明かりが射している様であった。水を一ぱいに湛えた大きな川が流れているのであろうと思われた。船は見えないけれど、びっくりする程大きな帆柱の先が薄明かりの中をゆっくり動いて行くのが見えた。

何の用があるわけでもない、ただ遊びに来た旅なのだが、知らない景色の中で日が暮れて行くのは淋しかった。中砂も狭い車室に私と向き合って、つまらなそうな、心細い顔をしていた。

線路が暗い土手と一緒に大きく曲がった様だと思うと、反対の側の窓の遠くの果てに、きらきらと列になって光る小さな燈火が目に入った。土手の側にはまだいくらか明かりが残っているが、燈火の見える辺り一帯は已《すで》に真暗である。小さな汽車が暗闇の中に散らかったその明かりの方へ走っているのが、はっきりわかった。

五

岐線の終点の小さな駅に降りて、中砂と二人、だだっ広い道をぶらぶらと歩いた。道の両側の灯りで足許《あしもと》は暗くはないが、握り拳ぐらいの小石が往来一面にごろごろしていて歩きにくい。線路に沿った土手の向うの川は、この町に這入《はい》っているに違いない。その川縁に出て見ようと思った。まだ暮れたばかりの夏の晩だから人通りは多い。その中の一人をつかまえて、どこか近くに橋があるかと尋ねた。

こちらの云っている事はわかるらしいのだが、向うの返事は初めの二言三言は丸っきり通じなかった。馴染みのない地方で、ふだん聞き馴れない所為《せい》もあるが、しかし随分の僻遠《へきえん》まで来たものだと云う気がする。やっと見当だけは解って、その方へ歩いたらすぐに長い橋の袂《たもと》へ出た。

丁度そこに川沿いの大きな料理屋があったから、先《ま》ず一献しようと云うので上がった。障子の外はすぐに川である。一ぱいに湛えた川水が暗い河心から盛り上がって来る様であった。

二三本空ける内に半日の疲れを忘れて好い心持になったが、中砂は一層廻りがいい様であった。兎《と》も角《かく》一人呼んでくれと云っておいた芸妓が来て、矢っ張りそこいらが陽気になった。

這入って来た時からこんな所でと意外に思う程美しかったが、言葉の調子も綺麗で、この辺りの音《おん》ではない様に思われた。取りとめもない話しの中で、中砂がその女の生国を尋ね、君の言葉の音や調子が気になるから是非聞きたいと云うと、一寸《ちよつと》云い淀んで、東京から反対に何百里も先の中砂の郷里の町の名を云った。

「そうだろうと思った。そうなのか」と云った中砂の様子は感慨に堪えぬものの様で、「君は綺麗な言葉を遣《つか》っているけれど、その中に微かな訛りがある。その訛りは同じ郷里の者でなければ解りっこないのだ。何しろ僕達も用もないのにこんな所までやって来て、実に不思議な因縁だね。ねえ君、そうだろう」と今度は私の方に向いて杯をあげた。

お膳に出た蒲焼の大串は気味が悪い程大きな切れであって、この川でとれるのだそうだが、胴体のまわりを想像すると、生きているのを見たら食べる気がしないだろうと思われた。女は器用な手つきで串を抜いて薦める。中砂は、いつでもそうなのだが、酒が廻るとお膳の上の物には見向きもしない。頻《しき》りに杯を重ねて御機嫌になったが、しかし酔った大袈裟《おおげさ》な気持の底に郷愁に似た感傷を起こしている様であった。

私も酔っているので何も彼も解るわけではないが、その内に芸妓は帰り、料理屋の紹介で同じ川べりの宿屋へ行って落ちついた後も、中砂は先に帰って行った女の俤《おもかげ》を払い退ける事が出来ないと云う風であった。座敷の下を暗い川が流れて、岸を嚙む川波の音が枕に通う趣きがあった。同じ蚊帳《かや》の中に寝た中砂は輾転反側《てんてんはんそく》して寝つかれないらしく、夜中に一二度、溜め息だか寝言だか知らないが、大きな声をして私の目をさました。

六

朝になってから、その日の予定と云うものはなかったが、丁度いい遊び相手が出来たではないかと云って、中砂は私を誘い昨夜の芸妓の家へ出かけた。お酒の間に家の名前や道順を教わっておいたと見えて、その時の事は私は知らなかったが、丸で通い馴れた道を行く様に私を案内した。どぶ板の向う側に芸妓の家があって、表で待っている内に、じきに支度《したく》をして出て来た。

三人連れ立ってだらだら坂になった径《みち》を登った。道の両側に藤の花が咲き残っているのが不思議であった。この辺りの時候は遅れてそうなのかとも思い、しかしそんな筈はないと云う気もした。

登り切って小さな丘の頂に出たら、いきなり目の前に見果てもない大きな海が展《ひら》けた。明かるい風が吹いて来て、足許へ光が散らかる様であった。

丘の上は小さな公園であって、茶店もある。そこへ上がって鮨を食い麦酒を飲んだ。向うの大きな海が光っているので、坐った座のまわりが明かるく、一寸《ちょっと》手を挙げてもその影が動く様であった。

中砂は頻《しき》りに麦酒を飲んだが、中途半端な気持でいる様子で、片づかぬ顔色であった。私は海の波打ち際が見たいと思って一人で座を起《た》ち、丘の外れの崖縁に出て見た。眼下にひらけた砂浜の上を、夢に見た事もない大きな浪がころがっていた。打ち寄せて来た浪が渚に崩れてから、波頭の先が砂の上に消える迄の間が、見ている目を疑う程に長かった。座に残った二人も後から出て来て同じ様に崖縁に並んで起ち、それから丘を下りて私共はその足で停車場に出た。女は駅まで見送ると云うでもなく、自分の家に近い横町の曲がり角で別れの挨拶をして帰って行った。

小さい汽車の中で中砂は時時遠くの方を眺めている様であったが、私も昨日から今日半日の清遊はいい思い出になると思った。

その時のその芸妓が中砂の後妻であり、中砂の死後頻《しき》りに私の所へ物を取りに来るおふささんである。

七

中砂はその時から何年か後に東北の学校を辞して東京に帰り、まだ開けていなかった近郊に家を構えて、遅い結婚をした。細君は中砂の年来の恋女房で、間もなく赤ん坊が出来て、家庭の態を調えた。

私もしょっちゅう遊びに行って、又よく晩飯の御馳走になった。細君のお勝手の手間をいたわるつもりだったか、餉台《ちゃぶだい》の上はいつも豚鍋であった。鍋に入れるちぎり蒟《こん》蒻《にやく》の切れの大きさが、同じ人の手でちぎられる為にいつのお膳でも同じなのが、細君の心尽しを目に見る様であった。

その頃はやった西班牙風《スペインかぜ》が幸福な中砂の家庭を襲い、細君はまだ乳離れのしない女の子を遺して死んでしまった。高熱が続いたのはほんの幾日かに過ぎない。譫言《うわごと》を云う様になってから、私が来たら戸棚の中にちぎり蒟蒻が入れてあると云ったと云うのを中砂から聞いた。

中砂は何よりも先に赤ん坊の乳母を探さなければならなかった。幸いにじき見つかって子供の心配はなくなったけれど、その後の家の中の折り合いはよくなかった様である。中砂が滅茶苦茶な生活をし出して、狭い家の中に外から連れて来た女を幾晩も泊らせたりした挙げ句に、乳母とも面倒な話になっていたところへ、おふさが出て来たのである。

中砂が私の所へやって来て、君実に不思議な事もあるものだよ。死んだあいつの里にいた女中が、ふさの世話になった家とつながりがあるんだよ。ふさはそこで子供が出来たのだが育たなかったのだね。それからその旦那とも不縁になって、だから丁度お誂え向きなのさ、と云って、その晩は私の家でうまそうに酒を飲んだが、しかしいつもの様にお膳の上がだらだらと長くならない内に切り上げて、さっさと帰って行った。

八

赤ん坊の乳母もおふささんに代り、中砂の乱行もおさまって、更めておふささんと出直したと云う風であった。私もまた度度《たびたび》出かけて一緒に酒を飲む事も多かったが、家の中が必ずしも明かるくはない。中砂が無口のたちであって、用事がなければ一日でも黙っているところへ、おふさも初めの内はいそいそと立ち働いていた様であったが、馴れるに従って段段に陰気になり、用がなければ赤ん坊を抱いて茶の間に引込んだ儘、いつ迄たってもこそりとも云わなかった。しんとした家の中で時時赤ん坊の声がして、しかしあやすのか乳を含ませるのか知らないが、じきにだまってしまう。流石《さすが》に起《た》ち居はしとやかだと思っていたけれど、日がたつにつれて、そう云う所が妙に素っ気ない様にも感じられた。

中砂の家庭に、変に静かな月日が過ぎて、お互に多少の不満はありながらも、結局そうした生活の土台は固まって来た様であった。そうして二人の間で喧嘩をする様になったが、よその家の様にどなったり、投げつけたりするのではなく、中砂が一言二言気に入らぬ事を口に出して、後はだまってしまう。するとおふささんがそれに反応して同じくだまり込み、茶の間に引込んで静まり返るのである。一旦そうなると後が何日でもその儘の情態で続いて果てしがつかない。そんな時にこちらから出かけて行くと、見かけはふだんと大して変りはないが、中砂が苦笑いをする。
「またあれなんだよ。自分の殻に閉じ籠もると云うのだね。決して出て来ないんだ。用事などは普通の通りにするけれど、何と云うのかね、気持は殻の中に残しているんだ」

それで、おいおいと呼べば素直に出て来る。私にもふだんの通りの受け答えをする。中砂が幾日もくさくさした挙げ句の晩の相手に私を引き止めても、おふささんはいやな顔一つしない。何にするかと云う相談をして、せっせとその用意をし、初めの一二杯のお酌もしてくれる。

翌《あ》くる日になってふらりと中砂が来る。その後どうだと聞けば、矢っ張りわんなじさ。まだまだ中中殻から出て来ないだろうと云うのである。

その何年かが過ぎる間、中砂は身体の奥に病をかくしている事に気がつかなかった。表に現われた時は已《すで》に重態で、じきに死んでしまった。

九

所用があって、ふだん余り馴染みのない郊外の駅で降りたが、紙片に書いた道しるべの地図が確かでない様で、尋ねる家が中中見当たらなかった。探しあぐねてだだっ広い道を歩いていると、向うが登り坂になって、登り切った所から先の道は見えないから、その向うの空を流れて行く白い雲がこの道の先に降りて行く様に思われる。屋根の低い両側の家並に風が渡って、どこと云う事なしにがさがさと騒騒しい音がしている。

雲が走っている坂の上から子供を連れた人影が降りて来た。まだ離れているし、後ろ明かりになっているから、はっきりしないけれど、よく似ているなと思ったら、矢っ張りおふさときみ子であった。

こちらの道の勝手がわからないので、うろうろしていたところだから驚いたが、先方はそうでもないらしい。御無沙汰をしています、お変りはないかなどと普通の挨拶をして、少し前にこちらへ引越して来た。まだお知らせしていないが、筆を持つのが大変なので、その内お伺いして申上げようと思っていたと云った。知った人の紹介で小さな家が見つかったから移ったと云う話なので、それは尤《もっと》もな事だと思った。すぐこの先だから寄って行けと云ったけれど、それはこの次と云う事にして、私の尋ねる先を聞いて見たが、まだ土地に馴染みがないからと云うので、それはわからない。私も今歩いている方に当てがあるわけではないから、引き返して、おふさの行く方へ一緒に歩いた。私との間にいたきみ子は、くるりと擦り抜けておふさの反対の側に寄り添って歩いた。

私の用件の家は後でそこいらでもう一度聞きなおすとして、おふさざんの家の道順を教わって置いた。すぐ先の四ツ辻で別かれる時、一寸《ちょつと》立ち停まった間にこんな事を云った。

「中砂は、なくなって見ればもう私の御亭主でないと、この頃それがはっきりしてまいりました。きっと死んだ奥さんのところへ行って居ります。そんな人なんで御座いますよ。私は世間の普通の御夫婦の様に、後に取り残されたのではなくて、中砂は残して来たなどとは思っていませんでしょう。でもこの子が可哀想で御座いますから、きっと私の手で育てます。中砂には渡す事では御座いません」

きっとした目つきで私の顔をまともに見て、それから静かな調子で挨拶をして向うへ行った。

十

いつもの通りの時刻におふささんがやって来て、薄暗い玄関の土間に起《た》った。何だかぞっとする気持であった。

奥様はいらっしゃいますかと云うので、今日は用達しに出て、待っているのだがまだ帰らないと云うと、奥様に伺って見たい事があって来たのだが、と云って口を噤《つぐ》んだ。

兎《と》に角《かく》上がれと云っても、いつもの通り土間に生えた様な姿勢できかなかった。今日は一人で来たのか、きみ子はお留守居が出来るのかと尋ねても相手にならない。それでは奥様がお帰りになったら聞いといて下さい。近い内に又伺うからと云って、この頃毎晩、夜中のきまった時刻にきみ子が目をさます。目をさましているのだと思うと、そうでもない様なところもあって、こちらの云う事には受け答えをしない。一心に中砂と話している様に思われる。朝になって考えれば、なくなったお父様の夢を見るのは無理もないと思って可哀想になる。しかし余り毎晩続くので気にしないではいられない。又夢だとも思われない。その時のきみ子のよく聞き取れない言葉の中に、きまってお宅様の事を申します。きっとこちらにきみ子が気にする物がお預けしてあるに違いない。中砂がきみ子にやり度《た》い物なので御座いましょう。それは奥様でなければわからない事で、奥様はきっと御存知だと思うから来た、と云った。

帰って行った後で、茶の間に一人で坐っていて頭の髪が一本立ちになる様であった。

十一

サラサーテの十吋《インチ》盤は私から友人に又貸ししたのを忘れていたのであった。返って来たからおふさに知らせようかと思ったが、日外《いつぞや》の所用の家にもう一度行かなければならなかったので、その序《ついで》に届けてやる事にした。

所用を済ました帰りに、この前教わった道を辿《たど》っておふさの家の前に出た。まわりに庭のある低い小さな家であった。

庭に廻って縁側に腰を掛けた。頻《しき》りに上がれ上がれと云った。板屏の陰に大きな水鉢があって睡蓮が咲いている。

きれいだなと云ったら、中砂が丹精したのだが、死んでから咲きましたと云った。「引越しの時に持って来たのですか。大変だったでしょう」と云うと暫らくだまっていたが、「でもねえ、死んだ人の丹精ですから」と云ってまた黙った。

お茶を入れて来てから、落ちついた調子で、「睡蓮って、晩になると光りますのね」と云った。「露が光るのかと思っていましたけれど、そうではありませんわ。花びらが光るんですわ。ぎらぎらした様な色で」

それから思い出した様に、引越しの時、荷厄介になったのは、睡蓮の鉢だけでなく、中砂が飲み残した麦酒があった。たった二本だけれど飲んで行ってくれと云ったかと思うと、起《た》って手際よくそこの座敷に小さな餉台《ちゃぶだい》を据え、罎の肌を綺麗に拭いた麦酒を持って来た。

お海苔を焼きましょうかと云った。いいと云ったけれど、もう台所障子の向うで海苔のにおいがし出した。

さっさと飲んで帰ろうと思い、一人で戴きますよと声を掛けて勝手にコップに注いだ。

飲み終って一服していると、永年の酒敵がいなくなってお気の毒様と云う様なくつろいだ愛想を云った。

持って来てやったサラサーテの盤の事を思い出したらしく、私が包んで来た紙をほどいて盤を出した。それから座敷の隅に風呂敷をかぶせてあった中砂の遺愛の蓄音器をあけて、その盤を掛けた。古風な弾き方でチゴイネルヴァイゼンが進んで行った。はっとした気配で、サラサーテの声がいつもの調子より強く、小さな丸い物を続け様に潰している様に何か云い出したと思うと、

「いえ。いえ」とおふさが云った。その解らない言葉を拒む様な風に中腰になった。「違います」と云い切って目の色を散らし、「きみちゃん、お出で。早く。ああ、幼稚園に行って、いないんですわ」と口走りながら、顔に前掛けをあてて泣き出した。

とおぼえ

初めての家によばれて来て、少し過ごしたかも知れない。主人はその先の四ツ辻まで送って来た。気をつけて帰れと云ってくれた様だが、足許《あしもと》があぶなかしく見えたのだろう。

別かれてから薄暗い道を登って行った。だらだらの坂で、来る時は気がつかなかったが、登りになると相当に長い。両側に家のあかりはないけれど、崖ではない。足許の薄明かりは何処から射して来るのか解らない。何だかわけもなく、こわくなって来た。

登り切った突き当りに氷屋がまだ店を開けている。秋風が立っているのだが、蒸し熱い晩もあって、今日は特に暗くなってから気持の悪い風が吹き出した。どっちから吹いて来るのかよく解らない。迷い風と云うのだろう。しめっぽくて生温かいから、肌がじとじとする。冷たい氷水が飲みたいと思った。

店に這入《はい》っていきなり腰を掛けた。電気の明かりに影が多くて、店の中が薄暗い。亭主らしい男が明かりの陰になった上《あが》り框《かまち》からこっちを見ている。

「入らっしゃい」

「すいをくれませんか」

「え」

「すいを下さい」

「すい、たあなんです」

「氷のすいですよ」

「どんなもんですか」

「おかしいなあ、氷屋さんがそんな事を云うのは」

「聞いた事がありませんなあ」

「弱ったな」

「ラムネじゃいけませんか」

「いけないと云う事はないが」

おやじがそろそろこっちへ出て来た。

「済みませんなあ。それじゃラムネにいたしますか」

コップに氷のかけらを入れて、ラムネの罎と一緒に持って来た。

「お客さんが、いきなり変な事を云われるのでね」

「変な事を云ったわけじゃないが、氷屋さんはこっちの人ですか」

「いいえ、わっしはそうじゃありません。中国筋です」

「そうか、それだからだ。そら、雪と云うのがあるでしょう、氷屋の店で一番安い奴さ」

「へえ、あれですか。掻き氷に白砂糖を掛けた、あれでしょう。それがどうしました」

「白砂糖でなく甘露を入れて、その上に氷を掻いてのっけたのが、すいなんだ」

「へえ、そうですかな。知らなんだ」

そう云いながら、ラムネに栓抜きを当てて押したら、ぽんと云う音がして玉が抜けた。

途端におやじが頓狂《とんきょう》な声を立てて、わっと云ったから、私の方が吃驚《びっくり》した。

「ああ驚いた」と云って、おやじが人の顔を見た。

「どうしたのです」

「いえね、ああ驚いた。さあどうぞ」

ラムネを半分許りコップに注いで、上《あが》り框《かまち》の方へ帰って行った。

どうも、少し酔っているらしい。しかし、氷ラムネは実にうまい。ラムネが咽喉を刺す様な味で通ったら、不意に茅ヶ崎の氷ラムネを思い出した。農家の離れを借りて療養生活をしている友達の見舞に行って遅くなり、帰りは夜道になった。初めは人の家の明かりが点点と瞬《またた》いている細い道を曲がり曲がって、低い石垣に突き当たり、それから折れて出た所が一面の水田であった。その中にほのかに白く見える道が真直ぐに伸びている。来る時に通った筈だが、丸で初めての所を歩いている様な気がし出した。

水田の中のその道に出てから、急に恐ろしくなり、何が恐ろしいか解らずに足許ががくがくした。急いで早くその道を通り抜けようと思っても、足が思う様に運ばない。そうして段段にこわくなって来る。立ち竦《すく》みそうで、しかし一所にじっとしてはいられないから馳け出そうとするのだが、足許がきまらない。

夢中で水田の間を通り抜けて、茅ヶ崎の駅に近い家並みに這入《はい》った。両側の明かりでほっとした目の前に氷屋があったから飛び込んでラムネを飲んだ。ラムネが咽喉を刺す様な味で通ったら、そうだ、おんなじ事を考えている。あの時も今夜も同じ味のラムネだ。

ところで今夜は何もない。あの時は、後でなぜあんなにこわかったかと云う事を考えて、病人の傍から死神を連れ出してやったのだと云う事にきめた。だから随分病勢が進んでいたのに取りとめたではないか。そんな事を本気で考えた。

どうも、そうではないね。今こうしてラムネを飲んで考えて見ると、友達の死神を背負って、途中で振り捨てたなんて。そんな事じゃない。そうではない。

腰を掛けている足許から、ぶるぶるっとした。「おじさん、ラムネをもう一本くれないか」

「へいへい」

物陰《ものかげ》からおやじが出て来て、今度は栓をそっちでぽんと抜いてから、持って来た。

「咽喉がかわきますか」

「ああ」

「お客さん、どうかなさいましたか」

「なぜ」

「いいえ。まあどうぞ、御ゆっくり」

おやじが足音を立てずに、物陰へ這入って行った。

二本目のラムネは前程うまくない。もうそんなに飲みたくもない。しかし、死神ではない。何だと云うに、これを考えるのはいやだな。しかし、矢っ張りそうだ。そこを歩いて行った自分がこわかったのじゃないか。

「お客さん、何か云われましたか」

「え」

「なんか云われた様でしたが」

「云わない」

ごとごとと音をさせて、おやじは上《あが》り框《かまち》に移ったらしい。

そうなのだ。それを考えるのがいやなものだから、外の事で済まそうとして、ふふふ。

「お客さん、今度は何か云われましたな」

「そうなんだよ。つまり」

「何がです」

「つまり、僕自身なのさ」

「え」

「そうだろう。しかし矢っ張り」

自分がこわいと云うのがこわいのは止むを得ない。あの時だって、今だって。

「お客さん、一寸一寸《ちょっとちょっと》」おやじが明かり先に顔を出した。「一寸、うしろを振り返って御覧なさい」

「え、何」

「一寸うしろを見て御覧なさい」

「いやだよ、うしろを向くのは」

「ああ、もう消えてしもうた」

おやじが又こっちへ出て来た。なぜ起《た》ったり坐ったり、そわそわするのだろう。

「お客さん、ここは向うが墓地でしょう。向うの空はいつでも真暗で、明かりがありませんからね。それで時時見ていると、その暗い中で光り物が光るんですよ」

「光り物って、何です」

「何だか知りませんけれどね、ここへ引っ越して来てからまだ間《ま》がないのですが、それでも大分馴れました」

「馴れるって」

「それがお客さん、ちょいちょいなんですよ。今晩あたり、又光るんじゃないかと云う、そんな気のする晩にはきっと光りますね」

「何だろう」

「それがね、人魂《ひとだま》だろうなぞと、旧弊《きゅうへい》な事は云いませんけれどね、兎《と》に角《かく》あんまり気持のいいものじゃありませんな」

「人魂《ひとだま》が旧弊《きゅうへい》だと云う事もないだろうけれど」

「そうでしょうか」

「だって、有る物は仕方がないじゃないか」

「本当にありますか」

「おかしいねえ、あんたの云う事は。しょっちゅうここから見えると云ったじゃないか」

「それはね、お客さん、それはそうだけれど、人魂《ひとだま》だか何だか」

「何だか光るのだろう」

「そうですよ」

「そうだったら、名前は何でも、人魂と云うのがいけなかったら、鬼火としても、そんな物が見えるなら、仕様がないじゃないか」

「どうもいやだな。お客さんお急ぎですか」

「いや、別に急ぐと云う事もないが」

「どっちへお帰りです」

亭主がまじまじと人の顔を見た。

「どっちって、今よばれたとこから出て来たところだ。どうせもうこの時間じゃ市電はないし、おんなじ事だ」

「宜しかったら、もう少しゆっくりなさいませんか。おやまだラムネが残っていますね」

「ラムネはもう沢山だ。おじさんは一人なのかね」

「何、今夜は一寸《ちょっと》。遅いでしょう」

「それで遅くまで店を開けているのかね」

「寝られやしませんからね、こんな晩は」

「なぜ」

「お客さん、焼酎をお飲みになりますか」

「焼酎があるの」

「氷ばかりでは駄目ですからな。よく売れますよ」

おやじの起って行った前に二斗入りらしい甕《かめ》がある。呑口《のみぐち》からコップに二杯注いで持って来た。

一つを私の前に置き、一つにおやじが口をつけた。

「このちゅうは行けるでしょう」

見ている前で半分程飲んでしまった。

「ところで、お客さん、さっきの話ですが、本当にあるもんでしょうか」

「光り物かね。それはある。現にあんたは見ているんだろう」

「そうですかねえ、いやな事だなあ」

「どんな色に見える」

「土台《どだい》は青い色なんだろうと思われますけれど、暗い所をすうと行ったのを見て、後で考えると、いくらか赤味がかった様で」

「それだよ」

「何が」

「人魂だよ」

「お客さん、あんたはどっちから来られました」

「ついこの先からだよ」

「ついこの先って」

「まあいいさ」

おやじは頻《しき》りにコップに口をつけた。青い顔になっている。私も大分飲んだ。さっきの酔いを迎える様で、廻って来るのが解る。桶屋の惣が死んだ時、家へ手伝いに来ていた惣の娘が、暗くなってから裏庭の屏《へい》の向うを光り物が飛んだと云って悲鳴をあげた事がある。私もその仕舞頃、丁度消えかかった所を見た。

「だから、それはあるもんだよ」

「え」

「何だかあんたは、馬鹿にこわそうじゃないか」

「そう見えますか。わっしは全く今夜はどうしようかと、さっきから」

「どうかしたのですか。顔が青いよ」

「そうですか。この所為《せい》でしょう」と云って又一口飲んだ。

おやじがじっと耳をすましている。遠くの方で犬が吠えた。

「あの犬は、どんな犬だか知りませんけれどね、わっしは知ってるのです」

「あれは随分遠くだろう」

「どこで鳴いて居りますかね。それが一度鳴き止んで、今度又鳴き出した時は、飛んでもない別の方角に移ってるんです。あんなに遠くの所から、矢っ張り遠くの別の所へ、そう早く走って行けるわけがないと思うのですけれど」

「外の犬だろう」

「いいえ、それは解ってるのです。おんなじ犬ですとも。わっしは吠え出す前から知ってるのですから」

「吠え出す前だって」

「そうですよ。鳴く晩と、だまってる晩とあって、それが解ってるのです。鳴きそうだなと思うと、遠くの気配が伝わって来るから」

「それで」

「その気配と云うものが、そりゃいやな気持ですよ」

「僕もそんな気がして来た。いやだな」

「きっと、ちいさな犬だろうと思うのです」

小さな犬だと云ったら、不意にぞっとして来た。

おやじは黙って人の顔を見ている。店の外が急にしんとして来た。今までだって、どんな音がしていたと云うわけではないが、辺りが底の方へ落ちて行く様な気がし出した。

黙っていると、風の吹いているのが解る。音はしないけれど、風の筋が擦れ合っている。

遠方で犬の遠吠えが聞こえた。

「そら」

おやじの云った通り、丸で違った方角に聞こえる。

「おんなじ犬か知ら」

うしろで女の声がして、いきなり開けひろげた店先へ、影の薄いおかみさん風の女が這入《はい》って来た。

「ああよかった。もうお休みか知らと思ったわ」

「入らっしゃい」とおやじが気のない声で云った。

起《た》ち上がって、

「いつもの通りでいいのですね」と云いながら、女の手からサイダア罎とお金を請け取った。

焼酎甕《しょうちゅうがめ》の前へ行って、呑口から罎に詰めている間、土間に突っ起った女が、ちらちらと横目で私の方を見た。顔色の悪い、しなびた女だけれど、まだ年を取ってはいない。

明かりの工合で、中身の這入った罎の胴が青光りがした。

犬がまだ鳴いている。

女はそれを請け取って、黙って帰って行った。

「こんなに遅く焼酎なんか買いに来て、亭主が呑み助なのかな」

「いいや、亭主は少し前に死んだのです」

「それじゃ、あのおかみさんが飲むのか」

「そうじゃないでしょう」

「外に舅《しゅうと》でもいるのかね」

「いや、あのおかみさん一人っきりです」

「変だねえ」

「変ですよ。男の出入もなさそうだし、わっしゃ考えて見るのもいやなんです」

昔、家《うち》の隣りに煎餅屋《せんべいや》があって、水飴も売っていた。夜遅く、みんなが寝た後で、ことことと表の戸を叩いて何か買いに来るものがある。買いに来るのかどうだか解らないわけだが、間もなく又表を締める音がするから、そうだろうと思った。それが幾晩も続いて、大概同じ様な時刻に同じ音がするから気になった。私だけでなく家の者も変に思い出した様で、しかし聞くのも悪いと思って黙っていたと云う様な事がある。煎餅屋《せんべいや》の向う隣りは空地で、空地について曲がる暗い路地があって、その先に路地の延びた道を挟んで狭い水田がある。水田の向うは団子の様な小さな丘で、墓山だから石塔《せきとう》が金平糖《こんぺいとう》のつのつのの様に立っている。そこから、だれかが隣りへ飴を買いに来るのではないか。

墓場を通りかかると、どこかで赤子の泣く声がしたから、耳を澄ましたら地の底から聞こえて来た。人を呼んで掘り出して見ると、棺桶の中で赤子が生まれていた。身持ちの女が死んで、埋められてから子供が出たのだろうと云う。しかし母親は死んでいて乳も出ないのに、赤子がどうして生きていたのだろう。だから母親が夜になると飴を買いに来る。

「お客さん、何か考えて居られますか」

「そりゃ変だよ。さっきのおかみさんは、自分が生きていて、死んだ者に焼酎《しょうちゅう》を飲ませるんだ」

「何ですか、お客さん」

亭主が又人の顔を見据えた。初めの時の見当で遠吠えが聞こえる。亭主はその声を聞いている様で、しかし私の顔から目を離さない。

「もう一杯飲みましょう」

「僕はもういい」

私は手を振ってことわった。ろくでもない事が頻《しき》りに頭の中を掠める。焼酎はもううまくない。

亭主は起って焼酎甕《しょうちゅうがめ》の所へ行ったが、何かごそごそやっていて戻って来ない。こんな所に、わけも解らず長居《ながい》をしたが、もう帰ろうかと思う。

亭主がさっきよりも、もっと青い顔をして戻って来た。

「お客さんはどっちから来られました」

「どっちって、あっちだよ」

「本当の事を云って下さい」

段段にこわくなって、じっとしていられない気がし出した。

「実はね、家内が死にましたので」

「え。ああそうなのか」

「それで、こうして居ります」

「いつの事です」

「ついこないだ、それが急だったので、いろんなものが家の中に残って居るものですから」

「何が残っているんですって」

「それは、そんな事が云えるものじゃありません。さっきもわっしが茶の間へ上がって行ったら家内が坐って居りまして」

亭主が新しく持って来たコップの焼酎《しょうちゅう》に嚙みつく様な口をした。

「しかし、そんな事もあるだろうとは思っていますから、こっちもじっとしていたのです。それはいいが、その内に家内が膝をついて、起《た》ちそうにしたので、もうそうしていられなくなったので」

「それで」

「土間へころがり落ちる様にして、店へ出て来たら、その前の道の向うの方から人が来るらしいので、今頃の時間に変だなと思っていると、お客さんがすっと這入《はい》って来られたのです」

「それで、茶の間の方はどうなったのです」

「それっきりです」

「大丈夫かね」

「もういるものですか。そりゃ、わっしだって気の所為《せい》だぐらいの事は解っていますけれど、向かい合った挙げ句に、起ち上がる気勢を見せられては、そうしていられませんので」

「さあ、もう行かなくちゃ」

「どこへです」

「帰るんだ。いくらです」

「お客さん、本当にどこへ帰るのです」

「家《うち》へ帰るのさ」

「家《うち》と云われるのは、どこです」

亭主がにじり寄る様な、しかし逃げ腰に構えた様な曖昧な様子で顔を前に出した。

「本当を云うと、お客さんは、この前の道を来られましたな。この道の先の方に家《うち》は有りやしません」

「さあ、もう帰るよ」

「墓地から来たんでしょうが」

頭から水をかぶった様な気がした。

「そうだよ」

「そうら、矢っ張りそうだ」

「そうだよ」

「お代なんか、いりません。早く行って下さい」

紙入れを出そうとしたら、向うから乗り出す様にして、その手をぴしゃりと叩いた。

「どうするんだ」

「いらないと云うのに」

自分の顔が引き攣《つ》って縮まって、半分程になった気がした。

それでは、墓地へ帰ろうか、と云う様な気持になって見る。

明かりの陰になっている上《あが》り框《かまち》のうしろの障子がすうと開いた。

何か声がした様だが、聞き取れない。亭主が振り向いて、もう一度こっちへ振り返った顔を見たら、夢中で外へ飛び出した。

息切れがして苦しくなった。気がついたら、来る時の四ツ辻を通り越して、その先の墓地の道を歩いている。

ゆうべの雲

近所の床屋へひげ剃りに行っている内に、急に日が暮れた。外へ出て横町を曲がったら、真直い道の向うから、赤い色をした大きな月が、こっちへ真正面に向いて昇りかけている。見ながら歩いていると、赤い月が小さな切れ雲の中に這《は》入《い》ったので、不意に辺りが暗くなった。裏道だから往来の電気の数も少く、雨上がりの水たまりを縫って歩くのに骨が折れる。足許《あしもと》が真暗がりなのに、空は一帯に明かるい。雲の裏に這入った月の光が流れるのか、まだ夕方の明かりが残っているのか、それはわからないが、上を見るとほっとした気持がする。

月を包んだ真黒な切れ雲が、右の方へ動いて行くのが解る。どうも気分がよくない様だ。さっき行火《あんか》でうたた寐をした時、青地が玄関を開けて、上がって来たので、相手になっていたら、青地ではなくて、青地の様な顔をしているけれど、豊次郎が化けて来たのだった。こちらで気がついたら、いなくなったが、後後まで不愉快である。

豊次郎も青地も、もとから知っている若い者で、二人の間柄ではお互に化けたりするなぞと云う関聯《かんれん》もなさそうに思う。私をおどかすつもりでした事なら承知出来ない。

馬鹿に暗いので足許《あしもと》が捗《はかど》らない。しょっちゅう歩き馴れた道が少し長過ぎる様だと思ったら、不意に明かるい大通へ出た。向うの洋菓子屋にぎらぎらと電気がともっていて、その前を飛んでもない大きな自動車がしゅう、しゅう、しゅうと云いながら通り過ぎた。

大通のこっち側の歩道に立って、辺りを見て、道を間違えたのだと云う事を納得《なっとく》した。番町の夕闇に狐がいやしまいし、人に話せた事ではないと思いながら、裏道に引き返すのはよして、大通を通り、大通を曲がって帰って来た。それ程遠道《とおみち》をしたわけでもないのに、ぐったり疲れて、身体じゅうの元気が抜けた様な気がする。

玄関が真暗だから、なぜ明かりをつけないのかと思いながら、格子の硝子戸《ガラスど》を開けて中に這入《はい》ったら、暗闇の中で何だかにおいがして、かすかな人いきれがする。

「おや、お帰りなさい」と云った。「もうお帰りだろうと思いましてね、ここでお待ち申して居りました」

狭い土間で身体がさわった。押したわけではないが、蒟蒻《こんにゃく》の様にやわらかい。「ウフッ」と云った。女の声だから驚いて、手さぐりで上がろうとしながら、

「どなたです」と聞いた。

「何、私です。甘木です」とさっきの声が云った。

上がって、壁のスウィッチをさぐり当てて、電気をつけた。ぽっと明かるくならずに、次第に明かるくなって来た。甘木さんと、知らない大きな女が、十間の腰掛けに腰を掛けている。

「失礼いたしました。だれもいませんか」

「そうの様ですな」

私が襖《ふすま》を開けて中へ這入ると、まだ何とも云わない内に、二人とも後からついて上がって来た。

甘木さんと女が私と向き合って坐って、挨拶した。

「一寸《ちょっと》そこ迄まいりましたので、お邪魔しました」

「よく入らっしゃいました」

「これは私の家内で御座います。お近づき願おうと思って連れてまいりました」

「それはようこそ。お初めて」と云って私が会釈をした。

「ウフッ」と云う様な声をして、くねくねして、大きな身体で崩れる様なお辞儀をした。

「初めまして」と云ったと思うと、顔を上げて、人の顔をしけじけと見返した。

それから手をあげて、手の甲で、自分の目の辺りをこすった。

「尤《もっと》も、家内と申しましても、これは三本目の家内です」

「ははあ」と私は相槌《あいづち》を打ったけれど、甘木さんの云う事がよく呑み込めなかった。

「あら、あんな事、しんないわ」

しなを造って、隣りに並んだ甘木さんの方へにじり寄る様な恰好をした。

「一度先生にお会いしたいって、前から君はそう云ってたじゃないか」

「ウフッ」

「よくお話しを伺っておきたまえ」

「あなたがいては、駄目だわ。ねえ先生」

挨拶の仕様がないから黙っていると、女は又手を上げて、今度は鼻の先をこすった。

「ねえ先生、私、子供の遊びが大好きですの」

「子供の遊びって」

「無邪気な事が大好きですのよ」

「ははあ」

「大藪《おおやぶ》、小藪《こやぶ》って、御存じ」

「知りませんな」

「大藪、小藪」と少し節をつけて云って、手の甲で額と目の所をこすった。

「ほほほ、お解りになりまして」

「いいえ」

「駄目ね、先生は」

一膝乗り出して、私を睨みつける様な目をした。「なぜお解りにならないんでしょ。頭に毛が沢山あるから、大藪じゃありませんか。ですから、眉毛は小藪ですわ」

「ははあ」

「大藪、小藪、ひっから窓に蜂の巣。お解りになりまして」

「いいえ」

「ひっから窓はお目目《めめ》よ。鼻の穴が二つあって、蜂の巣みたいじゃありませんこと」

また手を上げて、その辺りをくしゃくしゃと撫でた。

「小川に小石、歯の事よ、先生。何だかぼんやりしていらっしゃるわね」

にゅっと手を出したと思ったら、いきなり私の耳を引っ張った。

びっくりしている所へ私の顔に口を近づけて、

「木くらげに」と云って一段声を高くし、「こんにゃく」と続けたと思うと、人の顔のすぐ前で、倍もある長い真赤な舌をぺろりと出した。

後へ顔を引こうとすると、もう一度きゅっと耳を引っ張ってから手を離した。そうして自分の座に戻り、おとなしく両手を膝に重ねて、「ウフッ、ウフッ、ウフッ」と云っている。

甘木さんが静かな声で、

「これ、これ」と制した。「余り調子づいてはいかんよ」

「何のその」

「先生の耳はどうだい」

「全くの木くらげよ、冷たくて」

目を上げて、もう一度私の顔を見据えた。

「かじって見ようか知ら、ごりごりと」

私が身構えたら目をそらして、「ウフッ」と云った。

「さあ、もうおいとましましょ」

膝に置いた手で、自分の膝を敲《たた》いて起《た》ち上がったと思うと、いきなり、さっき這入《はい》ったのでない方の襖からすいすい出て行った。

甘木さんがその後から起ち上がって、矢張り挨拶もせずに、すいすいと出て行った。

あわてて、「お茶も差し上げませんで」と云ったら、

「もうお帰りになるでしょう」と云った。

少し、はっきりした気持になりかけた。

「何ですって」と聞き返しながら、座を起とうとすると、もう出口の所まで行っている。

甘木さんの声で、「ちと、お出かけなさいませんか」と云ったと思うと、急に遠ざかった気配《けはい》がした。

何だか、嘔《は》き気の様な、いやな気持がする。下駄を突っ掛けて外へ出て見たら、明かるい空に、けだものの尻尾の形をした流れ雲が浮いている。さっきの黒い雲のかたまりが崩れて伸びたのだろうと思った。曖昧な風が吹いて来る。風ににおいがする。

今の二人はどっちへ行ったのか、広い往来に人影もない。遠くの方から下駄の音が聞こえ出した。歯切れのいい足音で、家の者が帰って来たのだと云う事が解る。その足音が近づくに連れて、段段気持がはっきりして来た。

不意に目の前で、「只今」と云った。

ほっとした気持になりかけて、気がつくと、さっきの続きの下駄の音がまだ聞こえている。

そう思ったら、途端に、「ウフッ」と云う声が聞こえた。

下駄の音が刻み足になって、すぐそこへ近づいて来た。

「ちょいと、そこにいるのはだれ」と云う家の者の声がした。

由比駅

東京駅の案内所の前に起《た》って待ち合わせる打合せをしたから、行って見たがまだ来ていない。多分彼の方が先だろうと思ったけれど、或《あるい》は差閊《さしつか》えが出来て遅れたかも知れない。約束通りの所に起って、ぼんやりしていた。いいお天気で駅の前の広場に午《ひる》過《す》ぎの日が照っている。日向が赤い。日陰が黄色い。おかしいなと思う。そこいらを往ったり来たりする人影が真黒に見える。大きな鴉が低い所を飛んだ。鳩ではない。鳩と鴉は飛び方が違う。

その方ばかり見ていたので、あんまり明かるいから、目の具合が変になった。大分時間が経った様である。なぜ来ないかと云う事を考えている内に、八重洲口の方の改札の内側にも案内所がある事を思い出した。

乗車口側の改札でパンチを受け、地下道を通って行った。いつもの通り大勢人がいるけれど、あんまり動いていない。その中の幾人かは、立ち停まって私が歩いて行くのを見ているらしい。そっちの案内所の前まで行って突っ起った。あたりを見廻したが、来ていない様である。その内に発車の時刻になったら、どうしようかと思う。案内所が二つあったのに気がついて考えて見ると、そう云えばまだ降車口にも、もう一つあったか知れない。しかしこれから出掛けるのに、降車口で待ち合わせると云う打合せをする筈はない。

今起っている所の前は、出発ホームの九番線と十番線に上がる階段の下の広広とした待合所である。階段の上がり口に更に改札の柵があって、その前に人の列が二本も三本もつづいている。大勢人が押し合っているのに、随分静かで、ひっそりしている。時時ばらばらに散らかった様な足音はするけれど、話し声は丸で聞こえない。空襲警報が鳴った時の様な気配である。

行列は向うを向いている。みんな押し黙って何か考えているのだろう。壁際の行列が一番長い。尻尾の端が私の起っている案内所の前の通路まで伸びて来ている。その列の真中辺りの顔が一つ、こっちを向いた。辺りのもやもやした中に、こっちへ向いた顔のまわりだけが白けている。

何だか気になるので、そっちを見ていたら、その顔が列を離れた。和服の著流《きなが》しの男が、すたすた歩いて、私の方へ近づいて来る。こうしていては、いけないと云う気がし出した。

私の前に立ちはだかって、いきなり云った。

「栄さん、大きくなられましたな」

私の名前を云ったが、この品の悪い、中年の男に見覚えはない。

「どなたでしたか」

「いちですよ」

「いちさんと云うのは、思い出せないが」

「いちと云う犬がおったでしょうが」

何を云ってると思う。しかしいやな気がして来た。

背中で靠《もた》れている後の案内所の中で、電話が鳴っている。乗車口の案内所は間口が広いけれど、ここのは狭い。中に係の者が二人しかいない。その一人が電話を受けている。

「もしもし、こちらは八重洲口の案内所ですよ」

電話が何を云っているのか、解らないが、「何ですって、前に起《た》っている人、はあいますよ。それで。呼ぶのですか。何。そう云えばいいのですね。一寸《ちよつと》お待ちなさい。あっ切ってしまった」と云って受話機をがちゃりと置いた。気に掛かるからそっちを向いた私の顔をまじまじと見て、置いた受話機の上に片手を載せた儘、こんな事を云う。「お連れの人の言伝てですよ。それで解るのですか。おかしいね。先へ行っているからって」

「先に行ってるって」

「そう云いましたよ」

先に行くと云っても、汽車の数はきまっている。何を云っているのか。先へ行けと云ったのかも知れない。なぜだか解らないが、それならそれでもいい。後を振り返ったが、さっきの男はもういない。行列に帰ったかと思う。しかし行列は改札を通っている。一番長かった壁際の列の尻尾ばかりが少し残っている。その残りも見ている内になくなった。

さてどうしようかと思う。何をどうすると云う程はっきりしないが、物事の順序が立っていない。出掛けて来たけれど、よしてもいい。そう思っているのに勝手に歩き出して、改札を通ってしまった。

汽車はもうホームに這入《はい》っている。窓から見える手前の側に、座席があいていて、そこへ私が這入って行くのが、前からそうなっている様である。だからそこへ這入って行って、腰を掛けた。車内がひどくむしむしする。大勢の人が乗っているけれど、みんな同じ方へ向いている。二つ並んだ隣りの座席は空いているが、だれも来ない。

大分先の方で機関車が曖昧な笛を鳴らして、汽車が動き出した。

段段速くなって、線路だか車輪だかが、こうこうこうこうと鳴く様な音がし出した。何が鳴く声だろうと思う。御後園の鶴の声が、天気の悪い日に、遠方から風に乗って伝わって来る様である。昔、生家が貧乏して、税務署から差押えられた儘の広い家の中に住んでいた時、空っぽになった酒倉の間を吹き抜ける風が、こんな声を乗せて来た。その時分、人気《ひとけ》の少くなった家の中に、大きなぶちの犬がいた。思い出し掛けて、胸先から戻す様な、いやな気持になった。

顔見知りの年配のボイが通りかかって、挨拶して立ち停まった。

「おや、お出掛けで御座いますか」

「うん、一寸《ちょっと》」

「御遠方まで」

「いや、由比《ゆい》へ行くのだ」

「由比で御座いましたら、この列車は由比に停まりませんけれど」

「引き返すから、いいんだ」

「左様で御座いますか。そう致しますると、清水で御座いますね」

そうして一礼して通り過ぎた。ボイの行った後が少し臭い。何処から来るにおいだか解らないが、その聯想《れんそう》が愉快ではないから気を散らす。

大船、藤沢を過ぎてから、急に速くなった。沿線の家や樹が、汽車が近づくのを待って俄《にわか》に飛び立って遠ざかる様に見える。目を掠めて消える家家の屋根がきらきらと光った。濡れているかも知れない。抜ける程晴れていながら、雨が降る筈もないが、次第に山が迫って来る秋空には、汽車が近づく前に時雨れ雲が通って行ったかも知れない。

少し辺りがぼんやりして来て、その内にうとうとしたらしい。不意にしんかんとして、座席の靠《もた》れに靠れた儘、どこかへ沈んで行きそうになった。引き込まれそうな気持の途中で、はっとして目がさめた。勾配のある高い土手の上に汽車が停まっている。大勢人が乗っているのに、何の物音もしない。窓の外の線路のわきも、土手の下の狭い往来にも、濡れて雫が流れて水溜まりがある。その上から、ぎらぎらした日が照りつけ、風が渡って草の葉を動かした。

何のつながりもない、中途半端なところで電気機関車の笛が鳴った。そうして窓の外の今まで見ていた所と、車内の様子とが捩じれた様な工合になって、汽車が動き出した。

動き出したと思ったら、又じきに停まった。今度停まった所は歩廊の前である。だから停車したので、小田原であった。それから熱海へ行く間、隧道が長いのや短かいのや、明かるくなったり暗くなったり、ちらちらするのもあって、それで気分がうろうろする。裸の岩が露出している崖を見たら、塔ノ山の岩肌を思い出した。郷里の町に第六高等学校が出来る時、山裾の水田を潰して地形《じぎょう》を造った。地形に使う石を採るので、近くの塔ノ山にダイナマイトを仕掛けて岩を割っていると、その上にあった墓場が崩れて、町内の岡友のおばさんの棺桶が出て来たそうである。

岡友の家は神道であったから、おばさんが死んでも、入棺の時、頭を丸めたりしない。丸髷を結った儘坐らして、座棺に納めたのが塔ノ山の墓の下で何年か経って、今度ダイナマイトのはずみで飛び出した。棺がわれて丸髷を結ったおばさんが出て来たそうだが、屍蠟《しろう》と云う物になって、ちっともどうもなっていない。生きていた時の儘だと云うので、随分みんなが騒いだ。

岡友の家は、私の生家から二三軒先の同じ並びにあったが、どう云うわけだか、家が取り払われて、その後に脊の高い青草が一ぱい生えた。豆腐屋だった所為《せい》か、大きな井戸があって、井戸側はもう無かったが、青草の中に、底の水面が黒ずんだ鏡の様な色をして光っている。その空地へ犬を追い込んだ。私が追い込んだのではなく、犬が逃げ込んだから、後を追っ掛けたのである。

なぜ追い廻したかは、その時分から自分の気持が解らなかった。春機発動期の終り頃で、後から考えると、えたいの知れない憂悶のはけ口がなかった為かも知れないが、毎日夕方になるのを待って、三間竿を持ち出し、犬を探して、竿の先を突きつける。矢っ張りそうなので犬の名前はいちと云った。大きな黒のぶちで、仔犬から育てたのだから犬の気心はよく解っているし、向うでもこちらの気心を知っているだろう。急に憎くなったのでも邪魔にするのでもないけれど、そう云う癖を覚えてから、毎日止められない。

初めは犬の方で呼ばれたのかと思って、馴れ馴れしくこっちへ寄って来る。それでは勝手が悪いので、竿を持った儘後にさがり、間隔を置いてから竿の先で横腹を突き尻を叩くと、犬は意外な目に遭うと思うらしく、尾を垂れて向うへ逃げて行く。それから調子がついて、追っ掛けながら背中でも尻でも頸でも構わずに突っ突くから、犬はうろたえて逃げ廻り、追い詰められると、けんけん鳴き出す。ますます興が乗って来るので、ゆるめる事はしない。こちらも興奮しているから、息をはずませながら追った。或る日の夕方、少し暗くなり掛けていたが、犬がいきなり開けひろげた裏の座敷へ飛び上がって、表座敷の方へ逃げて行った。

その後から下駄穿きの儘座敷に馳け上がり、竿を振るって追うと、手すりのある廊下を渡って母屋の座敷を馳け抜け、玄関から土間へ降りて表の往来へ走って行った。何となく裏を掻かれた気持でかっとなり、三間竿を構えた儘、人通りのある往来で犬を追っ掛けたら、岡友の空地へ逃げ込んだ。

非常に速く走ったけれど、こちらも一生懸命だから、すぐに追いつき、青草の中を向うへ抜ける黒い胴体のどこかを竿の先で思い切り突いた。大きな消し護謨《ゴム》を押した様な手ごたえがしたと思うと、井戸の上をひらひらと飛び越えて、向うの側からこっちを振り向き、薄闇の中で白い歯をむき出した。頭を低くして身構えする様な恰好をする。不意にこわくなって、草の中に竿を投げた儘、後を見ずに家へ帰った。

さっきのボイが通り掛りにうしろから、私と同じ方を向いたなりで云った。「お連れ様が別の車にいらっしゃるので御座いますか」

「いや」

ボイが黙って起っているから問い返した。

「なぜ」

「あちらでは、そんな風に仰しゃいましたけれど」

ボイが軽く会釈して通り過ぎた。

丹那を出てからは、空の色が濁っている。段段に暗くなって、沼津に停車した時、豪雨が降り灑《そそ》いだ。何となく呼吸が詰まる様な気がするので、車外に出て見た。ホームの屋根を流れる雨が、勢が余って停車している列車の屋根に敲《たた》きつけ、それが戻ってホームの縁へ流れ落ちる。水の襖《ふすま》の様で、デッキからホームへ降りた時、その中を突き抜けた為に頭からびしょ濡れになった。

ホームの足場を直しているので、たたきが掘り返されていて足許《あしもと》が悪い。その引っ剝《は》がしたたたきのかけらに、突然白い色の電光が走って、かけらがびりびり動く様な烈《はげ》しい雷が鳴った。

驚いて車室に帰ったが、もう一度水襖を突き抜けたので、全身が濡れ鼠になった。座席の隣りに知らない婦人が坐っている。もともと空いていたのだから、人が来ても止むを得ない。

その前をすり抜けて、窓際の座席に戻った。馴れ馴れしく、「大変な雷です事」と云う。

「はあ」

「随分お濡れになりまして」

匂いのするハンケチを出して、肩の辺りを叩こうとする。

「いいです」

「まあ、旦那様ったら」

そう云って構わずに肩から袖を伝う雫を拭いてくれた。

「旦那様はこの汽車ではないと思いました」

「どなたでしょうか」

「ふふふ」と云った様である。両手の白い手頸を絡ませる様に、うねくねと動かした。

「ボイさんから聞きましたの。いいボイさんですわね。お顔馴染なんですってね」

「ボイが何か云ってたのは、あなただったのですか」

「何と申しまして」

「僕を知った人がいる様な事を云ってたが、僕がどうしたと云うのです」

「違いますわ、旦那様。そのお話しは別の人です。乗っていますわよ、あっちに」

「だれがです」

「だって、今日はそれでお出掛けになる気におなりなすったのでしょう。違いまして」

「何を云ってるんです」

「あっ、そら、大きな虹」

頓狂な声をして乗り出し、私の前から頸を伸ばして窓を覗いた。空が霽《は》れて来たか、汽車が走って雨雲の陰から出たか知らないが、外は明かるくなって、海の近い田圃《たんぼ》に雫が光っている。その上を、後の山から海の向うの空へかけて、虹が橋を懸けた。

幅の広い虹に見とれていると、急に目がちかちかっとして、赤い虹を縦に縫う様に、銀色の昼の稲妻が海の方へ走った。

すぐに烈《はげ》しい雷鳴が、走って行く汽車の響きを圧して、明かるい海の方へ轟《とどろ》いて消えた。

虹がまだ薄れない内に汽車がカアヴした。

「もうじきで御座いますわね」と云った。何だか膝の辺りをもそもそしていると思ったら、すうと起《た》ち上がり、「では又、後程」と云って、うしろの方へ歩いて行った。

汽車が走って行って、海が近くなり、由比駅を通過して、隧道に這入《はい》った。出てから又這入った。暗い隧道の洞の中に、海風が詰まっているらしく、濡れて隧道を出た汽車に横揺れのはずみがついて、ぶるぶるしながら清水駅の構内に辷《すべ》り込んだ。

それで降りて、引き返して、又さっきの隧道を抜けた。今度は一つで長い。由比駅で降りて改札を出た。矢っ張り一人で来たのは勝手が違ったと思う。その辺り一帯に蝦《えび》のにおいがする。往来に出て、歩いて行って、さっきの隧道のあった山の方へ向かう。足許《あしもと》が登りになって、頭の上に松が鳴っている。薩埵《さった》峠の裾が山の鼻になって海に迫った所で、鼻の尖《さき》が二つに裂けている。だから海に近い方の線路には隧道が二つある。まだ二つに割れていない山ぞいには、一つしかない。薩埵《さった》のその山の鼻の上に白堊《はくあ》のサッタホテルがある。露の垂れそうな松の下枝をくぐって、径を曲がったら、海光を背にしてこっちに向いている玄関の軒に、昼間の電気がぎらぎらして、SATTA-HOTELの文字が白い背景から抜け出しそうに輝いている。

ポーターが硝子《ガラス》の扉を開けて、お辞儀した。廊下に香気が漂っている。潮の匂いではない。松の香りでもない。脊の高いボイが出て来て挨拶した。

「入らっしゃいまし。お待ち申し上げて居りました」

「今日来るとは云わないだろう」

「いえ、伺って居ります。あちらでお待ち兼ねで御座います」

今まで案内された事のない、違った部屋に通った。二重廊下になっていて、ボイがドアを開けると、昼間なのに電気がついている。どの窓にも松の下枝がかぶさって薄暗いから、中の電気の光が外へ溢れて行く筋が明かるく見える。暗い窓を背にして、明かりが出て行く筋に女がいる。椅子に倚《よ》ってこっちを見ているらしい。

「お見えになりました」とボイが云った。

何となくむかむかする様な気がした。車中の隣りの座席に来た女かも知れない。

「おい」とボイを呼び止めた。「外の部屋はないのか」

「御座いますけれど」

もじもじしている前に女が起《た》って来て、

「いいのよ、ボイさん。それは又後でね」と云ってこっちへ向き直った。

「先程は」

「あなたはだれです」

「わたくしで御座いますか」

「そう」

「そんな事よりも旦那様。旦那様はどうしてこちらへお出向きになりましたか」

「僕か。僕は友人と打ち合わせて来る筈になっていたのだ」

「ふふふ。そのお友達の方、それでどうなさいまして」

「来る筈です。もう来ているかな」

　ボイが出て行った。「お呼び下さいます様に」と云った様だった。変な声をしている。

　いつの間にか腰を掛けていた。椅子の工合が大変いい。女が円い卓子の向うから、向き合っている。

「ほんとに暫らくで御座いました」

「僕は思い出せないのだが」

「でも、あまり古い事が、中途までそう思った儘で、その儘になっていると、いろいろいけませんですわねえ」

「それはどう云う事です」

「この窓の外の、あの松の木が重なり合ったうしろは崖が御座いますのよ。もう一つ山になって、その上に榛《はんき》の木が繁って、木のまわりを大きな白い蝶蝶が」

　それは違う。手の平ぐらいもあって。

「白い蝶蝶じゃない、黒いのだ。真黒な」

「まあ」と云って人の顔を見据えた。「そんな気がすると仰しゃるのでしょう」

　そうかも知れない。自分で見たわけではない。見える筈がない。そう云われて、そっちを見たけれど、蝶蝶なぞ飛んではいなかった。父がそう思って、そう云っただけだ。

からだが硬くなった。

「お苦しかったのでしょう。本当に残念な事をいたしました」

幾晩か続いたから、傍にいて呼吸が出来ない様であった。だから、からだが硬くなって、どうしていいか解らない。山寺の座敷を借りて寝ていたので、病床は地面から随分高い。お寺の床《ゆか》はどこだって高い。その上に犬が跳び上がって来て、病床の傍に四つ脚で起った。自分の坐っている同じ高さに、犬がいるのを見た事がない。黒い犢《こうし》の様に思われて、ぞっとして追った。家の犬である。「こらっ、いち」と云おうと思ったら、声が詰まった。犬は高い縁鼻から、ひらひらと飛んだ。

「ですから、旦那様、ああほっといたしましたわ」

「何が」

「ですから矢っ張り、一度は確かめておいて戴きませんと」

「何を云ってるのだ」

「わたくしは、いちの家内で御座います」

「何だと」

「まあ、あんな顔をなすって。犬の家内では御座いません事よ。ほほほ」

窓が微かに鳴った。海風が通ったのだろうと思っていると、今度はドアが鳴って、ボイが這入《はい》って来た。

「お見えになりました」

「だれが」

「助役さんがお見えになりました」

「おかしいな」

「昨日からそう云うお問い合わせで御座いましたけれど」

「別の部屋へお通ししておいてくれ」

ボイが出て行った後、何となく、気がそわそわする。

辺りがもやもやして、どの窓も大きく拡がり出した。窓の外は薄暗い。

今出て行ったと思ったボイが、又顔を出した。

「助役さんがお待ち兼ねです」

「今行くから、別の部屋へお通ししておきなさい」

「お通しして御座います」

「それでいい」

「そのお部屋で、オックスタンの塩漬を召し上がって居られます」

「何だって」

「もう随分沢山、幾人前もお上がりになりました」

ボイのうしろから、背広を著《き》た男が顔を出した。「入らっしゃいまし、支配人で御座います」

そうだ、顔を知っている。

ボイを押しのける様にして、中へ這入《はい》って来た。

「おやお前さんか。一寸《ちょっと》こっちへ来て貰おう」

そう云って女のどこかへ手を掛けた。柔らかい風呂敷包みを引っ張る様な恰好で、女を部屋の外へ連れて行った。

その後を閉めて、ボイが私の傍へ寄って来た。まともに見ると色が白くて、鼻筋が通って、目許《めもと》が涼しくて、惚れ惚れする程可愛い。

「君はこの前はいなかったね」

「いえ居りました。旦那様を存じ上げて居ります」

「そうか知ら。君の様なボイはいなかったと思ったが」

「あの時分はボイではありませんでした」

「何だったのだ」

ボイが少しいやな顔をした。

「それが旦那様の癖でしょう。助役さんもそう云っていましたけれど」

「助役さんが何と云うのだ」

「由比の駅のホームで、すぐ目の前を通過する急行列車を、旦那様は気抜けがした様になって見ていらっしゃるでしょう。初めに下りが行くと時計を出して、一生懸命に時間を計って、上りが来るのを待って」

「それがどうしたのだ」

「助役さんが云っていましたけれど、僕だってそう思います。そんな事をしたら、それは列車だってあの勢いで動いているのですから、ぼんやりした旦那様のなんかを持って行って、擦れ違う時に今度の上りに渡したのが返って来るまで旦那様は丸でお留守です。いろんな事が起こりますあね、僕なんか初めからそう思っているから」

　ボイの顔が、色が白いなりに大きくなった。可愛くなぞない。

「さっき、下で非常汽笛が鳴ったでしょう」

「知らない」

「ホテルの下は薩埵《さった》隧道《ずいどう》です」

「そうだよ」

「海沿いの、つまり下りの側には二つあって、その第一洞と第二洞との間が七十米《メートル》」

「それがどうしたのだ」

「そのトンネルとトンネルとの間で、大きな獣《けだもの》が轢《ひ》かれました」

「犬だろう」

「旦那様は馬鹿だな。あんな事云ってる」

「なぜ馬鹿だ」

「馬鹿じゃありませんか。いい加減にしたらどうです」

「怪《け》しからん事を云う。それじゃ何が轢かれたのだ」

「何だか知らないけれど、列車が第一洞を出て見たら、第二洞のこっちの入り口の所を、黒い獣が出たり這入《はい》ったり」

急に恐ろしい顔をして、後を振り向いた。「仕様がないな、助役さん、何を騒いでるのだ」

身構えして、私を突くのかと思ったら、肩の先を掴《つか》んで、ゆすぶる。

「旦那様、もうおよしなさいね」

ゆすぶっている手の先に拍子をつけて、いつ迄も離さない。

「もういい」

「よくはないです。

網ノ浜の
茗荷の子

出たり
這入ったり
すっ込んだ
そうでしょう。そうなんでしょう。あははは」
手を離して人の顔をのぞき込んだ。耳許《みみもと》ががんとして、耳鳴りがする。松も鳴っている。ボイの白い顔と白い上衣が、境目がなくなった。

すきま風

どうも物騒でいけない。用心が悪い。風が吹き過ぎた後、胸騒ぎがする。窓の外の笹がさわさわ鳴って、その音に聞き馴れていると、不意に蓋《ふた》をした様にしんとする。静まり返って、段段にもっと静かになって、どこまで静まって行くのか解らない。早く戸締まりをして寝なくてはいけない。或《あるい》は寝てはいけないかも知れない。泥坊は大概夜中に来る。泥坊が来る時分に寝ているから泥坊が来る。来るのが泥坊ならいいが、泥坊でないものが来たらどうする。泥坊でなくて来るのは何だと、そこ迄考えかけたら、いや考えはしないけれど、そっちの方へ気が散ったら、途端に髪の毛が一本立ちになった。

寝るにしろ、まだ起きているにしろ、こう夜が更けては、戸締まりが第一である。自分で起《た》って行って、雨戸や窓や玄関の戸をよくしめ、かき金を掛けて座に戻った。もう大丈夫と思うけれど、何となくそうっとした気持で、身体のどこかが、がたがたする。

　不意に呼びりんのベルが鳴った。床が抜けるか、天井が落ちるかと思う程の大きな音がした。家内が、すうっと起ち上がった。

「開けては駄目だよ」

　いつの間にか出て行ったらしい。二言三言、声がした様だと思ったら、かき金を外して、玄関の戸を開ける音が聞こえた。

「甘木さんですよ」と云う声がそっちの方からした様である。

　この夜更けに甘木さんがなぜ来るのか。しかし甘木さんでは、開けないわりに行かない。

　家内も引き返さないし、甘木も上がって来ないし、土間か上がり口かで話し合っているらしい。

「そうかなあ。弱ったな」と甘木が云って、声が途切れた。

　暫らくしてから、「奥さん、駄目ですかね」と又云った。

　家内の声は丸で聞こえないが、その後でまだ何か話している気配である。

　いきなり私が坐っている次の間の襖《ふすま》が開いて、見た事のない男と女が這入《はい》って来た。

　二人とも突っ起った儘、そこにいる私に目もくれない風で、じろじろ辺りを見廻す。

　どちらも中年であって、男は額《ひたい》が狭く色が青黒い。鼠の様な顔をしている。女は中年に違いないのに、何となく若い。色白で手頸も白く、起《た》っている腰の辺りの工合から目が離せない様であって、それでいて顔を見るとむかむかする程憎い。隙を見て、突き飛ばしてやりたい。

やっと声が出て、「お前等は何だ」と云ったが、二人は振り向きもしなかった。

「何者だ」

「いいのよ」と女が云って、しなを造る恰好をした。とろける様ないい声で、そう云った時の物腰のあだっぽさに気を取られそうだったが、顔を見るとますます憎い。どの所為《せい》だか解らないけれど、この儘にはして置けないと思う。

女がくるりとこっちを向いて、私の膝の前に坐った。

「だなさんは白い木蓮がお好きでしょう」

「何を云うか」

「睡蓮はおきらいね」

「お前の知った事ではない」

「まあ、いきなりお前だって、人の事を、おほほ」

白い手頸をもっとむき出して、口に手の甲を当てた。こっちへ向けた手の平が、大きな白い花の様である。

「何だ、君達」甘木さんが這入って来て云った。「車の中にいろと云ったじゃないか」

「いや、矢張り実地に見ない事にはね」と起った儘、男が云う。

「見たって駄目なんだよ。駄目だとさ」

「なぜ。そんな筈はない」

「なくても駄目だってさ」

「そうか。ふん」

男が怒ったらしい。何となく手を振り廻した。

「駄目なんだろう、内田さん」と甘木が話し掛けた。

「しかし僕には何の事だか、わからない」

「つまり、内田さんの家の中の物を、全部書き上げて抵当にするのさ」

「それでどうする」

「それでいい事があるのだけれど、いやなら仕方がない。でも惜しいな」

「いやだよ、甘木さん、僕はこいつ等が気に食わない」

「いいんだよ、そんな事は。だから車の中で待ってろと云うのに、こいつ」

甘木が女の頸をぎゅっと摑《つか》んだ。綺麗な襟脚が流れている辺りで、さっきから一寸《ちょつと》さわって見たいと思っていた所を摑んだ。

「あれ、甘木さん」とふざけた様な声を出した。「今こちらのだなさんとお話ししている途中なのよ。ねえだなさん、睡蓮がなぜおきらいかと云う、そのわけを当てて見ましょか」

「おれはもう帰る」と男が云った。

「一寸《ちょっと》、君」と云って甘木が男を隣室へ連れて行ったと思うと、それっきり何の物音もしなくなった。帰ったのではないかと思う。

「お前ももう帰れ」

「あの人達、帰ったんじゃないわよ」と云って、女が目尻を少し引っ釣らした。笑ったのかも知れない。

まともに顔を見ていると、憎くて胸糞が悪くて、げえげえ云いそうである。何とかしてやりたいが、どうすればいいか解らない。ひどく疲れた気持で、そうしていらいらする。

「あの人達、寝てるんだわ、きっと」

「馬鹿云え」

「だなさんだって眠いでしょう。そうら、あんな目してるわ」

「一体お前は何しに来たのだ」

「だなさんに会いに来たんじゃないの、馬鹿にしてるわ」

白い手頸をにゅっと突き出し、素早く自分の鼻の先をこすって、ほほほと笑った。

懐中汁粉を食べ過ぎた後の様にねむたくなった。

「もういい。帰れ」

「じゃ行くわ、後で呼んでも知らない事よ」

両手をぶらりと垂れた儘すうっと起き上がり、一ぱいの背丈になった。辺りを見下ろす様な目をして、

「ちょいと、甘木さん」と云った。

襖《ふすま》の向うでわけの解らぬ物音がして、甘木が一人で這入って来た。

「あれどうして」と云ったのは、もう一人の男の事にきまっている。

「出て行ったよ」

「いつ」

「たった今」

「まあいいわ、矢っ張りそうしましょうよ」

「いけないと云うんだから駄目だよ」

「構うもんですか、やっちまいなさい」

「そうかい」

そんな事をさせるものかと思う。

「気にしているよ、彼れ氏」

「ほほほ」

起《た》ったなり段段二人が擦り寄って、頬と頬を食っ附けそうにした。女が向う向きになっている。甘木の顔が恐ろしく醜い。

私の事を云ったのかと思ったが、そうではない。そうやっていつ迄でも起っている。

もう眠たくて我慢が出来ない。段段に二人が食っついた儘遠のいて、どっちかが後ろ手で襖《ふすま》を開けたのだろう。やっとの思いで起ち上がり、行って見ると、もうだれもいない。

茶の間に這入《はい》ると、家内が長火鉢の横で、茶入れを枕にして寝ている。いつもの倍もある様な長い顔をしている。起こそうと思ったけれど、その気合いが掛からない。ぼんやりしているところへ、もういないと思った鼠の様な顔の男が、不意に出て来た。

今度は非常にこわい。

「もう行くけれどね」

「貴様は何だ」

何と云ったかよく解らないが、無闇に腹が立って来た。

云い返そうとしたけれど、声が引っ掛かって、うまく云えない。その男の顔が見る見る青くなって、口の端から涎《よだれ》を垂らした。

家内を起こさなければいけない。思い切って肩に手を掛けたら、非常に驚いて、短かい悲鳴の様な声を立てて、茶入れを突き飛ばして跳ね起きた。

男の出て行く足音が、濡れた所を踏んで行く様に聞こえる。

窓の外がさわさわ鳴って、笹の擦れ合う音がする。段段にその音がはっきりして来て、笹の葉が隣りの葉を撫でている音まで聞き分けられた。ほっとして、又風が出たのかと思う。

玄関の戸締まりは大丈夫か知らと思った。何も云わないのに、家内が「さっきかき金を掛けたのでしょう」と云って、人の顔を見た。

東海道刈谷駅

第一章

昭和三十一年六月二十四日の朝、大撿挍《だいけんぎょう》宮城道雄は死神の迎えを受けて東京牛込中町の自宅に目をさました。

彼の家には「撿挍の間」と呼ぶ自室があって、座辺の諸品すべて盲目の彼の手に触れ易く配置してあったが、当日彼が死神に呼び醒まされたのはその部屋ではなかった。大分前から邸内に録音室を造る計画があって、すでにその普請が始まっていた。以前からの「撿挍の間」は周辺の模様変えの為、少しくその位置を動かす必要があったので、その間彼は邸内の演奏場に附属した二つの控え室の中の一つを仮りの居室に充《あ》てて、そこに寝起きした。

薄ら寒く降り続けた夜来の雨が竭《や》んで、二十四日の朝は暗い雲の低く垂れた曇り空であったが、下界の明暗は直接彼にはわからない。しかし生来天候気象の変化に非常に敏感であったから、雨の音はやんでいても雨後の曇天が屋根の上からかぶさっている事は、はたの者に聞かなくてもわかっていたであろう。

起き出したのは八時半頃である。死神は彼から離れはしないが、まだうるさく急《せ》き立てもしない。翌二十五日の晩、大阪の松竹座を皮切りに神戸京都の演奏会で予定されている関西交響楽団の管絃楽相手の「越天楽《えてんらく》による箏変奏曲」の練習をした。彼自身の作曲であり、又すでに幾年も手がけている曲であるが、その練習を繰り返して、「どうも、うまく行かない」と家人に洩らしたと云う。

午後は今夜の出発にそなえて静養したり、庭を散歩したりして時を過ごした。夕方六時半頃食卓につき、常の如くお酒を楽しんだ。食後は明日の晩使う琴爪の手入れをしたが、中中気に入った様に出来なかったらしい。

矢張り今夜の出発の準備として、昨日の朝はいつも呼びつけの床屋を呼んで頭を刈らせた。その時床屋が宮城の顔を剃ろうとしたが、どう云うわけか解らないが、長いこと掛かって少しもはかが行かない。いつ迄も顔が剃れない。手をお留守にして、宮城の顔ばかり見ていた様だと、後になって床屋自身でそう云ったそうである。すでに一日前から彼のまわりに変な事があった様に思われる。或《あるい》は死神は昨日から宮城の家に這入《はい》っていたのかも知れない。

今夜の汽車は八時三十分東京駅発の一三列車急行「銀河」である。七時半過ぎに宮城は家を出ようとした。その支度《したく》に起《た》ち上がった前後から彼の機嫌が悪くなった。急に気分が鬱して来たらしい。ひどく気象に過敏な彼は遠い吹雪とか雷の気配とかで気分に影響を受ける。初夏の晩の事だから、どこかに雷が鳴っていたかも知れない。その所為《せい》だろうとはたの者は思ったそうである。

彼の姪で門下筆頭の高弟牧瀬喜代子が同行する。正面玄関を出て行く二人を夫人貞子は見送ろうとしたが、どうしても見送りに起つ事が出来ない。度度《たびたび》出掛ける演奏旅行で旅馴れている彼ではあるが、大阪神戸京都と幾日かにわたる出立《でた》ちなので、是非見送りたいと思った。又いつだってその門出《かどで》を見送らなかった事はない。ただ今日は、今日に限って先程から何となく気分が勝れない様で臥《ふ》せった儘起ち上がる気になれない。

自動車は門外に待たせてある。その方に向かって宮城が玄関を出ようとした。臥《ふ》せっていた夫人は、しかし矢張りお見送りをしなければ気が済まぬと思い直し、無理に起き上がって廊下の半ばまで来た。玄関を出掛かった宮城と、廊下の夫人との間に死神が這入って夫人の前を遮《さえぎ》ったらしい。夫人は廊下の中途に起《た》ち竦《すく》んだ儘、宮城の後を追って玄関へ出る事が出来なかった。

昼間の内やんでいた雨が、晩暗くなってから暫らくすると又降り出した。宮城はもう帰って来ない自分の家の玄関を出て、冷たい雨滴がぽつぽつ落ちて来る夜空の下を門の方へ辿《たど》って行った。

第二章

宮城が今出て来た牛込中町の家は、もとの構えを戦火に焼かれた後に建て直した屋敷で、後に隣地に立派な演奏場を建て増しして相当に広い構えである。焼ける前の庭にあった梅の古木を宮城は懐しがり、「古巣の梅」と題する彼の文集を遺している。牛込中町の今の家は借家ではないが、それから前に彼が転転と移り仕んだ家はみな借家であった。牛込中町の前は牛込納戸町。門構えの大きな家であった。

納戸町の前は同じく牛込の市ヶ谷加賀町。彼はここで大正十二年の大地震に会った。九月一日の後二三日目に私は小石川雑司ヶ谷町の私の家から彼の安否を尋ねに出掛けた。加賀町界隈《かいわい》には余り倒壊した家もなく、大丈夫だろうと思って行ったが、その家の前の道幅の広い横町へ曲がると、向い側の屋敷の屏《へい》の中から枝を張った大樹の木陰に籐椅子を置き、人通りのない道ばたで晏如《あんじょ》としている宮城を認めてまあよかったと思った。お互に無事をよろこび合ったのを思い出す。

市ヶ谷加賀町の前は牛込払方町。市ヶ谷新見附のお濠端から上がって来る幅の広い坂道を、上がり切って右へ行けば牛込北町の電車道に出る、その坂を鰻坂と云う、鰻坂を上がり切った左側の二階建の借家で、門などはない。馳け込みの小さな家で、二階一間《ひとま》に下が一間《ひとま》、それに小さな部屋がもう一つか二つついていたかも知れない。棟続きの横腹に向かって左手の借家には、時代を異にしてその昔石川啄木が住んでいたと云う。二階建の棟割長屋《むねわりながや》と云う事になるが、その同じ棟の下に二人の天才が住んだ事になる。その家は戦火で焼けて今は跡方もない。

宮城はその払方の家から前述の市ヶ谷加賀町に移った。加賀町の時代から彼の周辺が段段に明かるくなり出した。初めて電話がついたのもその家である。加賀町の家の家賃は這入《はい》った時三十五円であった。払方の家の家賃は知らない。或《あるい》は忘れたのか、よくわからない。

夜は宮城がその坂の上の借家の二階で寝ているのを知っているから、私は下の往来から竹竿の先にステッキを括《くく》りつけて継ぎ足して、長くなった棒の先で二階の雨戸をこつこつ叩いておどかした。後で宮城がくやしがるのが面白かった。彼も若かったが私も若かった。

払方は何年から何年までであったか、宙《ちゅう》でははっきりしないが、大正十年よりは前である。私が宮城を知ったのはこの時代である。

払方の前は日本橋浜町にいたそうだが、その時分の事は私は知らない。余り長くはいなかった様で、半年ぐらいだったかも知れないと云う。

その前は矢張り牛込の市ヶ谷田町。一度日本橋へ出たきりで後はずっと牛込の中で転転している。その市ヶ谷田町に家を構えた前は、町内の田町の琴屋の二階に間借りしていた。それが大正六年の五月朝鮮から出て来た時の住いであった。

牛込市ヶ谷田町の間借りから借家、日本橋浜町、牛込払方町、牛込市ヶ谷加賀町、牛込納戸町、それから今の牛込中町へと、長い苦難の道を歩いて来て、やっと借家でない自分の家になったその中町の宵闇の玄関から宮城は別の所へ行ってしまった。

第三章

「今朝先生お亡くなり遊ばした報道に接し、驚きの言葉さえ出ませんでした。

昨夜、銀河で御元気に御出発、お見送り申上げたのにと一同御話申上げて居ります。

誠に御痛わしい限りであります。

御生前中は私共色色と御厚情賜り感謝致して居ります。

右不取敢御悔み申上げます。

六月二十五日　　東京駅赤帽一同」

宮城門下の機関誌「宮城会会報」別冊の追悼号にこの赤帽のお悔みが載っている。

宮城と牧瀬喜代子を乗せた自動車が、東京駅の乗車口へ著くと、玄関前の廂《ひさし》の下に待機している赤帽達が宮城を迎え、そのまわりを取り巻いて挨拶した有り様が目に見える様である。それは自分達の商売上のお客としてだけでなく、宮城を迎えて如何にもなつかしそうにその元気な顔を見てよろこんでいると云う風である。いつだったか宮城を誘って階上のステーション・ホテルへ食事に来た時、同車した自動車が車寄《くるまよせ》に著《つ》いて宮城が降り立つのを見ると、数人の赤帽が駈け寄って口口に宮城に挨拶した。汽車に乗るのでないから、荷物は何もない。赤帽は荷物を運ぼうとしたのでなく、宮城の顔を見て集まったのである。その時の光景を見て知っているので、「銀河」に乗る為にそこへ著いた彼を迎える赤帽の様子を想像し、お悔み状の言葉が通り一片の挨拶でない事を思う。

宮城は改札を通り、ホームに出て、すでに這入《はい》っている「銀河」の一号車に乗り込んだ。「銀河」は前後の荷物車を除いて十三輛の編成である。その一号車と二号車はもとの一等車で、当時の一等寝台が今は二等のA寝台B寝台となっている。二号車はB寝台ばかり、宮城の乗った一号車はデッキから這入って行った向きで奥の半車がA寝台のコムパアト、手前の半車がB寝台で片側に四つずつ〆て八つの仕切りがあり、それが上段下段に別かれている。

宮城の寝台は入口から二つ目の左側下段の12号であった。喜代子の番号は通路を隔てたその向かい合わせの下段10号であった。

八時三十分の発車なので、寝台は発車前からすでに降りている。乗り込んだ時、通路の両側のカーテンがみな垂れているので、何となく陰気な所へ這入った様な気がしたと喜代子が云った。内部が陰気なだけでなく、冷房の為の二重硝子《ガラス》の車窓は全部閉め切り、黒いカーテンで遮蔽《しゃへい》してあるから、外のホームから見た夜の寝台車は暗い物のかたまりの様な感じがする。

「そうか、一人だけか、今夜は淋しいな」と宮城が云ったと云う。いつも彼が旅立つ時は、だれかしらやって来て見送りが賑やかなのに、今夜は琴匠の鶴川喜兵衛一人だけであった。

鶴川と赤帽に見送られて、「銀河」は発車した。

発車してから宮城は寝台の上で落ちついた。持って来たリーダーズ・ダイジェストの点字版を読んでいた。車中などの読書に点字版は大変便利な様である。寝台の内部には寝台燈《バアスランプ》がついているが、そんな物は宮城に必要ではない。紙の表に打ち出したポツポツを指先で撫でて行けば、我我が活字を読むのと同じ様に意味が通じる。いつか宮城の主治医が往診した時、宮城は東大医学部の報告だか論文だかを点字版で読んでいたそうで、主治医が宮城の勉強に感心した事がある。

若い時に八犬伝を読み、寝てからも読み続ける時は点字の紙を布団の中へ入れて、おなかに乗せて撫でればいい。寒い冬でも手の先が冷えると云う心配はありませんと自慢した事がある。

市ヶ谷加賀町の時分、私は当時の私の学生森田晋を差し向けて、一週に一度か二度彼の為にダンテ、シェクスピア、ゲーテ、トルストイなどの飜訳を読ませた。そんな事が彼の役に立ったかどうだか知らない。森田は夭折してもういない。

急行「銀河」は宵の口に東京を立つので、時間帯の都合で目ぼしい駅へはみな停まる。東京駅を出てから先《ま》ず品川に停まり、横浜から先は大船、小田原、熱海へ一一挨拶する。その間宮城は点字を読み続けていたか、考え事をしていたか、それはわからないが、大分前から新らしく手をつけていた大作「富士の賦」の腹案を車輪の響きに乗せて練っていた事も考えられる。

熱海は一分停車で発車は十時三十三分であった。それから丹那隧道に這入《はい》り、出てから沼津に向かって勾配を走り降りる。宮城はそれ迄にも喜代子の手引きで手洗いに立ったが、最後に十一時頃又喜代子に連れて行って貰った。沼津は十時五十六分著《ちゃく》の五分停車で十一時一分の発である。だから喜代子が手引きした最後の時は沼津の前後であったのだろう。

喜代子は、また手洗いに来る時は私を起こして下さいよと云った。しょっちゅう一緒に旅行しているので、一一そんな事を云う迄もない。それを沼津辺りの十一時の時は、はっきりと駄目を押す様にそう云ったそうである。

死神はそろそろじれている。先ず喜代子を寝かして、宮城と向かい合わせの寝台のカーテンを降ろさせた。その時のお休みなさいの挨拶が、十四の歳に宮城を頼って朝鮮から出て来て以来の、彼との四十年の縁が断ち切られる訣別の言葉であった。早天五時、米原で車掌に起こされる迄彼女は宮城の遭難を知らなかった。次の上りで引き返した時は、すでに宮城は刈谷の病院で息を引き取っていた。

喜代子が寝台のカーテンを降ろした沼津から先の停車駅は、静岡十一時五十五分著三分停車、浜松一時十九分著六分停車、豊橋、岡崎は通過で、三時二十一分に名古屋に著く。しかし名古屋に著いた時はこの急行「銀河」の中にもう宮城はいなかった。

沼津を出て静岡に停まる間に喜代子が向い側の寝台のカーテンを降ろした後、宮城は自分の寝台の中で何をしていたか、それはわからないが、暗闇の中を走り続ける「銀河」が、丁度富士山の麓の近くを過ぎていると云う事は、彼にも見当がつくに違いない。前述の新作「富士の賦」に聯想《れんそう》がつながり、その想を練り或《あるい》は何かの順序を組み立てていたかも知れない。彼はいつもの仕来《しきた》りで魔法罎を持って来ている。中にお酒が二合足らず這入っている。夜が更けて、彼もそろそろ寝ようかと思ったであろう。その前に手酌で一献する。それが宮城の楽しみの一つである。

昭和十五年に私は宮城を誘って、日本郵船の新造豪華船新田丸の披露航海に乗った。今日東京駅で見送った琴屋の鶴川喜兵衛が彼の手引きとして随行したが、晩になると宮城は鶴川を別室にしりぞけ、豪奢な一等船室を一人で独占してにこにこしていた。船室の中はどこを撫で廻しても、とげの刺さる心配はないし、若《も》しころがっても分厚《ぶあつ》な絨氈《じゅうたん》が敷き詰めてあるから大した事はない。寝る時になって宮城は船室のボイに向かい、寝酒にするのだからお燗をした酒を魔法罎に入れて来てくれと命じた。晩餐の席ですでにいい御機嫌になる程聞召《きこしめ》した上での話である。ボイが気を利かして、或《あるい》は大撿挍《だいけんぎょう》の人柄を尊敬して、たっぷり三合ぐらい詰めて来たのを宮城は後で一人になってから、ちびりちびりみんな飲んでしまった。

飲み始めてから、少し飲んだところの見当でこれは多過ぎると思ったそうである。いつもの寝酒の分量の倍はあるらしい。これでは多過ぎると思いながら、そう思い思い結局きれいに空けてから、いい御機嫌で寝たと云う。

新田丸の一等船室の魔法罎は楽しい目出度《めでた》い思い出になった。急行「銀河」のB寝台の魔法罎は死神がお酌を買っている。夕方出掛ける前に家で少少傾けて来た下地がある。汽車に乗っていれば絶えず身体に震動が伝わって来る。廻りが早い様で、いい心持にうっすらして来た。

「オットットットット。こぼれます」

「大丈夫です。馴れたものだ」

「あんな事を、お膝に垂れてるじゃありませんか」

「うるさいな」

「私がお注ぎしましょう」

「あなたはだれだ」

「先生、寝台燈《バアスランプ》を消しましょうか」

「ともっていますか」

「ボイさんが気を利かしたのでしょう」

「どう云う風に」

「あれ、あんな事を仰しゃるけれど見えるでしょう」

「明かりがですか」

「私だって先生には見えているくせに」

宮城はぼんやりして、よくわからないけれど、そう云われればそんな気もする。魔法罎をそこに置き、猪口を罎の口にかぶせて、膝を伸ばして足許《あしもと》のスリッパをさぐった。

「私がお連れしましょう」

宮城は空《くう》に手を出す様な恰好をした。

宮城の寝台から通路を入口の方へ、つまり進行方向の反対の方へ行くと、並んだ隣りの寝台の前を過ぎた所に第一の扉がある。それがこの車室の出入口である。

その扉を開けて出ると、左側にカーテンの下がった洗面所があり、右側に戸の閉まった手洗いがある。その晩の「銀河」の手洗いの戸は、引き戸でなく扉になっていた。

洗面所と手洗いの間の通路の突き当たりは第二の扉であって、それを開ければ次の二号車との連結のデッキに出る。デッキの左右に各ドアがある。その外は車外である。「銀河」は深夜の安城駅を通過して、安城刈谷間の直線線路に乗り、スピードを増して雨風《あまかぜ》の中を驀進《ばくしん》した。

宮城は列車の動揺でよろめきながら、一足ずつに通路を蹈んで手洗いへ行こうとした。喜代子に連れて来て貰っているから、勝手はわかって居り、扉の開けたての順序も覚えている。折角寝込んでいる彼女を起こすがものはない。ひょろひょろしながら第一の扉の所まで来たが、閉まっている筈のその扉が開いたなりになっていた。

扉が開いていると云う事は宮城には見えない。まだその第一の扉まで来ないと彼は思った。

車掌やボイが後を閉め忘れて行くと云う事はない。彼等は必ず閉める。その後で起き出した深夜の寝台客が、手洗いの帰りにでも閉め忘れたかも知れない。しかしただ閉め忘れただけなら、扉の握りをよく引いてなかったと云うだけなら、その内に列車の動揺で大概はひとりでに閉まる。それでも開いていたとすれば、閉まらない様に死神が押さえていて宮城を通したのだろう。

宮城は通路を伝って、手洗いの前を素通りして、第二の扉まで来た。それを第一の扉だと思い込み、開けてデッキへ出てしまった。手洗いは右側にあった事を覚えている。右側の方を手さぐりして、少し離れ過ぎていたがやっとドアの握りをさぐり当てた。手洗いに這入《はい》るつもりで押したが開かない。手洗いの扉は通路の邪魔にならぬ様に向うへ、中へ押す様になっている。おかしいなと思ってこっちへ引いて見たら開いた。

烈《はげ》しい夜風が吹き込み、轟轟《ごうごう》と鳴る車輪の響を押さえて、そこいら一面の水田で鳴いている蛙の合唱が、いきなり耳を打った。「富士の賦」のどこかの段落に入れる合唱を思い掛けた時、驀進する列車の外側へ廻った死神が、宙《ちゅう》に浮いた宮城の片手を力一ぱい引っ張った。

「銀河」ノ発著時刻ハ昭和三十一年夏ノダイアグラムニヨル。後ニ改正変更ガアッテ今日ノ現行トハチガウ。

第四章

午前二時五十三分、全編成の前半分《まえはんぶん》が真暗で後半分《あとはんぶん》が明かるい「銀河」は、安城からの直線コースに乗ったスピイドで一瞬の轟音を残したまま、深夜の刈谷駅の明かりを衝いて大府方向の闇の中へ、赤い尾燈を光らせながら消えて行った。

二十分後に同じく下りの二一列車急行「安芸」が刈谷を通過した。

その後で下り貨物列車一一八九が三時半頃刈谷を通過してから間もなく、午前三時四十六分、下りの次駅大府から刈谷駅に電話の聯絡《れんらく》があった。その貨物列車の機関士が大府駅通過の際、通告票を投下したのである。

「刈谷駅東ガードの所に轢死体《れきしたい》らしきものを見た」

刈谷駅の東方約五百米《メートル》の所に、会社線名古屋鉄道の三河線のガードがあって、国鉄東海道線と立体交叉をなしている。

夜明け前の淋しい駅の本屋の中を、雨気《あまけ》を含んだ重たい風が吹き抜けている。駅長事務室で当務駅長である助役から、

「三河線のガードのところに轢死体があるらしい。君達御苦労さんだが見て来てくれ給え」

と云われた四人の駅員がランプを手に、初夏の未明のうすら寒いホームへ出た。

四人はホームの端から線路に降りて、線路伝いに三河線ガードに向かった。不気味な物を探しに行く足は重たい。四日前の六月二十一日が夏至であったが、曇った空はまだ暗い。足許《あしもと》のレールだけが青黒い光りの筋になって向うへ伸びている。

「君達は上り線を見てくれ、僕達は下り線を見て行くから」

四人が二手にわかれて気味わるく線路を伝った。

やがて目の前にガードの陰が黒黒とかぶさって来た。

すると、その陰の外れの下り線の横に、ぼんやり白い物が見える。

「あれだ」と一人が心の中でつぶやいて、それに近づこうとした時、足と思われる見当の所がむくむくと動いた。

死んでいる筈の人間が動く程こわいものはないと云う。

「や、生きている」と叫んで傍へ駈け寄ると、その白い物が、

「どこかへ連れて行って下さい」とはっきり口を利いた。

二度びっくりした四人は担架を取りに駅へ駈け戻った。線路わきに転がっているその白い物が我我の大事な大事な宮城道雄であろうとは、未だだれも知らない。「白い物」の白いわけは、列車から落ちる前に寝るつもりで、列車寝台備えつけの浴衣の寝巻に著《き》かえていたからである。

もう東の空は紫がかって来ていたが、足許は暗く足場も悪く、その間七八分はかかったと思われるが、担架を持ち出し新たに二人が加わって総勢六人で再びその場へ駈けつけて、三度びっくりした。

先程は確かに煉瓦で築いたガードの橋脚と、それに直角に接する線路際の石垣との間の隅になった所に頭を向け、線路の横のシグナルケーブル線の暗渠《あんきょ》の辺に足がある様な姿勢で仰向けになっていた筈なのに、今引き返して来て見ると暗渠に腰を下ろして線路の方に向かい、膝を抱きかかえる様にして、右手で頭を支えた恰好に変っているのである。

膝をかかえて腰を下ろした恰好は、ふだんからくつろいだ時や落ちついた時に宮城がよくしたなつかしい姿である。

六人が担架を持って再び駈けつける迄、宮城はどうしていたのであろうか。「銀河」のデッキから線路際に顚落した後、二十分おいて急行「安芸」が通っているけれど、その時は発見されなかった。前述の貨物列車一一八九の機関士が、線路わきに「轢死体《れきしたい》」を認める迄、約四十分経過している。その知らせを受けて刈谷駅の駅員が駈けつけ、担架に載せたのが午前四時十分頃と推定されているところから、彼は約一時間二十分程、線路の横に一人で倒れていた事になる。

負傷の状態から判断するに「銀河」のデッキからほうり出された宮城は、からだの左側を下にして地面に落ちたと思われる。それは左の肋骨が三本程折れている事実からの推定であるが、次いでそのはずみで石垣やガードの橋脚の煉瓦柱に頭を打ちつけた為に、合計二十五針の六箇所の裂傷を負ったものと考える事が出来る。石垣に二ヶ所、煉瓦柱の角に一ヶ所と都合三ヶ所に頭髪と血痕が認められた。但し、若《も》し石垣或《あるい》は煉瓦柱に直接頭をぶつけたとすれば、その辺りの「銀河」の時速約九十粁《キロ》のスピイドで衝突する事になり、先《ま》ず即死は免れなかったと考えるのが常識である。しかし宮城は重傷のなり生きている。

思うに、その瞬間、宮城は「しまった」と思ったであろう。そうしてその儘意識を失ったものと考えられる。

約五寸の裂傷が二ヶ所、その他四ヶ所、大まかに縫合して二十五針と云う大怪我であり、レントゲン検査の結果、頭蓋骨底に罅《ひび》や骨折が認められた。人事不省に陥ったのは当然である。

それが夜明けの冷気に打たれて、ふと意識を恢復したと思われる。その時刻は刈谷駅から四人が出掛けた直前であろうと推定される。若《も》しずっと意識があったとすれば、もう少しそこいらで動いたかも知れないと考えられるが、血痕から見て煉瓦柱と石垣との隅になった所が半米平方ほどべっとりしていて、その他に認められる血痕は何れも僅かである点から、落ちた儘の位置が動いていない事を裏書きすると考えられる。

冷気でふっと我に返った宮城は、全身に痛みを感じたであろう。そこへかすかに砂利を踏む足音と人の話し声が近づくのを聞いた。朦朧とした意識の中で、その人声をたよりにし、「どこかへ連れて行って下さい」と云ったのであろう。

四人の駅員達が担架を取りに走り去った後、急速に意識を恢復して、兎《と》も角《かく》も起き上がろうとした。しかしあれだけの怪我であるから、思う様に身体を動かす事は出来ない。先《ま》ず怪我の少い右の手で煉瓦柱につかまろうとしたに違いない。

その為に血痕のつく筈がないと思われる位置に血痕が認められると判断する。やがて漸《ようや》く這う事が出来そうな姿勢まで起き直れたのであろう。そうして危険な事に、線路の方向へ移動したと思われる。

それは前記不審な煉瓦柱の血痕のある所から線路に寄った暗渠《あんきよ》に若干の血痕があり、又線路沿いの砂利が乱れていた事実から推定出来る。

或《あるい》はもっと進んで前に出て、線路にさわっているかも知れない。宮城が果してレールの形態を知っていたかは疑問であるが、急速な意識恢復と記憶の呼び戻しとによって、又は丁度その時刻に上下線どちらかに貨物列車の通過もあったか知れないが、宮城は何か乗り物から落ちたらしい、と既に考えていたのではあるまいか。それに勘も手伝って自分のいる場所に危険を感じ、再び暗渠の位置まで退いて安全を期したものと思われる。その時は既に出血は少くなっていた様で、腰を下ろしていた位置には全然血痕は見当たらなかった。

担架と共に六人が駈けつけて、手分けで肩を、頭を、胴を、足を持ち上げ支えて、そっと担架に載せようとする。驚いた事に宮城は自分から乗ろうとして、どちらかの手は担架の棒を握り、足は自分で載せた。

現場出発は前述の如く四時十分頃と推定される。空が漸《よう》く白みかけている。

線路伝いに構内を約二百米《メートル》進んだ頃、突然担架から尋ねた。

「私は汽車から落ちたのだろうか、電車から落ちたのだろうか」

段段記憶を取り戻して来た事を証明しているが、まだ本当ではない。

一人が、「汽車から落ちられたのでしょう」と答えると、「ああそうか」とうなずいた。

担架に揺られながら、一生懸命記憶を辿《たど》っていた事であろう。なぜ汽車に乗っていたのだろう。どこへ行くのだったか知ら。だれと。何しに。

そうして又尋ねた。

「ここはどこですか」

さっきの一人が「刈谷ですよ」と答えると、「名古屋はすぐですね」と云った。愈《いよいよ》はっきりして来た様である。

やがて刈谷駅のホームで六人の一部が交替して、更に六百米《メートル》許《ばか》り離れた豊田病院へ向かった。

非常に重いので担架を肩に載せて見たと云う。宮城は瘦せているので、何の目方が担架に掛かったのかわからない。

すると宮城が「痛い」と云った。揺れるのを避ける為、再び手で提げて漸く明かるくなった道を病院へ急いだ。

宮城は身体をくねらせる様にして、数回「痛い」と云ったそうである。

一方駅では寝巻によって二等の寝台客である事が判明したので、昨夜の寝台車のある急行に聯絡《れんらく》していたが中中わからなかった。

担架は病院の手前三百米程まで進んだ。

担架の宮城が、「病院はまだですか」と聞いた。一人が「もうすぐです」と答えたが、暫らくしてまた「病院はまだですか」と聞いた。

病院の門はすぐ近くに見えている。少しでも不安を除いて上げようと思い、「もう病院の庭へ這入《はい》っていますから、しっかりして下さい」と力をつける様に答えた。病院著は午前四時四十分乃至《ないし》五十分頃となっているので、約三四十分担架で揺られた事になる。意識ははっきりしていたので、色色云いたい事もあったであろう。病院では看護婦二人が当直をしていた。駅から予《あらかじ》め電話がしてあったので、応急の用意を整えてはいたが、負傷の程度がひどいので、急いで病院長に聯絡《れんらく》した。院長宅は病院の向い側である。

そうして宮城は手術台に載った。二人の看護婦が早速《さっそく》応急の処置に取り掛かったが、受附けの必要上、住所氏名を明かにしようとした。

患者の全身は血と泥と砂で顔もよくわからない。瘡口《きずぐち》にはすでに血餅が出来て泥や砂が食い込み、洗い落とすのが一苦労であったが、その処置をしながら看護婦の一人が、「お名前は」と尋ねた。

すると患者は極めてはっきりと、しかも一気に、

「ミヤギミチオ」と云った。

次いで、「どう云う字を書きますか」と尋ねると、「ミヤはお宮の宮、ギはお城の城、ミチは道路の道、オはおすめすの雄です」とこれ亦《また》極めて明確に答えたそうである。普通の人が冷静な時でも、自分の氏名の文字をこんなに簡単にすらすらと説明出来るものではないだろうと、聞く者が驚歎したと云う。

続いて今度は宮城の方から、

「ここはどこですか」と聞いた。

看護婦が「刈谷の豊田病院です」と答えると、

「刈谷でしたら名古屋は近いですね」と云った。

担架の上でも聞いた。そうして又病院でも尋ねた。自分が今どこにいるのかを確かめたい気持がよくわかる。

看護婦が住所を尋ねた。

「お所は」

しかしそれに答える宮城の声は次第に力が薄れて行った。「東京、うしごめ」まではどうやら聴き取れたが、仕舞いの「ごめ」ははっきりしなかった。

丁度居合わせた駅員の一人と、知らせを受けて立ち合った刈谷署の巡査部長は、ミヤギミチオ、東京、をつなぎ合わせて、さてはと直感した。

それは朝の五時頃だと云う。直ちにその聯絡《れんらく》が刈谷駅へ、名古屋公安室へ、東京駅へと飛び、数分を出《い》でずして留守宅へ通じた。

貞子夫人はその飛電を受けたのが丁度五時と記憶していると云う。

身許《みもと》が判明してからの通知聯絡は非常に早く行った様である。

看護婦の知らせで駈けつけた院長は直ちに処置にかかった。泊り込みの看護婦も全員起きて、総掛りとなって万全を期した。消毒を済まして二十五針の縫合を行う。時時「痛い」とは云ったが、格別苦しんだ様子はなかったと云う。

処置の終った時は五時を余程廻り、六時が近かった。

その場で、血液型の同じだった巡査部長の好意の申し出により、二〇〇ccの輸血をした。脈も強くなり、元気も出た様子が見受けられた。

瘡口以外の汚れは全部洗い清められたが、全身にわたる打撲傷、擦過傷があり、到るところ点点と紫色になっている。

左の肋骨が三本程折れている事が認められたが、一応頭部の手当のみに止め、肋骨骨折の処置はその経過を見てからと診断されて、レントゲン室で頭骨の写真を撮った後、五号室に運ばれた。

宮城は寝台に横になってからは暫らく静かにしていた。しかし院長はもう一度の輸血を発言し、駅員の一人が自分の血液型が同型である事を記憶していて、提供を申し出てくれた。

　二度目の輸血の直前に、宮城は「溲瓶《しびん》、溲瓶《しびん》」と尿意を訴えた。列車内の手洗いに行きそこねた儘なので溜まっていたのであろう。その時の声は余程しっかりしていた様で、後の方にいる巡査部長の耳にまで聞こえたそうである。しかし結局は遺尿したのが一五〇ccぐらいだったと云う。

　第二回の輸血は困難であった。腕の静脈がうまく出ないのである。終に足の方まで調べたが駄目、細い針に取りかえて、細い血管を探し当てて実施したが、一八〇cc程しか這入《はい》らなかった。無意識ではあろうが、よく動いた。

　その後暫らく静かにしていた。院長は一たん院長室へ引き取った。看護婦二人が傍について容態を警戒していた。

　宮城は突然、「腰が」とつぶやく様に云った。

　二人で「腰がどうなさいました」と聞くと、「痛いからさすって下さい」と云うので、痛くない程度にさすっていると、その内にまた突然、

「坐らせて下さい」と云った。

「今看護婦は二人しかいませんし、お起こしする時に痛いといけないですから、皆が来るまで待って下さい」

　とても起こす事は出来ないし、無理に起こす事はよくないのを承知しているので、

慰めるつもりでそう云った。

するとまた途切れ途切れに、

「二人でもよいから起こして下さい、看護婦さん、起こして下さい」と哀願する。両看護婦は気の毒で途方に暮れたが、交互に「皆が来るまで辛抱して下さいね」と胸を搔きむしられる思いで宥《なだ》めたが、宮城の呼吸は、起こしてくれと云う言葉を最後に、次第に静かに浅くなって行った。

看護婦は危険状態と見て取り、鼻孔の所に細い糸を垂らして呼吸の状態に注意を払っていたが、それからは刻一刻と呼吸は浅くなり、脈搏も微弱となり、全くの危篤の状態に陥ったのである。

静かな時間が流れる。病室の前から廊下にかけて、容態を気遣う入院患者や、聞きつけて集まった市民が息を詰める様にして佇んでいる。

突然病室の戸が開いて、看護婦が廊下の薄暗がりを院長室へ走った。人人の不安な目の中をあたふたと院長が病室に這入った。

昭和三十一年西暦一九五六年六月二十五日午前七時十五分、宮城の鼻の前の糸は動かなくなった。

本稿ノコノ章ニ記述シタ事実ハスベテ岡崎市高瀬忠三氏ノ調査ニ拠ル。又文中各所ニ氏ノ記述ヲソノ儘蹈襲シタ。高瀬氏ハ宮城遭難ノ直後、刈谷駅豊田病院等デ、実際ノ模様ヲ調査シテソノ結果ヲ記録シ、急遽上京シテ貞子未亡人ニ手交シタ。ソノ全文ハ宮城会会報別冊ノ追悼号ニ載ッテイル。カケガエノ無イコノ貴重ナ記録ヲ纏メラレタ高瀬忠三氏ニ、私モ心カラノ御礼ヲ申上ゲル。

第五章

二年後の昭和三十三年六月五日の夕方、私は九州八代《やつしろ》からの帰りの汽車を博多駅で上り急行四〇列車「西海」に乗り換えた。

博多を出てから同行の平山三郎君と食堂車に這入《はい》って、寝る前の一献を試《こころみ》ようとしたが、杯を重ねてもお酒が少しも廻らない。

この急行は今夜暗い間に山陽道を走り抜けて、明日の朝十時十四分東海道刈谷駅に一分停車する。

今度の旅行に立つ前からの心づもりに従い、刈谷で降りて宮城遭難のその地点へ行って見ようと思っている。明朝の予定のその事が気に掛かり、何となく鬱して面白くない。そう思って来たのだから、行きたいと思う。しかし行きたくない様な気もする。

出発前に東京で最初に思い立った時は、刈谷で降りたらその晩は刈谷の宿屋に泊まり、二年前のその時お世話になった人人とお坊さんをよんで、宮城の為に供養の酒盛りをしよう。興到れば或《あるい》は座間に宮城が加わる事もあろうと考えたりした。

数日前、九州へ行きがけの下り列車が薄暮の刈谷に近づいた時、夕空の下に立った白木の柱が宮城の顚落した地点を教えているのを車窓から見て、一時に私は昏乱した。刈谷に泊まって、その時の話を人人の口から聞く勇気はない。刈谷へ立ち寄るだけでも気が進まなくなった。一たびは、帰りは真直ぐに東京へ帰ってしまおうかと考えた。

しかし折角思い立った事であるから、長居をせず、その事に深入りしない気持で、寄るだけは寄って来ようと思い直した。今乗っている汽車はその刈谷へ向かって走っている。

片づかない気持の儘で杯を伏せて寝台車に帰り、起きていても仕様がないから、まだ早いけれども寝た。

よく眠れなかったが、丸っきり寝ていないわけでもなかったのだろう。うとうとしたり薄目になったりしている内に汽車が走って夜が更けた。広島を午前零時一分に出た筈だが、その時ははっきりしていない。

その後、どの位経ったのかよくわからないが、気持のいいスピイドで走り続けていた震動が急にゆるやかになり、段段静まって、すうっと停まってしまった。どこかの駅に著《つ》いたのではない気配である。

静かになったので、すっかり目がさめてしまった。

水の底に沈んだ様で、物音一つしない。

その儘で、しんとした儘で、二時間近く経過した。

前を走っていた貨物列車が、どこかの踏切りでトラックにぶつかった事故だと云う。

それは朝になってから教わって初めて知った。

随分長い臨時停車で、全列車の中の眠っていない人達は、その間何をして何を考えていたのだろうと思う。

時間が経つにつれて段段目が冴えて来て、もうこの儘朝まで眠られないのではないかと思ったが、その内に何のきっかけもなく、ことりと軽く揺れて、そうっと動き始めた。横になった儘、ほっとした気持がした。次第に速くなり、寝ている下から震動が伝わって来て、規則正しい響を耳で繰り返していると次第に眠たくなって来た。

明かるくなってから起き出した。まだ早いと思ったけれど、刈谷の事が気になってもう寝ていられない。

停車駅の発著《はっちゃく》の時刻は、すっかり滅茶滅茶に乱れていて、丸で見当がつかず、心づもりを立てる事が出来ない。名古屋に近づく前、車掌が来て、二時間弱遅れていたのを、ここ迄の間に約三十分取り戻した。只今の遅延は大体一時間半ぐらいだと云った。

刈谷へは行く、しかし泊まる事はしない、名古屋へ引き返して、午後の第四列車「はと」で東京へ帰る事にする。そうときめた上は鞄《かばん》その他、刈谷へ持って行っても用のない手廻りの荷物を、行ったり来たりに持ち歩く必要はないと云う事になって、平山君が名古屋のホームで会う事になっている友人に預け、刈谷から引き返して来る迄ホームの事務室に置いといて貰う事にした。

刈谷は名古屋から六つ目の駅である。刈谷駅へは私が宮城の事でお邪魔すると云う前触れなどしたくない。いきなり黙って下車するつもりであったが、右の名古屋駅ホームの手荷物の一件ですっかり筒抜けになってしまった。

十時十四分著の筈の刈谷へ著《つ》いたのは十一時半を廻っていた。ホームに駅長が待ち受けていて恐縮した。

駅長室にお邪魔して小憩《しょうけい》する。二年前のその時の駅長ではないそうである。しかし宮城の事に関しては非常に気を配って居られる。その好意に甘えて、事務の忙しい中に色色御無理を願った。

供養塔にお経をあげる坊さんを呼んで貰う様に頼んだ。暫らくして老僧が二人駅へ来た。

供養塔のあるその地点は刈谷駅の構内に接しているので、二年前駅員が駈けつけたり担架を運んだりした線路伝いで行けば近いが、私共やお坊さんがそんな所をふらふら歩く事は出来ない。駅の玄関から自動車で、初めは反対の方角へ走り出す廻り道をして、供養塔の境内の前へ来た。少し高みになっているすぐ下を、安城刈谷間の複線の線路が走っている。

一緒に来てくれた駅長とその地点へ行こうと思う。線路際へ降りる前の、石垣の崖の上に農家が一軒ある。そこで飼っている雞の糞を蓆《むしろ》にひろげて日なたで乾かしてある。今日はお天気がよく、日が照りつけて暑い。雞の糞がむらした様なにおいを発して辺りが臭い。

宮城が落ちた所はすぐこの下である。そこへ自分の足で行って見ようと思う。今日はいいお天気で、空が綺麗に晴れて、大変暑い。雞の糞が乾きかけている。乾きかけだから臭い。

駈け降りる様にして線路際へ降りた。駈け出したのではないが、足場が悪いからひとりでにそうなる。線路際から右を見ると、きらきら光る線路が安城の方へ一直線に走っている。左のすぐ目の前に三河線のガードがある。ガードの橋脚に積み上げた煉瓦が一つずつ、ばらばらになってはっきり目に映る。前にガードがあってその横に石垣がある。石垣とガードの煉瓦の橋脚が接する所は隅になっているから、少し薄暗い。何となくじめじめしている様でもある。煉瓦の橋脚に一ヶ所、石垣に二ヶ所、宮城の頭髪と血痕がついていたと云う。その隅になった所にたたずみ、一寸《ちょっと》その場所へ寝て見ようかと云う気がする。しかし石垣の上の雞の糞は臭かった。あれはまだよく乾いていないから臭い。この隅になった所は変に薄暗いが目をあげて空を見れば綺麗な空がよく晴れて、日が照るから暑い。どうも今日は大変暑い。

傍にいる駅長に、「今日は暑いですな」と云ってその線路際を離れた。

供養塔の前に戻り、お坊さんの読経を聴き、お線香を上げて、おがんで引き揚げた。

もう帰ろう。早く帰ろう。長居は無用で、日蔭がないから暑い。

第六章

供養塔のある場所は線路が走っている地面からは一寸《ちょっと》高くなっている。辺り一帯が低い丘なのだろう。だから宮城が落ちた箇所はその断面の石垣になっている。

しかしその丘は上リの次駅安城に向かう方向でじきに尽きて、その先は一面の水田である。生え揃った稲の葉が風にそよいで青い波を寄せている。

死神に引き落とされたものなら仕方がないが、又そうだとすれば死神は最も効果的な地点と条件を選んで、石崖とガードの橋脚が屏風《びょうぶ》を立てた様な隅になっている所へ引っ張ったのは当然かも知れないが、下リで安城を通過して刈谷の構内へ入る前の左側、つまり宮城が落ちた側は、線路がその低い丘の陰に入るまで一帯の水田が展《ひら》け、座席に腰を下ろした儘で見える車窓のすぐ下の稲の葉は、汽車が通る為に起こる風に乗って戦《そよ》いでいる。

落ちるならほんの二三秒前、一二秒前、その水田が車窓の下まで迫っている所で落ちればよかった。小田の蛙を潰したかも知れないが、又御本人も擦《す》り疵掠《きずかす》り傷《きず》、腰の骨ぐらいは打ったかも知れないが、田の水で溺れる事はないだろう。ばちゃばちゃやっている内に、泥まびれの撿挍《けんぎょう》が救い上げられて病院へ運ばれて、大した事もなければ太平楽をならべ出したであろう。昔昔、彼と一献して話がもつれた。「いいえ、いえ、わっしの眼の白い内はそんな事はさせません」と云った。汽車から落ちて田の中から這い上がって来たりしたら又何を云い出すか、ついそんな事を想像してほんのちょっと先の、二三秒後の、煉瓦の橋脚と石崖とで出来た薄暗い隅を思う。

第七章

肥後の熊本から豊後の大分へ、九州の胴中を横断して走る豊肥線の中程に豊後竹田の駅がある。

　先年の九州大水災の折、私はその雨に追われる様に熊本を立って大分へ向かった。途中山雨に濡れた豊後竹田に汽車が停まった時、ホームの向うの空いている線路に、脚の長い明かるい雨が降り灑《そそ》いでいるのが見えるのに、ホームの地面はさらさらした様に乾いている。軽い砂埃を立てながら、長い竹帚を使っていた若い駅員が、掃くのを止めて、帚に靠《もた》れた様な姿勢になってじっとしている。

　ホームの拡声機から「荒城の月」が流れている。若い駅員は歌が区切りになるまで動かなかった。車中の子供を連れた若いお母さんが小さい声で合唱している。歌が終ったら山雨の中に汽笛の音が流れて、汽車が動き出した。

豊後の竹田が「荒城の月」の作曲者瀧廉太郎のゆかりの地である事を知らなかった。その時の感銘を思い出し、東海道刈谷駅と宮城道雄を聯想《れんそう》した。

宮城は奇禍に遭ったのである。刈谷は遭難の地である。しかし歳月の流れは急行「銀河」よりも速い。「ほんに昔の昔の事よ」となるのはすぐである。天才は生きられないものときまっているなら仕方がない。もう過ぎた事として、彼がその地で眠った刈谷をゆかりの駅とし、豊後竹田の「荒城の月」に倣《なら》って、通り過ぎる旅客に宮城道雄の琴の音を聴かせたいと思い立った。

刈谷を通る汽車がホームに停まったら、拡声機を使って彼の作曲を放送する。短かい停車時間を利用するのだから、一つの曲を初めから仕舞までと云う事は困難であり、又その必要もない。名曲とか傑作代表作を選ぶ必要もない。寧《むし》ろ人の聴き馴れた、耳に馴染みのある曲の方がいい。或《あるい》は宮城の作曲でなくてもいい。「六段の調」「千鳥の曲」の様なよく人が知っている物を宮城が自分で演奏しているのでもいい。

刈谷に汽車が停まるとホームから琴の音が流れる。宮城道雄を思い出す人もいるだろう。特に上リの場合は、その後で発車するとじきに供養塔のある傍を汽車が通る。下リの場合は窓外にその柱を見線路際の低い丘の上の柱に気がつく人もいるだろう。

て刈谷駅に入り、停まったらホームから琴の音が聞こえると云うのも感慨を誘うだろう。

刈谷駅の旅客列車の発著は、今夏の現在上下合計六十六本である。その外に上下各十九本の通過列車があって、特別急行を始め「銀河」などもその一つであるが、停まらない汽車を相手にする事は出来ない。また停まっても夜更け、深夜、早朝はいけないだろう。

「荒城の月」の豊後竹田の発著《はっちゃく》は、同じく今夏の現在で上下合計二十二本である。但しその中には竹田止まり、竹田仕立ても幾本かあるから、全部が竹田駅を通過するわけではない。その中をどう云う風に選んで放送しているのか、それは知らないが、竹田駅に比べて刈谷の発著数は三倍である。一つは九州の山の中であり、一つは東海道の表筋である。発著が頻繁であれば駅の事務は忙しい。私の考えた事が実行に移せるか否か、心許《こころもと》ない様でもある。

先《ま》ず国鉄本社の許可を得る事が先決である。その係りの見当をつけて、旅客課へ申し入れた。

数日後に課長の意嚮《いこう》を伝えて次の様な返事があった。かねがね必要以外のことを放送するなと指導しているのに、この事に就いてだけは例外として放送するよう本社から指示するのは困る。しかし折角のお話だから本社は知らない事にして現地の駅、管理局へ話して見たらどうか。

この返事を貰って安心した。「本社は知らない事にして」と云うのは大変好意のある計らいである。それでは近い内にその所轄の名古屋管理局へ行って来ようと思った。そう思った儘、まだ腰を上げない内に私がそんな事をもくろんでいると云う記事が、鉄道関係の新聞や週刊雑誌、その他一二の印刷物に載った。名古屋へ行って、御無理でもお聴き済みを願う様に頼もうと思っているところへ、先にその願いの筋が洩れてしまって困ったと思った。洩れた上は、先方で却下するつもりになったら、そのつもりを固めて待ち受けるから、押し返すのが困難になる。

ところが実際は私がまだ起《た》ち上がらない前に、それ等の記事で話がすらすらと進み出し、数月後私が名古屋管理局へ行った時は、まだいろいろ頼む事もあったが、半ばは御礼言上に出頭した様な形になっていた。現に私の乗った下り「西海」が名古屋に著く前、刈谷に一分停車した時は、ホームの人人の頭の上に宮城の琴の調べが流れていた。

「荒城の月」の豊後竹田に次いで、これからは東海道刈谷駅で旅客は宮城道雄の琴の調べを聞くであろう。

もう一つ私は考えている事がある。宮城の遭難を昔の昔の事とした気持で、線路際の供養塔のある場所にお縁日が立つ様になればいいと思う。いろんな露店が並んだり見世物が掛かったりする事を想像する。しかしお縁日にお詣りすれば、何かちゃんとした御利益《ごりやく》がなければならない。どう云う御利益を授ける可きか、私も考えて見るが御本尊の宮城はもう忙しくはないだろうからとっくり考えておきなさい。

神楽坂の虎

神楽坂の牛込見附へ下りる坂の方に向かって右側にある幅の広い横町の先へ、家内と、以前手伝いに来ていたおこうさんと云うおばさんとが行っている。何しに行ったのかはわからないが、後から私が出掛けてその横町へ行った。先の方が降り坂になっている。本当は神楽坂にそんな横町はないが、私がその横町のだらだら坂を下りた時が丁度夜中の十二時であった。

家内とおこうさんとに会い、今十二時だがお鮨が食いたいと云った。右側の二階建の鮨屋はお馴染みである。しかしもう十二時を過ぎたので看板を下ろして戸を閉めている。未練があって表の戸を引っ張ったけれど、開かないし、開けてくれても駄目だろうと諦めた。

その店はあきらめても、鮨はまだ食べたい。神楽坂の表通へ出れば、起きている店があるだろう。家内とおこうさんをうながし、三人でその横町をもとへ戻って表通に出た。

表通の向うの坂に掛かる手前は、まだ町が明かるく人の影が雑沓している。そこまで行く間に、お屋敷の屛《へい》が続いて薄暗い所がある。三人連れの先頭に立って私が歩いて行くと、薄暗がりに大きな虎が五六匹、道の両側に別かれてのそのそしている。驚いたけれども、あわててはいけない。後ろの二人にもその儘そうっと歩いて来る様に云って、虎の間を通り抜けた。何もしないし、追っ掛けても来なかったが、その先の明かるい所へ出て、ほっとした。

小石川の白山下の辺りでは、夜になると、どの家でも飼い犬を表へ出して放すと云う話を聞いて寝たので、その話の飼い犬が虎になったのかも知れない。

明かるい町の矢張り右側に鮨屋があった。しかしもう十二時を過ぎているので、店には這入《はい》れなかった。人ごみの中を暫らくうろうろしたが、それでは江戸川橋の近くの鶴巻町辺りへ行けば、或《あるい》は起きている店があるかも知れないと思いついた。私の家は目白台の往来に面した馳け込みの二階家で、そこから出て来たのだが、鶴巻町の方へ行くのは少し廻り道になるけれど帰り途であって、家へ近くなる。

神楽坂の坂上から引き返して、又さっきの薄暗い所に掛かった。矢張り大きな虎が五六匹、屛際の薄闇にのそのそしている。息を詰める様な気持でその間を通り抜け、矢来の坂を江戸川橋の方へ降りて行った。

気がついて見ると、さっきの中の一匹が私の後をつけている。これはいけない、大変だと思った。走り出しても虎の方が速いに違いないから逃げる事は出来ないだろう。成《な》る可《べ》く気を落ちつけて歩いていると、後ろの虎が、赤い物がほしいのだと云った様な気がする。

私は著物《きもの》を著て、黒い前掛けを締めている。歩きながら、前掛けの紐はほどかずに、前の垂れの所だけをぺりぺりと引き裂いて千切って、後ろの虎の鼻先へ投げ捨てた。黒い前掛けだから、千切った切れは赤くはないが、それで間に合わしたのか、虎はその切れを押さえたり食い千切ったりして、揉みくちゃにしている。

その間に虎から離れて往来を左へ曲がり、鶴巻町の通へ出た。矢張り右側に今度は平屋《ひらや》の鮨屋があって、今、店を仕舞いかけている所であった。表に起《た》っていた若い男に、食べさしてくれないかと頼むと、店の中はもうあの通り片づけてしまったが、店の外の腰掛けでよろしかったらどうぞと云った。それでは頼む、お酒もつけてくれと云うと承知した。お鮨は何にするのか、と家内が云った。何でもいい。何でもいいでは向うが困るでしょう。それでは、まぐろと穴子だけにしよう。

穴子は家内の好物だから、そう云う事にしてやった。そこへさっきの虎が往来の向う側へ来て、じっとこっちを見ている。お鮨どころではない。家内が向う側へ行って、虎がこっちへ渡って来ない様に構っている。羽織を脱いて与えた。羽織の裏が赤い。

本当は家内は婆だから赤い裏ではないが、赤かった。虎がそれを押さえている。しかしいつ迄もそうしてはいないだろう。

鮨屋の若い衆の傍に旧式らしい鉄砲を持った小父さんが起っている。大変煙の出る弾が二発這入っていると云う。しかし今打てば家内に当たるかも知れないから、打つ事が出来ないのだと云った。

虎が大分荒れて来たらしい。こわい目をしてこっちを睨んだ。その時小父さんが鉄砲を打った。虎の胸のあたりに命中した。すぐに横倒しに倒れて、土の上で見ている内に死んでしまった。弾が当たって死ぬまでの様子をありありと見てこわくなったが、それで一安心した。

私が目白台の家から出掛けた後へ、大阪から電話が掛かって来て、そのことづけがこの先の酒屋に伝えてあると云うので、そっちへ行った。酒屋と云っても店ではない。裏門の様な所から這入《はい》って行くと、庭が濡れていて足許《あしもと》が悪く、一寸躓《つまず》いた拍子に左の下駄の鼻緒がぷつりと切れた。足の裏に泥がついて気持が悪い。上り口に大きな下駄が一足脱ぎ捨ててあったからその片足を借りて、井戸ばたで足を洗ったら、井戸水が油の様にぬるぬるしていた。

縁側から座敷へ這入ると女中が幾人も行ったり来たりしていて、何となく気配があわただしい。その先の奥へ行こうとしたところへ、いきなり又虎が馳け上がって来た。

神楽坂の薄闇にいた中の別の一匹に違いない。私をつけて来て、私に掛かろうとしている。あわてて、どうしたらいいかとうろたえている私の前へ、女中の中の脊の高い一人が、飛んでもなく大きな鮨桶《すしおけ》を持って来た。鮨桶の内側は朱塗りで真赤である。その赤い鮨桶を私は虎にかぶせて、虎を伏せてしまった。

私は伏せた鮨桶の上に乗り、手で底を押さえて底を潰して虎を押し潰した。初めの内は桶の中で動いていたが段段に手ごたえがなくなり、おとなしくなって、もう大丈夫と思われたから被せた桶を取りのけて見ると、虎は潰れて死んでいる。しかしまだ所所ひくひくと痙攣している様だから、生き返らない様に処置しなければいけない。大きな薪割りの鉈《なた》を女中が持って来てくれたので、それで虎の胴体を二つに叩き斬った。

大変な仕事であったが、自分ながらえらい力だと思う。暴虎《ぼうこ》馮河《ひょうか》の暴虎、虎を手搏ちにするとはこの事である。

もう大丈夫だろう。しかし神楽坂の薄闇にはみんなで五六匹いた。まだ後が残っている。どうかしなければならないと思う。鶴巻町で煙の出る鉄砲を打った小父さんは、この家の別棟の二階にいると云う。後の虎をどうかしてくれと頼みに行こうと思っていると、だれかが、小父さんは新らしい弾をつめて行って明日の朝までにみんな始末すると云っていると教えてくれたから、それならいいと思った。

気をゆるめて、そこいらにいるだれだかわからないがみんなとくつろいでいる座敷へ、いきなり又虎が上がって来た。五六匹いた中の一番大きい虎である。顔だけでもお盆ぐらいある。私をつけて来たに違いない。しかしまだ私の方を見てはいない。

どうしていいかわからない。後ろに押入れがある。押入れの中に隠れようと思う。すぐに嗅ぎつけるかも知れないが、こうして、この儘坐ってはいられない。押入れの襖《ふすま》を開けて見ると、下の段には布団が詰まっているが、上は空いている。上の段へ這い上がって襖を閉めた。虎と同じ平面にいるよりは、こうして少しでも高い位置を占めた方がいいだろう。虎が襖の前まで来たら、それから先はどうしたらいいかわからない。虎はまだこっちへは来ないらしい。襖を細戸に、やっと外が見えるくらい開けて見た。座敷の畳が白白《しらしら》と白《しら》けている。中から見えない所にある何だか解らない物の影が畳の上に射している。しかし虎の影ではない。その影は丸で動かない。辺りがしんとして何の物音もしない。ただ虎の気配ばかりで息も出来ない。身体じゅうの骨が、からだの中で石の様に重たくなった。

解説　仮りに揺揺の方を……

松浦寿輝

「揺揺《ようよう》と云う玩具を弄《もてあそ》んで寝た」と始まる内田百閒の随筆がある（「羽化登仙」）。すると入眠時のまどろみの中で何やら軀が軽く上下に揺れているような気がしたのだという。また別の折りにほろ酔い機嫌でヨーヨーを上下させていたときにも、「手を止めている間に、自分の体の方が、ゆらゆらと浮き上がる様に思われ出した」。この子どもの玩具の「不思議な躍動」はいったい何なのか。

……その顫動は、直ちに糸を支える指頭に感じ、指は揺揺と人体との媒介に立って、揺揺が揺れれば、人体はそれに従って揺動を受ける。たとえ仮りに揺揺の方を固定して考えれば、揺揺を弄ぶ人の体と魂とは、糸を摘んだ指頭を媒質として、その律動の度毎に、ゆらゆらと上下に躍っている事にもなるのである。そのどちらが固定し、どちらが動くかの兼ね合いは、酒に酔い或は眠りに入る前のあやふやな気持では、判然しないらしいのである。

指先に震動を伝えながら上下しているのはもちろんヨーヨーの方である。だが、「仮りに揺揺の方を固定して考えれば」、ゆらゆらと上下に躍っているのは今度は自分の軀の方であり、その恍惚ときたら何やら羽化登仙の境地に遊んでいるような気さえするほどだ。はて、揺れているのはわたしか、ヨーヨーか。

このあたりに百閒の文章の不思議を解く鍵がありはしまいか。ふつうならばじっと固定して動かないはずの散文的な現実が、いきなり身じろぎしてゆらゆらと躍り出す。たとえばこれが幻想文学というやつだ。その種のありふれたイリュージョンとそれが惹起する驚きなら、ドイツロマン派にもシュルレアリスムにもごろごろしている。だがそうした不気味な律動があるということを認めたうえで、さらにもう一つ事態を反転し、「仮りに現実の方を固定して考えれば」どうか。何かに酔っ払ってしまったような眩暈の中で、まるでわたしの軀それ自体がふわりと浮き上がってはまた急降下し、そんな運動をきりもなく繰り返しつづけている。躍り回る幻を目の当たりにして驚いている余裕などもはやない。いつしか幻の方が定点となって宇宙の不動の中心となり、わたしの方が何ものかに振り回されて宙を舞っているからだ。

書物のページを繰っている、そのわたしの指に、なまめかしく顫動する糸が絡みつき、糸の先にはヨーヨーが高速で回転していて、ぐっと遠ざかってはまたいきなり距離を縮めてくる。その謎めいた運動の反復が、リズミカルな距離の伸び縮みが、わたしを羽化登仙の恍惚に誘うのだが、ただその場合にわたしとヨーヨーのどちらが固定し、どちらが動いているか、そのあたりの「兼ね合い」がどうも「判然しない」。このヨーヨーが、百閒の文章なのである。

たとえば「サラサーテの盤」という傑作で、得体の知れないヨーヨーのような行ったり来たりを繰り返すのは、死んだ友人中砂の細君、おふささんだ。呼んだわけでもないのにやってきて、あなたはわたしに債務を負っているはずだとぼそりと言う。求めているものを返すといったんは帰ってゆくが、その同じ晩にまた戻ってきて、債務はまだ他にあるはずだと暗い声で執拗に迫る。かと思うと、所用で足を伸ばした郊外の町で、いきなり行き会って、死んだ夫に対する恨み言を洩らしては「きっとした目つきで私の顔をまともに見」る。いったいこの女とわたしはどういう糸で繋がっているのだろう。だが、本当の不気味はその先にある。「仮りに揺揺の方を固定して考えれば」、糸の先についたもう一つのヨーヨーのようなものと化し、離れたり近寄ったりを繰り返しているのはむしろわたしの軀の方なのではないか。揺るぎなく安定していると信じていた生の姿は崩壊し、神経を病んでいるのはひょっとしたらわたしの方ではないのかという恐怖がそくそくと迫ってくる。「南山寿」で唐突な出現を繰り返し、粘りつくような図々しさを示す「新任の教官」とわたしもまた、これと似たような糸で結ばれているのかもしれない。

では、何がわたしをそんなふうに振り回しているのか。世界そのものだろう。このうつし世は、その存在自体が恐怖としか言いようのない謎めいた「物」たちに満ちみちている。その一つ一つがわたしの軀をくるくると回転させ、浮き上がらせたり墜落させたりしているようだ。屋根の上を転がり落ちてくる小石の「小さな固い音」。地の果てのような東北の町で食べた「気味が悪い程大きな」鰻の蒲焼の串。夜中の決まった時刻に目覚めては死んだ父親と一心に話している小さな女の子。晩になると「ぎらぎらした様な色で」光る睡蓮の花びら。そして何よりも、ツィゴイネルワイゼンの録音に混入している「小さな丸い物を続け様に潰している様」な作曲家サラサーテの声。地に足を着けて静止しているのは自分の軀だと信じ、それとの距離で世界の様々な事物の位置を計測しているつもりでいたものだが、ふと気づけばどうだろう、それから多種多様な不気味な「物」たち——ラカンならば対象aとでも呼ぶだろう——の方が、てこでも動かない強情さで足を踏ん張って、世界のあちこちで不動の定点をなしており、そこから伸びた糸の先にわたしを吊るし、思うさまに振り回しているようではないか。

ほとんど神品とさえ呼びたい「菊の雨」は、いわばこうしたヨーヨー的身体体験を生な純粋形態で露出させている驚くべき掌篇だ。観菊の会に招かれた百閒は、御苑の広場で眩いばかりの菊の数々を見て帰宅する。と、眼前に奇態なヴィジョンが現出する。「一つ一つの花を区別して思い出す事は出来ないのであるが、花壇に向かって左から右へ観て行ったのと逆に、右から左へ不思議な色の帯が流れる」。実際には右へ右へと見ていったのに、今つい目と鼻の先に燦然と輝いている幻は、その逆に左へ左へと流れてゆく。方向が正反対なのだから、単なる記憶の蘇りといったものではこれはない。ヨーヨーの代わりにいつの間にか自分の身体が上下しはじめていたという、ちょうどそれと同じことがここでもまた起こっているのである。

二十三の断章からなる「東京日記」で語られている多くの幻覚も、その底にはことごとくこのような身体感覚を秘めている。皇居のお濠から巨大な鰻がぬるぬると這い上がってくる「その一」で、現実が非現実へと滑り込んでゆく、その閾をなす瞬間に起こっていたのはどんなことであったか。いちめん白光りを湛えたお濠の水が少しずつ、あっちこっちに揺れはじめる。「ゆっくりと、空が傾いたり直ったりするのかと思われる位にゆさりゆさりと動いているので、揺れている水面を見つめていると、こっちの身体が前にのめりそうであった」。揺れているのは、水か、こっちか。

そのとき、当然、わたしたち読者にもまた、「仮りに揺揺の方を固定して考えれば」という、この一見馬鹿々々しい仮定を自分自身の身体に課してみることが求められている。百閒を読むとは、世界の細部を起点として不意に始まり、いたるところにゆっくりと波及してゆくこの存在論的な「揺れ」に同調して、みずからの軀がゆらゆらと躍り出し、不気味な行ったり来たりを開始するのをなまなましく感得し、それに耐えつづけることだ。本書のあらゆるページであなたを待ち受けているのは、この「揺れ」のうちに羽化登仙の恍惚と「総身の毛が一本立ちになる様な」(「サラサーテの盤」)恐怖とを同時に味わうという、分裂病的な仮想体験なのである。

〈内田百閒〉解説

三島由紀夫

現代随一の文章家

もし現代、文章というものが生きているとしたら、ほんの数人の作家にそれを見るだけだが、随一の文章家ということになれば、内田百閒氏を挙げなければならない。たとえば「磯辺の松」一篇を読んでも、洗煉の極、ニュアンスの極、しかも少しも繊弱なところのない、墨痕あざやかな文章というもののお手本に触れることができよう。これについてはあとに述べるが、アーサー・シモンズは、「文学でもっとも容易な技術は、読者に涙を流させることと、猥褻感《わいせつかん》を起させることである」と言っている。この言葉と、佐藤春夫氏の「文学の極意は怪談である」という説を照合すると、百閒の文学の品質がどういうものかわかってくる。すなわち、百閒文学は、人に涙を流させず、猥褻感を起させず、しかも人生の最奥の真実を暗示し、一方、鬼気の表現に卓越している。このことは、当代切ってのこの反骨の文学者が、文学の易《やさ》しい道を悉《ことごと》く排して最も難事を求め、しかもそれに成功した、ということを意味している。百閒の文章の奥深く分け入って見れば、氏が少しも難かしい観念的な言葉遣いなどをしていないのに、大へんな気むずかしさで言葉をえらび、こう書けばこう受けるとわかっている表現をすべて捨てて、いささかの甘さも自己陶酔も許容せず、しかもこれしかないという、究極の正確さをただニュアンスのみで暗示している、皮肉この上ない芸術品を、一篇一篇成就していることがわかる。しかしこれだけの洗煉された皮肉、これだけの押し隠した芸、これだけの強い微妙さが、現代の読者にどれだけ理解されるであろうか。何でもよい、百閒の名品を一篇とりだして、「芸術品とはこういうものだ」と若い人に示したい気持に私は襲われる。それは細部にすべてがかかっていて、しかも全体のカッキリした強さを失わない、当代稀《まれ》な純粋作品である。

俳画風な鬼気

お化けや幽霊を実際信じていたらしくて、文章の呪術的な力でそれらの影像を喚起することのできた泉鏡花のような作家と、百閒は同じ鬼気を描いても対蹠的な場所にいる。百閒の俳画風な鬼気は、いかにも粗《あら》い簡素なタッチで表現されているようでいて、その実、緻密きわまる計算と、名人の碁のような無駄のない的確きわまる言葉の置き方によって、醸《かも》し出されているのである。

常識で考えて、お化けや幽霊は、そこに現実の素材として存在するのではない。従ってお化けや幽霊を扱う作家は、現実の素材やまして思想や社会問題によりかかって作品を書くわけではない。彼が信ずべき素材は言葉だけであり、もし言葉が現実を保証しなければ、それは一篇の興味本位の物語になり、いちばん大切な鬼気もあらわれないから、言葉の現実喚起の力の重さと超現実超自然を喚起する力の重さとは、ほとんど同じことを意味することになる。そこに百閒の、現実の事物の絶妙のデッサン力と、鬼気の表出との、表裏一体をなす天才が見られ、それがすべて言葉ひとつにかかっていることを考えれば、鏡花のように豊富な言葉の想像力に思うさま身を委ねた作家と、百閒のような一語一語に警戒心を怠らぬしたたかな作家と、どちらが本当の意味で「言葉を信じて」いるか軽々に言えないのである。

幻想的小品の「東京日記」

「東京日記」はそういう意味で、一面から見れば百閒の正確緻密な観察力に基づいたドローイングの集成でもあり、一面から見れば一つ一つが鬼気を生ずるオチを持った幻想的小品の集成でもある、という無類の作品である。幻自体も、醍めた目じおそろしいほど的確に眺められている。初読後三十年ちかくもなるのに、丸ビルの前をとおるたびに、この作品（その四）の、丸ビルのあった辺りの地面に水溜りがあって、あめんぼうが飛んでいた、という描写が思い出され、その記憶のほうが本物で、現実の丸ビルのほうが幻像ではないか、と錯覚されることがある。文章の力というのは、要するにそこに帰着する。

「東京日記」は、異常事、天変地異、怪異を描きながら、その筆致はつねに沈着であり、どこかにきちんと日常性が確保されているから、なお怖いのである。たとえば「その一」を見よう。

「私の乗った電車が三宅坂を降りて来て、日比谷の交叉点に停まると車掌が故障だからみんな降りてくれと云った」

そこまではよくあることだ。しかし、大粒の雨、無風、ぼやぼやと温かい空気、時ならぬ暗さ、という設定の裡《うち》に、

「雨がひどく降っているのだけれど、何となく落ちて来る滴に締まりがない様で、……」

という一行に来ると、この「何となく落ちて来る滴に締まりがない様で」という、故意にあいまいにされた、故意に持って廻られた言葉づかいによって、われわれはもう百閒のペースへ引き入れられてしまうのである。この一行は、一方から見ると、単なる現実の雨の感覚的描写のようでもあり、他方から見ると、異常事の予兆のようでもあるから、この一行がいわば、現実と超現実の間の橋をなしているのである。百閒

はこうしてまず読者の神経を攪乱しておいてから名人芸の料理にとりかかる。次のパラグラフでは、お濠の水の白光と異常が語られ、「何だか足許がふらふらする様な気持になった」と、きわめて日常的表現で、こちら側の感覚の混乱が語られる。

読者はここまで来ればもう、更に次のパラグラフで、お濠の中から白光りのする水が一つの塊りになって揺れ出す異常事を、テレビのニュースを見るように、如実に見てしまうのである。

一節一節の漸層法。ついに「牛の胴体よりもっと大きな鰻が上がって来」て、交叉点を通りすぎようとするとき、

「辺りは真暗になって、水面の白光りも消え去り、信号燈の青と赤が、大きな鰻の濡れた胴体をぎらぎらと照らした」

という見事な感覚の頂点へ連れて行かれる。

一篇一篇がこの調子で磨き抜かれ、時には「その二十一」のような洒落たコントにもなる。E・T・A・ホフマンの短篇と、「その十六」との比較なども興味があるが、私にはいまだに怖いのは「その六」のトンカツ屋の挿話である。

洗煉、精緻の芸術品

一体こういう芸術品に何の意味があり思想があるのかとある人は言うかもしれない。

しかし、百閒の作品を読んで、上田秋成の「雨月物語」を読むと、あの秋成の名品(たとえば「白峯」)ですら、百閒と比べれば、説教臭を残していて、洗煉度が足りないように思われる。百閒は有無を言わせぬ怪異(そこには思想も意味もない)の精緻きわまる表出によって、有無を言わせぬ芸術品を作り上げた。ともすると、(それすら余計な類推であるが)、百閒は、たしかな「物」としての怪異の創造を、たしかな「物」としての芸術品の創造の暗喩としているかのごとく思われる。

男性的傑作「磯辺の松」

「磯辺の松」は、百閒自身永年習っている琴の師匠宮城道雄氏をモデルとしたかと思われる小説であるが、これも純然たる想像力の創出した世界であることにおいて、怪異物《もの》と同じ次元にある。百閒はある非日常の条件の枠を感覚にはめ込まれることによって、はじめて活々と動き出す感覚の持主らしい。「磯辺の松」は、筋としては、妻を失い弟子を失った検校の、老いらくの恋の物語であるが、百閒はそれを決して潤一郎のようには語らない。作品の質の高さとして、「磯辺の松」と「春琴抄」は相頡頏《あいけっこう》しているけれど、前者が後者ほど人口に膾炙《かいしゃ》していないのは、ひとえに百閒が、すこぶる皮肉な、すこぶる微妙な、すこぶる暗示的な表現でしか、官能的な事柄を語らないのみか、もっとも哀切な感情をもっともそっけなく語って、凄い効果をあげているところが、一般には通じにくいからであろう。盲目を描いて、「春琴抄」を女性的傑作とすれば、「磯辺の松」は男性的傑作であり、微妙な風趣に充ちたストイシズムの成果である。

「磯辺の松」は、盲人の世界の感覚と心理に対するおそるべき犀利《さいり》な洞察力と感情移入、ほとんど盲人の感覚世界への自己同一化、と謂った形で、どんな細部もゆるがせにせず、いや、細部にこそ極度に盲人的触覚を働らかせて、神技を駆使した作品である。そして、そのような感覚的真実はあからさまなほどリアルに積み重ねられてゆくのに、恋愛感情については極度に筆を節し、相手の女性三木さんは、言葉づかいの明るさだけで読者に好感を抱かせながら、しかし、検校をたよりにするともなくせぬともなく、検校に対して献身的であるようでもありないようでもあり、と謂ったこの女性の心持が、直接描写よりもはるかに生々《なまなま》しく盲人の心にとらえられており、この間接的色気とでも謂ったものは絶妙である。

馥郁たる情念

第一章の発端の盲人の痼癖の伏線、ついで「風の筋が真直ぐである」という感覚の鋭さ、草の匂い、三木さんが近づいてくると、「しかしまだ早過ぎると思うのに、自然に顔の筋が笑顔に崩れ出した」という、その「早過ぎる」という一語の使い方の巧妙さ、さりげない会話ににじみ出る情感、……こういうことは一つ一つあげて行けばきりがない。英子さんの挿話もすばらしいもので、検校の怒りの簡潔な強い描写が、後段の英子さんの怪我の噂の伏線になるのも愕《おどろ》かされる。三木さんとの稽古の、琴の演奏を通じて流れる情感から、枯木のような検校の身によみがえる生命力のあらわれとして、「日日の稽古に弾き馴らした古琴が、猛然と牙を鳴らして自分に立ち向かって来る様な気勢を感じた」という、気品の高い描写など、また第七章以下の検校の鬱屈も、すべて間接的に語られていながら、馥郁《ふくいく》たる情念をかもし出し、全篇の結語の、

「その後の十七年この方自分はまだ何人にも『残月』を教えない」

という一句に集約されるのである。

実際これら昭和十年代の傑作に比べると、古典と目されている「冥途」などでさえ、習作に類するとも言われよう。中に「件《くだん》」は、カフカのメタモルフォーゼを思わせる名品で、宿命の怪物「件」に化身《けしん》した作者の目が、不透明な不決断な社会と相対する構図は、後年の「磯辺の松」の遠い先蹤《せんしょう》のようにも思われる。

戦後では、恐怖の名品「サラサーテの盤」があるが、百閒の逸すべからざる側面であるユーモア、わざと重厚に構えて、自意識を幾重にも折り畳んで、いうにいわれぬとぼけた味を出すユーモアを味わおうとする人は、近業の「特別阿房列車」に就《つ》かれ

るがいい。

『日本の文学』34（昭和四五年六月、中央公論社）

〈編集部注〉文中の「磯辺の松」は「柳撿挍の小閑」のこと。「柳撿挍の小閑」として発表されたのち「残月」と改題され、さらに『日本の文学』収録にあたって「磯辺の松」と改題された。

初出（初刊）一覧

東京日記　「改造」昭和一三年一月号（『丘の橋』昭和一三年六月、新潮社）
桃葉　「文学」昭和一三年五月号（『鬼苑横談』昭和一四年二月、新潮社）
断章　「東炎」昭和一四年三月号（『菊の雨』）
南山寿　「中央公論」昭和一四年三月号（『菊の雨』）
菊の雨　「東炎」昭和一四年一〇月号（『菊の雨』昭和一四年一〇月、新潮社）
柳撿挍の小閑　「改造」昭和一五年五・六・八月号（『船の夢』）
葉蘭　「都新聞」昭和一五年一一月（『船の夢』昭和一六年七月、那珂書店）
雲の脚　「文藝春秋」昭和一九年七月号（『実説艸平記』昭和二六年六月、新潮社）
枇杷の葉　「千一夜」昭和二三年七月号（『実説艸平記』）
サラサーテの盤　「新潮」昭和二三年一一月号（『実説艸平記』）
とおぼえ　「小説新潮」昭和二五年一二月号（『実説艸平記』）
ゆうべの雲　「小説新潮」昭和二六年三月号（『実説艸平記』）
由比駅　「文藝春秋」昭和二七年八月号（『無伴奏』昭和二八年五月、三笠書房）
すきま風　「小説新潮」昭和二九年四月号（『禁客寺』昭和二九年一〇月、ダヴィッド社）
東海道刈谷駅　「小説新潮」昭和三三年一一月号（『東海道刈谷駅』昭和三五年二月、新潮社）

神楽坂の虎　「小説新潮」昭和三四年二月号（『東海道刈谷駅』）

編集付記

一、ちくま文庫版の編集にあたっては、一九八六年一一月に刊行が開始された福武書店版『新輯　内田百閒全集』を底本としました。

一、表記は原則として新漢字、現代かなづかいを採用しました。

一、カタカナ語等の表記はあえて統一をはからず、原則として底本どおりとしましたが、拗促音等は半音とし、ヰはウィに、ヸはヴィに、ヷはヴァに改めました。

ステツプ→ステップ
ヰスキイ→ウィスキイ
市ケ谷→市ヶ谷

一、ふりがなは、底本の元ルビは原則として残し、現在の読者に難読と思われるものを最小限施しました。

一、今日の人権意識に照らして不適切と思われる人種・身分・職業・身体障害・精神障害に関する語句や表現がありますが、作者（故人）が差別助長の意図で使用していないこと及び時代背景、作品の価値を考慮し、原文のままとしました。

新釈古事記 石川淳
本邦最初の文学『古事記』——その千古の文体と『狂風記』の作家との出会い。正確かつ奔放な訳業によって、今新しく蘇る！（西郷信綱）

論語 桑原武夫
古くから日本人に親しまれてきた「論語」。著者は、自身との深いかかわりに触れながら、人生の指針としての「論語」を甦らせる。（河合隼雄）

とりかえばや物語 中村真一郎訳
女性的で美しい兄、活発で男性的な妹、行末を案じた父は、兄は女として妹は男としての道を歩ませる。やがて……。王朝末期の性的倒錯の物語。

百人一首（日本の古典） 鈴木日出男
王朝和歌の精髄、百人一首を第一人者が易しく解説。現代語訳、鑑賞、作者紹介、語句・技法を見開きにコンパクトにまとめた最良の入門書。

新釈雨月物語 新釈春雨物語 石川淳
わが国の幻想怪異小説の最高峰「雨月物語」「春雨物語」を、独行好学の作家が大胆にして細心、創意にみちた現代語訳で読者に提供！（三島由紀夫）

今昔物語 福永武彦訳
平安末期に成り、庶民の喜びと悲しみを今に伝える今昔物語。訳者自身が選んだ155篇の物語は名訳を得て、より身近に蘇る。（池上洵一）

これで古典がよくわかる 橋本治
古典文学に親しめず、興味を持てない人たちは少なくない。どうすれば古典が「わかる」ようになるかを具体例を挙げ、教授する最良の入門書。

鬼の研究 馬場あき子
かつて都大路に出没した鬼たち、彼らはほろんでしまったのだろうか。日本の歴史の暗部に生滅した〈鬼〉の情念を独自の視点で捉える。（谷川健一）

現代語訳 **舞姫** 森鷗外 井上靖訳
古典となりつつある鷗外の名作を井上靖の現代語訳で読む。無理なく作品を味わうための語注・資料を付す。原文も掲載。監修 山崎一穎

こころ 夏目漱石
友を死に追いやった「罪の意識」によって、ついには人間不信にいたる悲惨な心の暗部を描いた傑作。詳しく利用しやすい語注付。（小森陽一）

おとこくらべ　嵐山光三郎

樋口一葉が書きとめた「おとこくらべ」一覧の話他、八雲、漱石、有島、芥川…博識とユーモアで綴る明治の文豪の性と死。（清水義範）

尾崎翠集成（上）　尾崎翠　中野翠編

鮮烈な作品を残し、若き日に音信を絶った謎の作家・尾崎翠。この巻には代表作「第七官界彷徨」をはじめ初期短篇、詩、書簡、座談を収める。

尾崎翠集成（下）　尾崎翠　中野翠編

時間とともに新たな輝きを加えてゆく尾崎翠の文学世界。下巻には『アップルパイの午後』などの戯曲、映画評、初期の少女小説を収録する。

沈黙博物館　小川洋子

「形見じゃ」老婆は言った。死の完結を阻止するために形見が盗まれる。死者が残した断片をめぐるやさしくスリリングな物語。（堀江敏幸）

すてきな詩をどうぞ　川崎洋

「祝婚歌」吉野弘、「するめ」まど・みちお、「大漁」金子みすゞ…など、日本の詩25篇を選んで紹介。豊かな詩の世界へと誘う。（安水稔和）

山頭火句集　種田山頭火　村上護編／小崎侃画

自選句集「草木塔」を中心に、その境涯を象徴する随筆も精選収録し、〝行乞流転〟の俳人の全容を伝える一巻選集！（村上護）

愛の矢車草　橋本治

世の中にはいろんな愛があふれてる。女子大生、パンティ泥棒、レズのトラック運転手……橋本治が昭和から平成にかけて描いた「愛」の形。

漱石先生大いに笑う　半藤一利

漱石の俳句を題材に、漱石探偵の著者がにが虫漱石のもう一つの魅力を探り出す。展開される名推理に漱石先生も呵呵大笑。（嵐山光三郎）

川三部作 泥の河／螢川／道頓堀川　宮本輝

太宰賞「泥の河」、芥川賞「螢川」、そして「道頓堀川」と、川を背景に独自の抒情をこめて創出した、宮本文学の原点をなす三部作。

兄のトランク　宮沢清六

兄・宮沢賢治の生と死をそのかたわらでみつめ、兄の死後も烈しい空襲や散佚から遺稿類を守りぬいてきた実弟が綴る、初のエッセイ集。

三島由紀夫レター教室　三島由紀夫

5人の登場人物が巻き起こす様々な出来事を手紙で綴る。恋の告白・借金の申し込み・見舞状等、一風変ったユニークな文例集。（群ようこ）

肉体の学校　三島由紀夫

裕福な生活を謳歌している3人の離婚成金。〝年増園〟の例会はもっぱら男の品定め。そんな一人がニヒルで美形のゲイ・ボーイに惚れこみ……（群ようこ）

反貞女大学　三島由紀夫

魅力的な反貞女となるためのとっておきの16講義（表題作）と、三島が男の本質を明かす「第一の性」収録。（田中美代子）

私の遍歴時代　三島由紀夫

あの衝撃的な事件は起こるべくして起きた？　作家・三島の原点を示し、行動の源を培ったものは？　自らを語ったエッセイ十六篇を収録。（田中美代子）

新恋愛講座　三島由紀夫

恋愛とは？　西洋との比較から具体的な技巧まで懇切丁寧に説いた表題作、「おわりの美学」「若きサムライのために」を収める。（田中美代子）

三島由紀夫のフランス文学講座　三島由紀夫　鹿島茂編

ラディゲ、ラシーヌ、バルザック……を〝戦後最高の批評家〟三島はどう読んだか？　作家別、テーマ別に編むフランス文学論。文庫オリジナル。

命売ります　三島由紀夫

自殺に失敗し、「命売ります。お好きな目的にお使い下さい」という突飛な広告を出した男のもとに、現われたのは？（種村季弘）

三島由紀夫の美学講座　三島由紀夫　谷川渥編

美と芸術について三島は何を考えたのか。廃墟、庭園、聖セバスチァン、宗達、ダリ。「三島美学」の本質を知る文庫オリジナル。

樋口一葉の手紙教室　森まゆみ

花見の誘い、火事見舞い、媒酌依頼…掌編小説さながらの実用手紙文例集『通俗書簡文』を味わい深く読み解く。『かしこ一葉』改題。（福原義春）

つむじ風食堂の夜　吉田篤弘

それは、笑いのこぼれる夜。——食堂は、十字路の角にぽつんとひとつ灯をともしていた。クラフト・エヴィング商會の物語作家による長編小説。

ヤクザの世界　青山光二

ヤクザ社会の真の姿とは——掟、作法や仁義、心情、適性、生活源……現役最長老の作家による、警察が参考にしたという名著！（山崎行雄）

やくざと日本人　猪野健治

やくざは、なぜ生まれたのか？　戦国末期の遊侠無頼から山口組まで、やくざの歴史、社会とのかかわりを、わかりやすく論じる。（鈴木邦男）

日本の右翼　猪野健治

憂国の士か？　テロリストか？　右翼とはそもそも何なのか？　思想、歴史、人物など、その概容を知るための絶好の書。（鈴木邦男）

大正時代の身の上相談　カタログハウス編

他人の悩みはいつの世も蜜の味。大正時代の新聞紙上で１２９人が相談した、あきれた悩み、深刻な悩みが時代を映し出す。（小谷野敦）

春は鉄までが匂った　小関智弘

職人たちの知恵と勇気と技術が不可能を可能にする。町工場のものづくりの姿をいきいきと伝える著者の代表作。（吉田敏浩）

日本のゴミ　佐野眞一

産廃処理場、リサイクル、はてはペットの死骸まで、大量消費社会が生みだす膨大なゴミはどこへ行こうとしているのか？　大宅賞作家渾身の力作。

国家に隷従せず　斎藤貴男

国民を完全に管理し、差別的階級社会に移行する日本の構造を暴く。文庫化にあたり最新の問題（派兵、年金、民主党等）を抉る！（森達也）

不屈のために　斎藤貴男

「勝ち組、負け組」「住基カード」などのキーワードから、格差が増大され、国民管理が強化されるこの国を問う。新原稿収録。（鈴木邦男）

大増税のカラクリ　斎藤貴男

会社員も自営業者もバイトも全員大増税が続く。その仕組みを解明するとともに、人を税痴にする源泉徴収と年末調整の問題を提起。対談＝浦野広明

倒壊　島本慈子

住宅ローン制度ができて初めての都市大地震から十年。震災が明らかにしたこの国の住宅政策の驚くべき実態！　そして今——。（山中茂樹）

武士の娘　杉本鉞子　大岩美代訳
明治維新期に越後の家に生れ、厳格なしつけと礼儀作法を身につけた少女が開花期の息吹にふれて渡米、近代的女性となるまでの傑作自伝。

広島第二県女二年西組　関千枝子
8月6日、級友たちは勤労動員先で被爆した。突然に逝った39名それぞれの足跡をたどり、彼女らの生を鮮やかに切り取った鎮魂の書。（山中恒）

鞍馬天狗のおじさんは　竹中労
昭和の銀幕を駆抜けた鞍馬天狗！　演ずるアラカン＝嵐寛寿郎と竹中労が織成す名調子。山中貞雄・マキノ雅広らの素顔が語られる。（橋本治）

甘粕大尉 増補改訂　角田房子
関東大震災直後に起きた大杉栄殺害事件の犯人、甘粕正彦。後に、満州国を舞台に力を発揮した伝説の男、その実像とは？（藤原作弥）

不良のための読書術　永江朗
洪水のように本が溢れ返る時代に「マジメなよいこ」では面白い本にめぐり会えない。本の成立、流通にまで遡り伝授する、不良のための読書術。

アフガニスタンの診療所から　中村哲
戦争、宗教対立、難民。アフガニスタン、パキスタンでハンセン病治療、農村医療に力を尽くす医師と支援団体の活動。（阿部謹也）

新編「昭和二十年」東京地図　西井一夫　平嶋彰彦写真
昭和20年8月15日を境として分かたれた戦前と戦後。その境を越えて失われたものと残されたものを、現在の東京のなかに訪ね歩く。

東條英機と天皇の時代　保阪正康
日本の現代史上、避けて通ることの出来ない存在である東條英機。軍人から戦争指導者へ、そして極東裁判に至る生涯と全体像を描き出す。

戦中派虫けら日記　山田風太郎
〈嘘はつくまい。嘘の日記は無意味である〉戦時下、明日の希望もなく、心身ともに飢餓状態にあった若き風太郎の心の叫び。（久世光彦）

タクシードライバー日誌　梁石日
座席でとんでもないことをする客、変な女、突然の大事故。仲間たちと客たちを通して現代の縮図を描く異色ドキュメント。（崔洋一）

ちくま文庫

サラサーテの盤《ばん》　内田百閒《うちだひゃっけん》集成《しゅうせい》4

二〇〇三年一月八日　第一刷発行
二〇〇七年九月十日　第三刷発行

著　者　内田百閒（うちだ・ひゃっけん）
発行者　菊池明郎
発行所　株式会社　筑摩書房
東京都台東区蔵前二―五―三　〒一一一―八七五五
振替〇〇一六〇―八―四一二三
装幀者　安野光雅
印刷所　株式会社精興社
製本所　株式会社鈴木製本所

乱丁・落丁本の場合は、左記宛に御送付下さい。
送料小社負担でお取り替えいたします。
ご注文・お問い合わせも左記へお願いします。
筑摩書房サービスセンター
埼玉県さいたま市北区櫛引町二―六〇四　〒三三一―八五〇七
電話番号　〇四八―六五一―〇〇五三

ISBN4-480-03764-0 C0193